因爲有愛

短篇小說集

李安娜——著

獻給我的外婆

殘陽悄悄跌落群山之巔
向大地灑下光華一片
歸帆點綴湛藍的海面
沐浴落日在水天之間
秋冬時分是歲月的積澱
腳步走過繁華思緒停在從前
煮一壺月光以電腦作琴鍵
譜一曲相思將過往懷緬
曾幾何時青春的陽光明媚耀眼
彷若昨天餘韻常留心田
白駒過隙往事如煙
是誰在撩撥沉睡的心弦
遠方山楂樹下的少年
記否那些精美的信箋
字裡行間滿溢著情意綿綿
夕陽絮語月下花前
祝福你快樂每一天

【代序】我們這一代

溫陵氏

我們這一代，有人說是「文化斷層」、「質和量斷裂」不幸的一代，有人說是歷經磨煉、大器晚成的一代，「悠悠歲月，欲說當年好困惑」。

我想把「我們這一代」的範圍縮小到一九四七年出生、生肖屬豬的六六屆高中畢業老知青圈內，細數「豬輩」們集體的大事記。

一九五四年秋季入小學，為防海峽對岸的空襲，上午課在清晨五點半，下午課在傍晚五點半，警報拉響就躲到樹蔭下——難忘的童年。

一九五七年，有老師「失蹤」，後來，聽說是「右派分子」。

一九五八年，「三面紅旗（總路線、大躍進、人民公社）」相繼出臺。到人民公社食堂吃大鍋飯。到市郊小溪淘金砂，把居家的鐵門鐵窗拆下丟進土制高爐煉鋼鐵。參加遊行，高呼「趕美超英」口號。

一九五九年，三年大飢荒。「瓜菜代」。「水腫」。

一九六六年六月，文化大革命席卷全中國，距「高考」日期僅十五天。輟課。大動亂。

一九六九年，知識青年上山下鄉。

……

整整六十年過去了，「豬輩」們這群大時代的小人物也從天真稚童成了年近古稀老人。「往事如煙，往事又並不如煙。」（章詒和：《往事並不如煙》），感謝李安娜（筆名：笨鳥）六十年細說從頭，儘管有的時候到「提筆的那一刻，才知道語言的無用，文字的無力。它們似乎永遠無法敘述出一個人內心的愛與樂，苦與仇。」（章詒和語）

李安娜和我，同是一九六〇年進入泉州一中求學，六年同窗，一九六六年文革爆發後「失聯」。四十三年後在互聯網上重逢，恍如隔世，惺惺相惜。其時她已退休在家照顧老母親，並在網絡博客上辟二個專欄：「鄉間紀事」和「都市閒情」撰文抒懷，把親身經歷的，把看到、聽到、想到的故事，用真心、用良知、用血淚記錄下來，可以想像，埋頭創作時的孤獨和痛苦。

幾年下來，安娜將發表在菲律賓《世界日報》文藝副刊上，五十餘萬字的寫實主義文藝作品（占大部分）結集成書，將分成四冊出版。「與老同學分享咱們曾經的歲月，藉此對自已的人生作個交代。（安娜的微信）」囑我「請賜一文，望勿推託。」承蒙「老童鞋（同學）」抬愛，寫了以上文字，並咐小詩一首，權充代序。

致安娜

五十年後解讀當年的
高傲，冷漠，倔強，孤獨
才發覺妳的人生包裝得很累很苦
其實，妳本善良又純樸
和同齡的少女一樣有夢

只是多一點沉重少一抹浪漫
冷酷的現實坎坷的路
妳身不由已，心不由已，情也不由已
當雨過天晴　陽光燦爛時
妳成熟在
「鄉間紀事」和「都市閒情」中
憑一支筆，再度
高傲，冷漠，倔強
但　不孤獨

二〇一四年深秋
寫於菲律賓宿霧島

目次

夕陽絮語

歲月憶往

江姥姥

這是一個廚娘的故事，一個平凡女人的故事。她沒念過什麼書不識多少字，卻會講許多戲文和動聽的故事，鄰人叔伯聽了她的故事拿來讀本校對，如包龍圖系列的《鍘美案》、《狸貓換太子》、《烏盆案》、《鍘判官》等等，竟是大致不差。連二舍廟的講古館也及不上！人們不能不驚詫道：怎生好記性呀！且她講的又是何等生動風趣，「四大名捕」王朝、馬漢、張龍、趙虎，栩栩如生，一直活在孩子們幼小的心間。這位婆婆是當年大雜院的江姥姥，她本人也有一個傳奇故事，在其離世整整半個世紀之後，由別人來講給她的曾孫、玄孫們聽。

佛經謂：須彌山正中有一天，四方各有八天，共三十三天。

民間傳說：三十三天中，最高者是離恨天。

元雜劇詩曰：三十三天覷了，離恨天最高；四百四病害了，相思病怎熬？

＊　＊　＊

第一次世界大戰（一九一四年八月至一九一九年十一月）是一場始於歐洲卻波及全世界的大戰。這本是一場同盟國和協約國之間的戰鬥，德意志帝國、奧匈帝國和義大利乃同盟國，英國、法國、俄羅斯帝國和塞爾維亞是協約國。義大利雖是同盟國，但是後來英、法、俄與之簽訂密約，承諾給予部分土地，誘使義大利反戈加入協約國。期間亞、歐、美洲許多國家都加入協約國，而日本投入協約國向德宣戰，為的是獲得德國在山東的權益。日本出兵佔領青島之舉引起中國民眾不滿，導致五四運動的發生。其時段祺瑞統治下的北洋政府看好協約國，於一九一七年八月十四日對德、奧宣戰，加入協約國。

風光旖旎的太平洋島嶼。椰樹成林熱風撲面，夕陽斜掛在天邊，浪潮拍擊岩石吐出白沫，空氣帶著鹹鹹的味兒。下了班的江正則將白色西服搭在肩上，沿著海岸一路走來，腳下踩踏柔軟的細沙，不由自主地朝翻滾的海面踱去。小伙子魁梧的身材，白白的臉龐上是圓圓的玳瑁眼鏡，高高的顴骨挺直的鼻樑。眼看浪花就要沒過皮鞋，他索性摘下灰色領帶，除去鞋襪捲高褲管，將衣物一並扔到高處，任由海浪打濕雙腳。踩著卵石踢著螺殼玩厭了，一屁股坐到沙石上，望著茫茫大海發呆。

落日的餘輝將半片天和海面照亮，三三兩兩漁船收帆歸來。小船靠岸後走過來一群黝黑的當地人，他們頻頻向年輕人打招呼。

「哈囉，密司特江！」他們嘀嘀咕咕說的是印尼語，看來這裡的人都認識他。

「哈囉！」他向鄰居招招手，顯露出一口白牙。

日頭慢慢西斜，該回去吃飯了，青年不情願地站起身拍拍屁股上的沙子，收起衣物轉身朝沙灘後的小別墅邁去。小洋樓座落在一個大花園內，花香鳥語樹影婆娑，房子後面是一排作倉庫的平房。園外附近則是一棟棟破破爛爛高高低低的木屋，本地人或用木板，或用鐵皮，或用磚頭，建起簡陋的棲身之所。當地印尼人雖窮，但他們都很快樂，不像我們的主角因戰事蟄居異國多年，懷念家鄉和親人落落寡歡，惆悵徬徨無時無之。

才穿過花園的卵石甬道天馬上黑了，大廳內已經點上蠟蠋，寬大的走廊上鞦韆晃動著，彷彿有什麼人剛盪過。主人將西裝扔到鞦韆上，強行制止了它的晃動。進澡房開大水龍頭，淋過澡似乎沖去了一些煩憂，出來時偏廳已上燈擺好飯菜。孤家寡人三菜一湯，扒下兩碗新米飯，忽然覺得今天食慾大振，又加添半碗。

「吳伯！吳伯！」應該向管家稱讚今晚的菜可口，他向著廚房叫了幾聲。

「江先啥代志（江先生有啥事）？」一個小姑娘跳了出來，用印尼腔閩南話發問。女孩高高的額頭，頸後拖著條大辮子，黑黑的兩道彎眉一蹙一顫，大大的杏眼眸子幽深，笑起來一口碎米牙。她天真地望著主人，微側著鵝蛋臉一副憨樣。

「你是誰？老吳呢？」江正則用本地話問女孩，心想難得見到皮膚並不黑的印尼姑娘呢。

「爸爸有代志去泗水，是不是我做的菜唔好呷？」姑娘故意用蹩腳的閩南話反問。

老吳的女兒？自從掌管雅加達的生意，伯父特地將得力的吳管家派來照顧自己，此君已經追隨江氏幾十載。兩個王老五平常甚少對話，老吳有時會提他鄉下的老婆兒子，卻未曾說過有個女兒啊！當然別理人家的私事，倒是這女孩挺可愛，難得又會家鄉話。

「查某囝（女孩），你多大了？」江想逗逗她，放下碗筷走出飯廳。

「江先您歇一下，待我做完事再陪你化仙（聊天）。」

主人這才瞧見姑娘繫著圍裙兩手油膩，大概忙得還沒吃晚飯呢，於是點點頭踅到走廊一角點起煙。人曰：「飯後一支煙，快樂如神仙」，可吞雲吐霧總是令他沉入悵然。想自己十五歲就追隨伯父到南洋，算起來學做生意已經十多年了，大伯駐守新加坡的總公司，近年將雅加達分公司交託給侄兒。咖啡批發是家族生意之一，經營了足足兩代人。眼下戰爭讓自己栽了跟斗，在炒期貨上輸了大錢，不僅蝕了多年的血汗私己，而且連累公司也虧錢。一切皆因貪婪所致！每想到這些事就懊惱不已，悔不當初，實在沒有臉見大伯……

「江先請飲杯檸檬冰。」

耳邊響起輕柔細語，鼻腔聞到一股淡淡的香味，好香的玉蘭香味兒！只見姑娘換上雪白小衫和花布沙龍，粗大的辮子散開，濕漉漉落在肩上似一道黑色瀑布，粉頰上泛起兩道玫瑰紅暈。姑娘將手中的杯子輕輕放到茶几上，翩然朝鞦韆走去，悠悠地盪起來，正眼望著主人，肆意而不做作害臊。每當鞦韆盪過，江正則就禁不住深深呼吸，將那玉蘭花香夾雜著女兒香沁入肺腑。

「你叫啥名？」

「愛麗思。」

愛麗思。多靚的名字！江想起鄉下女人的芳名，當季的春夏秋冬，應景的梅蘭菊竹，非金銀美玉即香艷芬芳，越叫的美麗越顯得俗氣。他想起自己的女人李玉芳，討厭其裹腳布又長又臭，未聞見她身上的女兒香。僅只為了盡做人子的孝道，趕巧在中國參戰前回鄉完婚，總算給江家留下一點血脈，回南洋後女人在鄉間生下兒子。這就是中國式婚姻的悲哀。

「小姑娘介意告知你的芳齡嗎？」

「我剛過十五歲生日，不是小姑娘啦！」愛麗思撅起櫻唇抗議。

「我的歲數接近你的兩倍，你還不肯認小！」江正則樂得哈哈笑起來。「你一直住在泗水？有沒有弟妹？」

「我在泗水出生，母親只生我一個，她病得很重也許快死了。」愛麗思停下鞦韆，難過地落下兩行清淚。

「對不起，我不是有意惹你不開心。」主人急忙遞上白手帕。

「沒事，媽媽病了好多年，阿拉要召她去了。」愛麗思抹乾淚水又破涕為笑了。「我還有工夫要做，手帕明天還給你。晚安！」她對江眨眨眼算是告別。

姑娘的電眼令江正則一震，望著少女的背影癡了一陣才回過神。輾轉反側。朦朧夜色下窗外的玉蘭花盛開，微風飄進來淡淡的幽香。

早晨醒來聞見濃烈的咖啡香味，桌上擺著美味的蘑菇雞蛋腌列，一隻小瓷碟上放著一條手帕，拿起聞一聞有淡淡的芬芳。江正則將手帕放入口袋，滿意地用完早點趕去上班。日間在寫字樓有些心神恍惚，午餐和下午茶都淡而無味，但願快樂寄望在晚餐。

終於等到下班。剛下過一場雨驕陽又出來了，日頭高高地掛在西天，令滿園的濕氣蒸騰。離晚飯時間尚早，江正則探身廚房靜悄悄地，整座房子空無一人，百無聊奈出去吹海風。海浪比昨晚大，一浪高過一浪，海潮拍岸發出有節奏的響聲，空氣中的鹽份更濃了。遠處的白帆點綴著碧綠的大海，近處洶湧的波濤中飄著一團嫣紅，時隱時現鮮艷奪目。啊，哪個大膽的孩子在弄潮？遙望泳者乘風破浪，年輕人忍不住想下水去降降溫。他脫下襯衫、西褲，扔掉鞋子，渾力朝弄潮兒游去。

「密司特江！」一朵大紅朱槿浮出水面又沒入水中。

「原來是愛麗思！」江正則吃了一驚。「好水性！」

兩人向海中一處礁石游去，爬上巖石相視而笑。斜照下的泳娃嬌艷無比，大紅朱槿插在盤起的髮髻上，一綹濕濕的劉海覆蓋著飽滿的前額，半截沙龍綁住瓷實的胸脯玲瓏浮凸，半截遮住腹部以下，細細的腰肢圓圓的肚臍眼，把個江正則看呆了。

「我該回去做飯啦！」

愛麗思拋了個媚眼，向岸邊極速游去，年輕人方如夢初醒惜沒能追上。

今晚吃西餐。菜前湯是忌廉白湯，正菜烤鱒魚配鬆軟的土豆泥，飯後甜品香草冰淇淋，還有冰鎮波羅蜜。

洗浴後的愛麗思一身淡紫，俏麗清新。主人打量著姑娘，心想今晚吃得太飽，否則秀色可餐。「你在哪裡學會做西餐？」江正則吸了一口香煙，慢慢吐出去，幽幽地盯著鞦韆上的可人兒。

「母親一直帶著我去給人幫傭。在領事家偷偷看師傅學做西餐糕點，在華僑商人家學講閩南話。」愛麗思輕輕盪著鞦韆娓娓道來。

「你讀過書沒有？」

「讀了幾年印尼小學，不懂華文。」

「想不想學華文？我可以教你。」說這話時江正則的臉漲紅了，他幻想捉住女孩的手寫毛筆字，心不免激盪起來。

「不行，老爸逼我都學不來，沙龍都叫墨汁弄髒了。」愛麗思急忙搖頭抗拒。「老爸就回雅加達，我去收拾行李，明天一早乘船回去看我娘。」

江正則目送走她後一臉默然，獨自枯坐大半夜，煙蒂溢滿煙灰盅。

老吳回來了，男人的臉色很難看，不必問也知道結果，賓主如往常無言以對。後來還是管家先開口，勉為其難提起他女人的病，說是好不了，落下兩行老淚。主人拍拍他的肩膀說，需要時儘管忙去吧，我可以到外面餐館吃。江正則心裡擔心的是愛麗思，卻又說不出口。

蹉跎了將近一年。

有天晚上老吳說，「對不起少爺，愛麗思她娘不行了，我得趕去泗水送她一程，需按他們印尼人的風俗辦，麻煩你將就幾天。」

「去吧去吧，節哀順變，這幾個小錢表示一點心意，不必急著回來，我自己可以應付，大不了吃麵包。」少爺安慰他。

不曉得老吳幾時才辦完事，江正則天天在唐人街吃了飯才回家，夜間常常無法入眠，白天則搭喪著腦袋魂不守舍。

有晚到家時見大廳掌了燈，心下未免怯喜，可這喜色不宜表露出來。他輕輕關上花園鐵門走過甬道，悄悄踏上石階登上門廊，一陣風似地愛麗思撲上來埋到他胸前，嗚嗚咽咽哭將起來。瞧她消瘦的形體上披一身素白，一頭烏絲梳成大辮子，髮梢上一朵白色蝴蝶蘭。江正則愛憐地撫摸少女的秀髮，掏出手巾為她揩淚，恨自己不能替她分憂。

「江郎！」

「愛麗思！」

月光如水。月下依偎著一對癡心男女，他們把自己的心給了對方，又從對方那裡找到慰藉。

一九一八年十一月十一日一戰結束。

南洋與家鄉的水路終於暢通了。

江正則徵得伯父的首肯，愛麗思得到父親的祝福，兩人共諧連理。

遠離家鄉一切刪繁就簡，江郎的睡房立即成為新房。新娘子跨出滿浸玉蘭花的浴盆，赤足踏上紅磚地板，秀髮如一匹黑緞披落腰間。她用大毛巾輕揉髮絲，取一把半圓形角質篦子從上到下梳理，妝臺鏡內映出將為人婦的美女。她的髮間既無珠鏘玉搖，身上亦無綾羅裙褂，一襲紗龍淡雅清新。床上並蒂蓮的羅帳、團花錦簇的被褥、戲水鴛鴦的雙枕，通統或缺。人生的所有改變只為了她的江郎，她願意。她願意輕靠愛人寬大的胸膛，溫柔地撫摸他的短鬚愛撫他的臉龐，互相張開雙臂尋找人生的慰藉，不顧一切向對方交出自己。

一對新人如膠似漆。

伯父建議侄兒夫婦到新加坡過新生活，印尼的工作可以派人過來接手，或者聘請新夥計管理。然而江郎想念家鄉，愛麗思也很想看看唐山是什麼模樣，他們準備回國再作打算。歸心似箭，就將歸程當成度蜜月。

輪船在南半球的爪哇海面上起錨，徐徐駛過赤道，再朝北踽踽而行。每天太陽不饒人地直起直落，熱情地擁抱船艙裡每一位船員和旅客，烤得人像熟透的紅薯。江郎總是懷疑頭髮會否燒焦，不忘好整以暇地戴上寬邊太陽帽，自嘲肘子蘸上醬油大概也可以下飯了。

郵輪慢騰騰地行駛在海面上。早晨一身臭汗醒來，剛沖洗過的甲板還濕漉漉的，又見到處煙蒂、果皮、酒瓶，欄位上是一層層看海的人，大家重新開始難捱的一天。愛麗思畢竟在熱帶長大，一年三百六十五天在火爐上烤慣的，只有丈夫不停地嘀咕，說家鄉多麼好，按時節此時已要穿夾袍。人人恨不得趕快越過馬來亞、越南、海南島、香港、汕頭，迅劇向老家奔去。

清晨那些忽然落下的飛魚總令觀者呼叫，傍晚焰火一般的落日尤讓人驚嘆不已，夜間漂滿海面的粼光更叫旅人懷疑是否置身夢裡。雖然船走得如斯緩慢，卻是滿載著一片鄉心的希望，希望激勵著船上每一個遊客，三五成群地寄託各自的鄉愁。最使日子易過的非攻打四方城莫屬。有人弄來了幾副麻將，據悉是向船員出借的，勢必要抽水。飽含鹽霜和燥熱的海風在人身上吹過，留上一層白白的汗漬，攻城的勇士們並未在烈日下枯槁，他們越戰越勇，喧囂混亂的餐廳早已成為雀房，不時傳出「碰！」、「和！」之聲。小賣部的香煙、啤酒、檸檬冰存貨充足，倒是無須擔心供不應求。

新娘打發新郎去湊牌局消磨時間，自己閒極無聊到處走動，看看船上人生百態。有個西洋婦戴著副黑糊糊的墨鏡，太陽傘下攤開一本厚厚的書，上面是密密麻麻的雞腸文字。只見她摘下眼鏡，入了迷似地閱讀並不覺熱，僅只偶爾斯文地呷一口檸檬冰。愛麗思真羨慕這種識文斷字的女人。有位穿玄色旗袍的中國女人到處追逐著她的小男孩，孩子手中握著塊餅乾趺趺撞撞地，年輕母親喊著「寶貝！小心趺倒！」。新娘子想到他日自己也會是個小母親，臉頰不覺現出羞赧的紅暈。小女人以前從未走出國門，更未想過從此便遠嫁他鄉永不回頭。

* * *

一九二〇年底。江郎帶著嬌俏的如夫人麗娘乘船歸國，族人殺豬宰羊大擺宴席慶賀一番。麗娘初來乍到對什麼都好奇，江郎自然帶她到處走動，進城參觀名勝古蹟。閩南江城歷史悠久人文薈萃，山水明麗人物俊秀，清源山上山青水秀茶園果林，彌陀巖頂綠樹成蔭仙風飄逸，開元寺雙塔巍峨聳立，承天寺大佛正氣凜然。

南洋水路一通，市面又景氣起來了。中國人最重視過年，從大年初一到正月十五天天過節，梨園、社戲、高蹺、木偶、布袋戲，鑼鼓絲弦吹拉彈唱不斷。江城的男人玉樹臨風倜儻瀟灑，人人爭顯身手欲獲美女芳心；晉水的女子窈窕娟秀花容月貌，個個借廟會想覓意中情人。膾炙人口的《陳三五娘》就是一齣私訂終身的才子佳人戲，主角泉州才子陳三因送哥嫂往廣南赴任，途經潮州於元宵燈市邂逅佳人黃五娘，兩人一見傾心。

正月十五元宵節是個隆重節慶。去年的新嫁娘若是生了貴子，娘家便要早幾天送去兩盞大蓮花燈。閩南語「燈」與「丁」同音，「添燈」諧音「添丁」，掛在屋檐下的蓮花燈既寓意觀音送子，又給足娘家面子顯示新媳婦的丰采。小孩子打著各式燈籠滿街跑，婦人們趕做元宵丸子，家家戶戶忙著舂米搗臼，花生芝麻的香味飄滿一條條小巷。

花燈會設在開元寺。各式各款的燈籠掛滿大廊，夜間走馬燈點將起來，旋轉著一齣齣好戲：《白兔記》、《西廂記》、《琵琶記》、《孟麗君》、《天仙配》、《昭君和番》、《陳三五娘》……能工巧匠的妙手製作叫人目不暇給。屆時還有猜燈謎活動，文人雅士們鬥拋書袋上擂臺。

開元寺是座千年古剎，與佛緣深高僧輩出，這裡蓮宮梵宇煥彩流金，刺桐掩映古榕垂蔭，占地八萬平方米的園林古建築宏偉別具風格。麗娘在大殿內燃香深深跪拜，佛前許下一番心願，添了燈油種下福果，江郎便帶她遊覽寺院。大雄寶殿、天王殿、藏經閣莊嚴神聖，東西走廊重檐斗拱雕梁畫棟，甘露戒壇、檀越祠、功德堂靜謐穆肅。紫云雙塔聳立於拜亭兩側的廣場，東西對峙巍巍壯觀。兩人登塔極目遠眺，海色峰嵐盡收眼底。活潑好動的麗娘似被眼前的景物深深震撼，一反常態片語不發。

「怎麼了，我的傻姑娘？」江郎看到她的眸子裡充盈著淚水，輕輕遞上他的帕子。江郎決定做一點慈悲喜捨，挽著妻的手走向後院，見到一位方丈說明來意。

「善哉善哉！真巧今天慈善基金會的黃會長來了，老衲介紹一下，這位是會長黃家六少爺。」指著剛走出來的青年，披著袈裟的和尚給他倆作介紹。「這位是西門外鄉紳江先生。」

「哈囉！」江郎伸出手。面前的漢子三十左右，留分頭著長衫陀懷錶，是個文質彬彬的古派讀書人。

「歡迎！歡迎！」六少爺先合抱雙拳再伸出右手。眼前的青年西裝革履，隨身帶著個著衣裙的小巧麗人出遊，無疑是新派人物。「請到裡邊坐。」

謙讓一番落座品用茗茶，慢慢言歸正傳，江郎方曉六少爺的家世淵源，原來他是咸豐年名臣黃宗漢後人，幾代鑲助本地慈善事業，乃開元寺一名善長仁翁。「今天有緣結識江兄乃黃某的福份，不如到舍下深談如何？一盞茶功夫就到。」

六少爺盛意拳拳，江郎也不推諉，夫妻倆隨他出了寺門，門口等客的人力車夫一湧而上。六少爺自家的車夫正等著，他隨意要了兩輛。穿過西街折向南左拐進入玉犀巷，巷內清幽潔淨，寬闊的石板路面似為從前大戶人家的車馬而設。半個多世紀前這裡車轎人馬往來不絕，顯赫輝煌。黃宗漢是道光十五年進士，大學士穆彰阿門生，「穆門十子」之一。道光二十八年起，黃歷任山東按察使、浙江按察使、甘肅布政使、雲南巡撫、浙江巡撫、四川總督、內閣學士。咸豐七年黃宗漢奉旨擔任兩廣總督兼通商大臣。同治帝即位（一八六二），黃因與載垣、端華、肅順等結交獲罪。江郎是生意人並不黯中國歷史，六少爺帶他們夫妻進入大宅門，細說祖父的功過。

祖父手上仿照北京四合院格式建了這座宅子，當年他在外供職，房子是交代族人蓋的。四合院是封閉式的住宅，外表平凡的門庭內裡孰不簡單，對外只有一個不起眼的街門，不顯山不露水，關起門來卻別有洞天。江郎放眼看去，只見園內樹木婆娑、百花如繡、飼鳥養魚、壘石造景，院落寬綽疏朗，四面房屋各自獨立，彼此之間靠遊廊啣接。

「黃兄，你這才是享受人生啊！」觀畢大宅江郎不斷讚嘆。

「江兄見笑了，黃某不才，自小讀八股文，科舉廢除已無所用，惟有寄情琴棋書畫了此殘生而已。」六少爺自嘲。「不瞞黃兄，當年在下也支持辛亥革命，親往廣州赴會孫文。」

「廢除科舉興辦新學，黃兄思維先進，何不追隨潮流迎頭趕上？請恕在下直言。」江郎表示疑問。

六少爺坦言自小哮喘繼而肺癆，需要依靠大煙吊住小命，無法追求新知識重新來過。他本是個紈絝子弟，一生未掙過一文錢，只懂得大把灑銀子，且染上晚清遺少的惡習，並非一夫一妻過日子，病體令他未有子嗣。

傾談間下人邀請入席，不覺午飯時間已到。席間觥籌交錯。

江郎舉杯道：「借花敬佛，江某為今天能結識黃兄乾杯！」

三隻杯子碰在一起。

「乾杯！」一直未能插上嘴的麗娘眉開眼笑地一飲而盡。

「黃府家道中落，十幾房人所剩兄弟無幾，若蒙不棄願與江兄結為異姓兄弟。」六少爺幾杯下肚竟是淚光閃爍。「在下虛度三十有五。」

「不才虛度三十二，請大哥受小弟一拜！」

江郎此言一出，六少爺即放下酒杯，指示家人在廳堂上擺案，兩人拈香跪拜天地，然後再次入席。

「如夫人見過世面落落大方，為弟妹的青春美貌乾一杯！」六少爺知曉新派人物敬重女士。「麗娘生長在南洋村野不諳我邦鄉規，還請大哥多加賜教！」

江郎示意麗娘，她果然冰雪聰明，大哥大哥叫的親切，一再為六少爺斟酒。

「過兩天請大哥到城外走走，鄉間空氣好，小弟陪你看農田莊稼，聽杜鵑畫眉，賞桃花滿林。」江郎約了再見之日，人力車已等在大門外，依依不捨而別。

* * *

一九二五年春。莊稼漢寄望年成好，生意人祈盼市面景氣，老百姓圖的是安居樂業。外面的世界發生了翻天覆地的變化，孫中山先生在北京逝世，北洋軍閥段祺瑞政府與法國簽訂《辛丑條約》，上海、廣州等地爆發大罷工，河北、兩廣蟲災蔓延，四川流行瘟疫死去二十餘萬人……

江城的日子一樣不好過，稻谷歉收物價高漲匪盜疊起，鄉紳頻頻遭受匪徒綁架勒索，多少人為贖人質傾家蕩產。偶有敢與土匪對峙的村落，竟慘遭盜賊放火燒村。地方政府只曉收捐要稅無能禦敵，百姓只有自發組織民團訓練丁壯，並集結資金購買武器自衛。社團幫會的黑勢力亦逐步向鄉鎮蔓延。

江村族人召開緊急會議商討對策，公議年輕有為的江郎出任民團總指揮。江正則義不容辭願為村民效力，經常進城到有關部門開會，向政府陳詞獻計，籌劃與外村聯防，皆成為他的義務公職。江氏是大同家族。正則的祖父輩沒有兒子，不是夫人不育就是男兒英年早逝，父親和叔伯皆是向外人所買。然而父輩們都很齊心，感情勝卻親生兄弟。江郎雙親早喪，伯父對他的寬容可見一斑。

氣派宏偉的江村大宅門氣勢磅礡聞名遠近，一磚一石皆出自匠人用心。江氏採公產制度，南洋匯來的銀錢除了建造大宅，主要用於購買田產僱用佃農耕作，所有族人花用自有管家安排，孤寡皆有所依。麗娘的印尼舅舅們窮得住鐵皮小屋，幸虧她一直跟母親打工住有錢人的花園洋房，否則會看傻了眼。

江郎的原配李氏出自名門旺族，據說當年送陪嫁的排了整條街。可惜李氏是個小腳女人，除了繡花裁衣並不讀書識字。女子無才便是德，況且她給江家生下兒子江玉鏘，丈夫多年在外洋經商，謹守婦道已屬難得，族中親友都尊重她。只是丈夫帶了個嬌俏的女郎回來，再賢慧的女人心裡也不好受。本來，丈夫與之沒有感情早已心如止水，然而麗娘的來到激起女人一絲妒嫉。

沒有城府的麗娘卻傻傻地，常找李氏學針線活說悄悄話，將自己在外面的見聞講給足不出戶的姐姐聽。有一回說起黃大哥的家事，把個李氏聽呆了。原來黃家三哥快斷氣時三嫂嫁入沖喜，未洞房即成為寡婦。三少奶奶帶過來的嫁妝一輩子也吃不完。這新寡從不步出閨門，從不對外人說一句話，吃喝拉撒睡都在自己房內，事無大小均由陪嫁的老媽子和貼身丫鬟伺候。黃三嫂一輩子緊閉房門，帳子也長放下不掛起。

「姐姐，若要這樣做人可不憋死呀！一天十二個時辰怎麼過！」麗娘說著格格格笑不停。

李氏原本以為自己會恨麗娘，卻多次被這小妮子的沒心沒肺逗樂了。

世道變了，抬轎子的行業已式微，鄉間又沒人力車，這些年李氏都不回娘家。反正母親已經過世，父親也早續了弦，有事叫族弟帶兒子去就是。江郎原訂今日攜子前往南門外給岳父拜壽，臨時城裡通知開緊急聯防會議一時去不成。近來盜匪猖獗，男子都去練拳腳，找誰代勞呢？

「姐姐因何愁眉苦臉呀？」麗娘又是衝口而出。

李氏不介意麗娘這個沒心機的「番婆」，道了自己的苦衷。

「我陪鏘兒一起去不就結了！」麗娘蠢蠢欲動。

李氏想未嘗不可，就叫兒子出來換過新衣，交代一個下人挑禮品，囑咐他們進城即叫人力車代步，囉嗦一番看著他們出門。

三人出了南門徑直朝李氏娘家奔去。李宅大門前人頭簇擁，前來賀壽的不少，喜宴擺到門外去了。來者三人見過主人，麗娘自我介紹，壽星公瞇眼打量了這個年輕女郎心中琢磨起來：女兒讓她來，孫兒又一口一個麗姨地叫，看來他們的感情不錯，倒是放下心頭一塊大石。麗娘是個善解人意的女人，替丈夫道了歉，說他開完會馬上到。老丈人滿意得很，這樣的女人哪個男人不愛？芥蒂也去了。

晚間的酒席自然提及聯合抗匪的大事，江正則慷慨激揚的一番言論引起人們讚賞，他極力慫恿各處民團同心協力聯袂抗敵，得到一班舉足輕重人仕的認同。而江郎身邊那位嬌艷女子更令外圍的村民津津樂道，江城古風淳樸，人們難得見到這種明星般的美女。

時候尚早，岳父勸他們留宿一晚，江郎因不習慣而婉謝。此時城內街燈暗淡昏黃，城外四野萬籟俱寂，麗娘記起黃大哥叫他們小心，近來地方不靖，提議進城到黃家投宿。丈夫卻說大哥身體不好怎好意思去麻煩呢，即使他本人不介意，可管家下人多不耐煩呀！與其入城從南門走到新門，不如直接沿環城馬路朝浮橋方向走，一個時辰就能到家。麗娘默然不語。

給了三倍車錢人力車夫還是不肯送他們抵村中。麗娘爭持不肯下車，江郎說算了，穿過果林就是咱地界，現在離村不遠了，聽聽田裡蛤蟆問候你呢。丈夫見麗娘緊繃著臉想逗她笑。車夫們接了錢轉身朝城內飛奔而去。淡淡的月色灑在荔枝樹上，青青的荔枝果已有拇指般大小，今年的收成看來不太理想，他邊走邊欣賞夜景，麗娘緊拽鏘兒的手都出汗了。

走到果園中段已看得見村口的古井，麗娘正要鬆口氣，突然樹下竄出兩個高大的黑影朝江郎撲上去，一個拿槍把猛砸他的項背，另一個將黑布袋套住他的頭，然後用槍托頂住他的腰，低喝道：乖乖跟我們走，否則連你老婆孩子的命也賠上！只見江郎掙扎幾下不動，料是昏過去了。挑擔子的下人當場軟癱倒地，鏘兒只喊了一聲爹就呆了，麗娘摟住孩子軟了手腳走不動，嗚嗚地哭喊救命。村頭的狗吠了起來，鑼也敲起來了，人聲鼎沸……

黃大哥趕來江村安慰哭成一團的兩個女人，誓言只要能救出兄弟，黃某傾家蕩產亦在所不惜。他要求見江村族長，人說族長在村公所開會，有人引他去了。

當江村亂成一團時，族長桌上放著一封匿名信，分明是匪賊撂下的。據收信者所言，送信的並非常人所言的流里流氣小嘍囉。據說這匪漢子同平常鄉下人一般，頭上戴了個斗笠，遮住眉毛以上的部分，著粗布衣褲，腳上一雙草鞋，腰間一枝旱煙管，雜在村人中普普通通。那人很閒適地送一簍楊梅到村公所來，順便把那封信放到桌上。信的內文警告村公所解散民團放棄聯防，否則將受到毀村的報復，誰敢帶頭江正則就是他的榜樣。還說若要保住江郎的小命，惟一條件是拿番婆麗娘交換，銀錢一概不要，限時兩天後村東頭交割。

族長念完此信長長哀歎，問眾人計將安出？臺下隨即議論紛紛，有人竟歸咎紅顏禍水，道是番婆麗娘害了丈夫性命。

「無法無天成何世道！」黃大哥喊叫著一腳踩進村公所，恰聽到「禍水」二字，衝口怒罵起來：「未能保護婦孺還說三道四算什麼男子漢！」他向族長表明自己的身分，說已經通知有關部門，只是來聽聽江弟族人的高見。臺下迅即面面相覷鴉雀無聲。族長出示了那封信，黃六郎閱後忿然甩手離去。

卻說江郎昏死過去被兩個強盜擄了，也不知過了多久，想是路過一小山澗，有人取下他頭上的布袋，兜頭兜臉淋了些涼水，再用黑布蒙上雙眼，拿繩索將雙手綁住，一人在前面扯著繩子拖他走。江郎身穿西裝仍感到有些寒意，頭髮濕漉漉該是山嵐之故。他在外洋十多載，老家的地理環境一點也不熟悉，只能估計已經到達某處山地吧，遠遠地有狺狺的狗吠。

聽到開柴門的吱呀聲，他們將他推倒在地上，一地的稻草香。江郎說要解手，有人扯他手上的繩子逼他踉蹌起身，那人一邊解繩索一邊威脅，膽敢逃跑老子一槍斃了你。江郎給鬆開繩子得到短暫的自由，卻是酸麻疼痛，因索得太緊手上裂開口子。匪徒用槍口頂著他的背喝叫停下，撒了泡尿舒服了許多。那人又複綁上江的手，推他進房遂掩門而去。

「您是哪位啊？」腳步聲遠去後有個蒼老的聲音，原來這屋裡還關押著另一個人。

「江村人氏。」江郎這才感到渾身疼痛，脖子因受過重擊幾乎抬不起頭。

「是青年才俊江正則吧？我見過你。我是東鄉人氏，他們逼我寫了信，要家裡給一千大洋。」

江郎想只要金錢能解決就可以逃生，安心閉目養神。

東鄉人氏滔滔不絕，講了許多江郎聞所未聞的事，包括官家受賄貪贓枉法、官匪勾結勒索百姓、黑幫勢力滲透鄉府，這才明白自己太年輕不諳世事，逞一時之勇得罪了人，後悔不該回國淌這混水。他真想快回家去帶麗娘返南洋。

迷迷糊糊間有人扯他的繩子，他被帶了出去。有人解開他矇眼的黑布條，江費了一陣才看清楚面前有張桌子，桌上放著文房四寶。押他進來的只是個小嘍嘍，用槍指著他，命令他的聲音來自隔壁，草房子上面通風。

「要多少？一千大洋？」江郎先發制人。

「錯了，江先生，你家銀子有的是，老子偏不要，只要你的如夫人。哈哈！」

「盜亦有道，你們眼中還有沒有王法？」江郎憤怒了。

「老子今天走這條道就不講王法！生意人談生意經，我只與你做一筆交易，番婆子做我的壓寨夫人不會虧了她，你給我乖乖回南洋去，那裡什麼女人沒有?命只有一條，別怪老子崩了你，後悔莫及！」

「江郎堂堂男子漢，寧願站著死不願跪著生，決不拿自己的女人作交換！」江郎拾了桌上那黑布條，把自己雙眼矇上。一切命中注定，他不後悔。

不知何人向麗娘透露了那封信。這無憂無慮的小女人突然百感交集，泣不成聲。家中忙亂，沒人留意她已經兩天兩夜不曾吃喝。

夜半時分，麗娘給自己換上黑色衣裙，拖著虛弱的身子趺趺撞撞走到村東頭。下弦月照下的村莊寂靜而淒涼，蛤蟆和蟋蟀都停止大合唱。小女人連滾帶爬跪到果園裡，望著未成熟的荔枝，想起江郎最愛吃這果子，總是將摘下的荔枝洗乾淨放入紗布袋子，擱在井中浸著，幾時想吃才打上來。

「江郎！我的愛人！殺人放火的家伙們聽著，求你們放了他！放了他！麗娘在這裡！來拿人吧！我在這裡！」她聲嘶力竭地呼喚，昏了過去。

空擴的四野響起「放了他！放了他！我在這裡！我在這裡！」的回音。

果園裡有些微響動，兩條黑影扔出一個麻布包。突然槍聲大作，幾個鄉勇在黃大哥的指揮下衝出來朝林子放槍，可惜子彈沒能打中。村人急將袋子打開，是斷了氣的江郎，黃大哥當即昏了過去。

郎中趕來救人，甦醒後的大哥捶胸頓足痛不欲生。可憐那麗娘讓大夫把了脈，竟是已有身孕。想到未出生的孩子不能見爹一面，她都不願活了。

江村辦起了喪事。

* * *

詩曰：

不寫情詞不寫詩，一方素帕寄心知，心知接了顛倒看，橫也絲來豎也絲。

一九二五年冬麗娘產下女兒，黃大哥領養江郎的遺腹女。黃六郎飽讀詩書，於蘇惠織錦迴文璇璣圖替女兒取名璇璣。璇，美玉也；璣，北斗第三星。璇璣寓織錦迴文圖上之文排列如天上星辰一樣玄妙，知之者可識，不知者望之茫然，其中更暗寓女子對丈夫的戀情，就象星星一樣深邃而不變。

麗娘將女兒留給大哥了無牽掛，產後的小女人更添風韻，像熟透的蘋果。有人暗示她再嫁，那是當年女人唯一的出路，可她沒有江郎早不想活了，怎能再嫁他人？然而她不想活也得活下去，李氏憂憤而死追隨丈夫去了，鏘兒才七歲不能沒爹沒娘。江氏家族雖有固定的錢糧配給，但僅只略微溫飽終不富裕，她必須去掙錢供孩子讀書，那是江家的血脈，惟有以此報答江郎的愛情。

像她這樣的番婆有何出路？

天無絕人之路。黃大哥知道麗娘鐵了心不再醮，對這番婆子深生敬佩之心，立志全心全意幫助她。麗娘有烹飪的天份，大哥介紹她去打住家工，主人試用過讚不絕口，麗娘成了有錢人家的廚娘，用她省吃儉用的工資培養江玉鏘。

話說小璇雖是遺腹女，日子過的倒是有滋有味，養父將精神全用在她身上。清晨蜞埠阿姨在小巷吆喝，下人打開巷門讓小販進來，鮮曬的大鮑魚在鋒利的刨刀下捲成刨花般的薄片，老媽子沖下滾燙的沸水，給大小姐送上。

「爸爸，好甜哪！」小璇舔舔舌頭，滿意得很。她試著拿了片渣吃，一點味也沒有，急忙吐出來。管家買下那隻大鮑魚熬了粥，給老爺小姐備夜宵，小璇總是將鮑魚藏在碗底，嚷嚷沒有鮑魚，硬是要爸爸挾出他碗中的那幾片一並吃掉。爸爸曉得她的鬼把戲也不揭穿，他樂得玩這遊戲。人家的閨女叫爹，他喜歡女兒叫他爸爸洋氣。

三歲上爸爸親自教女兒寫毛筆字讀詩書。小旋搖頭晃腦的樣子好可愛，她記性特好，《女兒經》背的滾瓜爛熟，抄《千字文》的蠅頭小楷也不錯，連貼身丫頭仙兒也跟著知書達禮。深閨於大宅門中，正是：

春季燕回廊，唧呢繞屋樑，薔薇招粉蝶，梔子吐幽香。
夏日避驕陽，葡萄架下涼，鞦韆頻晃動，主僕樂洋洋。
秋月照閨房，安眠睡海棠，蟬聲充耳唱，桂樹競芬芳。
冬釀上廳堂，阿爹獨品嚐，紅紅爐火旺，女兒讀書忙。

小璇的童年並不因生身父母的生離死別而不快樂。

六少爺身為黃家族長卻不喜應酬，閨女長到六歲上開始代表爸爸出場，梳著羊角辮的女孩坐在最尊貴的座位上。由於輩份高，族人都尊稱小璇「姑婆」。

然而好景不長，六少爺抵不過癆疾，鴉片也延不了他的命。臨終前他抓住小妾劉氏和女兒小璇的手，劉氏表示願意留在黃家守節將女兒養大。六少爺一再交待：女兒將來要放洋讀書。劉氏不識字，將小璇送到學堂，母慈女孝過了幾年。

麗娘難得來探女兒，來了母女並無貼心話說，小璇心高氣傲的很。後來麗娘的主人出洋去了，舊僱主介紹她給將軍友人當廚娘。將軍家住郊縣距離遠，便少有機會進城看兒女。江玉鏘中學沒畢業便到鄉公所當差，他不想一味靠麗姨資助。男大當婚，女家是一早訂了的，只因沒足夠的錢未能下聘禮，婚事一拖再拖。

瘦死的駱駝比馬大。黃家的田產和店鋪收入足夠維持生計，爸爸還留下不少珠寶、古董和字畫，非額外開銷不需動用。劉氏喜歡打牌，麻將檯上原是一班老牌友，輸贏不算大。每天輪流到各家去，劉氏總是打扮得光光鮮鮮赴牌局。輪到自家坐莊更隆重，克己招待牌友以盡地主之誼。

有一回輪到劉氏坐莊，上門的是兩個女友外加一位陌生男人，道是林太太有事，唯恐她們三缺一叫侄兒頂上。三娘教子不亦樂乎！洗牌的時候左右兩隻大金戒子晃人眼，兩位太太不約而同穿著黑色老式長旗袍襯金項鏈。劉氏手上是翡翠戒子，臂上玉鐲子晶瑩剔透，湖水紋緞旗袍開高高的叉。瞧她三十不到，白白的瓜子臉上掃了兩道炭眉，薄嘴唇塗得紅亮嬌艷欲滴，雲鬢蓬鬆往上掃，電燙的一頭秀髮齊肩。

碰！久旱的女人露出一口白牙。劉氏對著面前的瀟灑男子眉來眼去，桌底下偷偷踢男人的腳，那男人也擋不住女人的萬種風情，一味瞇著眼笑。

青樓出身的劉氏原沒有貞節牌坊可豎。搭上這位「臺灣商人」後，劉氏攜黃家的珠寶、古董和字畫迅即遁了形跡。這一來成樹倒猢猻散之局，族人為爭奪遺產，將少不更事的小璇送回江村。

小璇用回本姓江。

麗娘需要掙更多的錢，娶媳婦的聘金尚未集齊，又要添女兒的妝奩，永無休閒之日。但她天生是個樂觀的人，兒女在鄉間可以溫飽，她放棄天倫之樂只為儲錢。連年打仗兵荒馬亂，南洋水路又斷，老父已經過身，世上的親人只有兩個兒女。跟著將軍她看了許多戲，都是忠肝義膽、頂天立地、義薄雲天的英雄，惡有惡報善有善報。她相信江郎在天上等著她，但她必須先盡母親的責任，只有那樣才對得起江郎。

和平後將軍調任濱城。麗娘決定先嫁女兒，女孩青春有限需要好歸宿。小璇不覺已屆雙十年華，總算找到濱城一戶好人家。下一步是娶媳婦，兒子老大不小，別人家像他這年歲都娶媳婦生一大堆兒女了。麗娘的主人作保給江玉鏘在濱城海關謀了份職，看來很有前途，不久可以喝媳婦喜茶了。母子三人此後或可重聚天倫，母慈子孝苦盡甘來。

豈知世上事難盡如人意。將軍不久被調任臺灣欲舉家東渡。將軍夫人習慣依賴麗娘希望攜其隨行，可是麗娘說她若去臺灣，江郎的亡靈追不上，海峽風浪特大。將軍聽了笑起來，說你老公死了多少年，怎會等你呢？麗娘答，他等不及可以先娶妻，下一輩子我還是他的妾。老將軍不斷慨歎，世上竟會有此等癡人！想這女人一生孤苦卻甘之如飴，加倍地敬重。他說，不如叫你兒子跟我吧，你們一家人都這麼忠勇仁義。

江玉鏘這鄉下小子自小受生母李氏溺愛，凡事聽任長輩安排少有主見，更是十分孝順麗姨。聽麗娘主人這一說動了心，妻也不娶退了親，決定隨將軍從戎去。兒子這一走再沒有回頭，自此母子天各一方，留給母親永遠的牽掛。

麗娘晚年隨女兒住，將餘生的精力留給她的孫輩。一九六六年麗娘死在紅衛兵手中，罪名是「蔣匪幫家屬」，享年六十三歲。江姥姥終於魂歸離恨天，可以去見她的江郎了。

二〇一〇年十月十五日

光榮人家

——謹獻給在天堂的大哥

半個世紀前我家既是光榮軍屬，又是「革命烈屬」，紅色牌子在大門上高高掛起十多年，宣示著我們高貴的血緣和顯赫的門第。實際上我們家還真是老革命，解放前老爸和叔叔都是閩西南地下組織外圍，他們將爺爺開創的肥皂廠作為地下活動聯絡站，工廠賺的錢都拿去支持革命。濱城解放後南下大軍領導一切，之前為革命事業潛伏民間，一班隨時會掉腦袋的地下工作者，其時好像尚未找到自己的位置，人們似乎遺忘了這些人曾經對建國事業作出的無私貢獻。

老爸並不因為受到挫折而洩氣，仍竭盡全力支持新政權，對共產主義的信念堅定不移。我家老宅子獨立於同文頂小山上，三面是巍峨兩層樓高的大房子，寬大的庭院內可停泊幾輛大卡車，宅外四周是一片廠房和倉庫，沒有其他鄰居。父親將大片房子借給部隊，只留下幾個房間自用。打我懂事起，我們家裡就駐紮著一批批軍隊，不斷輪番換防。軍人們在小丘上集訓、操練、射擊，在舊時的廠房築灶做飯，在倉庫內打地鋪睡覺。

解放軍視我們為一家人，因為我哥也是軍人。我家共有五男四女九個孩子，大哥比我大整整十歲，他於十六歲那年入了伍，在解放軍華東軍區海軍一〇七三部隊某炮艇當信號兵。

一九五四年二月二十五日清晨。福建南部莆田烏丘嶼海面。這一帶幾天前剛颳過颱風，風平浪靜後，久休的漁船紛紛揚帆出港。解放軍海軍部隊作出判斷：國民黨海軍可能乘晴朗的天氣出來進行騷擾，決定採取先發制人，在敵人前進的航道上打海上截擊戰。於是巡邏炮艇大隊兵分兩路，在敵航道側翼夾擊敵人。平潭駐軍配合海軍濱城巡邏艇大隊，派出四艘巡邏艇和水兵師三艘炮船參戰。

一度平靜的海峽瞬間炮火衝天槍林彈雨。解放軍出其不意地攻擊國民黨艦艇，在烏丘嶼以南海面重創國民黨炮艇「海珠號」，浮獲並擊沉敵船「利達號」。激戰中解放軍炮手們以壓倒一切敵人的英雄氣概作戰，官兵渾不顧身英勇殺敵。當時大哥只是一名信號兵，一直堅守崗位揮舞信旗傳達上級指令。經過一輪艱苦的海戰，我方一直占上風優勢，沒有防備的敵方傷亡慘重。當大哥見到炮艇逼向敵艦靠攏時，端起衝鋒槍縱身跳上敵艦，一槍打死掌船的舵手，而後衝入船艙生擒十幾名蔣軍。這場戰鬥共斃敵六十五名、俘虜二十四名。

大哥榮立二等功。

我們這一代的孩子打上小學起就常跑防空洞。濱城位於福建前線面對金門和澎湖列島，飛機總在頭上飛，耳邊老是炮聲隆隆。我就讀的小學在小走馬路，兩層樓高的教學樓下面是寬敞的地下室，警報響起師生們便魚貫進入底層，秩序井然。有時在下學的路上遇空襲，就近找個防空洞鑽進去，待警報解除才出來。因為隨時會打仗，許多老百姓怕空襲夜間都不敢點燈，或者把毛毯、棉絮掛到窗上，將光線遮得嚴嚴實實，玻璃窗上都用紙條黏上叉叉，防止震裂的玻璃碎片四濺。

人們最開心的事莫過於看電影。駐軍每週有一晚放映露天電影，白色布幕扯在兩根電線桿之間，軍人整整齊齊地坐在沙地上，唱著「三大紀律八項注意」，附近的老百姓都扛著長櫈站在放映機後伸長脖子看。小孩們個頭矮看不到便跑到銀幕反面去，尤其方便放水射尿拼比誰的拋物線高。我們一家人則端坐在軍人首長旁邊最好的位置。電影放映前我喜歡將兩手高舉模擬各種小動物：小兔、大蛇、老鷹、馬頭，牠們藉著放映機投射在銀幕上，神彩極了。我們一次一次地看《董存瑞》、《上甘嶺》、《趙一曼》、《劉胡蘭》、《卓婭和舒拉》，學習他們大無畏的革命精神。

哥哥立功後我們家的紅色色彩更濃了，我娘成了「英雄母親」，受到社會無比的尊重和贊頌。許多同學都羨慕我家的軍屬背景，他們放了學總纏著要和我玩。我常常帶一大幫人馬到小山頭上打野戰。我是當然的指揮官，將人馬分成兩隊，較孱弱的一邊扮成「杜魯門」或「李承晚」，最活力充沛的「志願軍」則由我親自率領，彼此用土塊作武器扔向對方，模仿電影大喊「衝啊！殺啊！」互相攻擊。

有一回大哥所屬的艦艇靠在太古碼頭附近，首長讓他休假上岸回家看看。這一天我索性逃學，哥走到哪兒我跟到哪兒，街上的姑娘望著穿海魂衫的軍人都送上含情脈脈的目光，有些少年先鋒隊員還向他敬舉手禮。我從上午跟著走到黃昏，直至送他往碼頭歸隊，仍糾纏著不肯回家。

此時海面上狂風大作波濤洶湧，呼嘯的海浪拍打著海堤，翻滾的浪花尖泛著泡沫。突然軍艦上有人向哥招手示意，還指著我像是在說什麼。哥說那人是他們的艦長，答應可以讓我上艦艇見識見識。艦長破例批準我上船，我高興得跳了起來！

大哥帶領我參觀他引以為榮的艦艇，讓我坐在他的崗位上，給我扣上沉重的鋼盔，告訴我軍人的炮管連續發射起來火力有多猛多威。我雖被風浪顛簸得頭重腳輕卻聽得如癡如醉。此時的我真恨不得快點長大，長大了也要當水兵！當我終究要離船上岸時，仍依依不捨地停靠在碼頭上，望著一艘艘的軍艦，仰視在桅尖飛翔的海鷗。這時我朦朧地看到長大了的自己是多麼氣度不凡：藍白色的披肩整個被海風兜起，襯著一幅堪稱英武帥氣的臉龐，海鷗圍繞著我上下飛旋……

大哥經常給家裡寫信寄錢，他總是省吃儉用，把每月幾元的軍人津貼都捎回家，好讓弟妹們交學費。他一再在信上囑咐媽媽愛護身體，鼓勵弟妹好好讀書，說將來他若退役需要我們兄弟一個個往下接班。有一次來信還夾著張照片，是他英姿颯爽的海魂衫照，在廣闊的大海和藍天之間，哥哥頭戴鋼盔舞動手旗，精神抖擻鬥志昂揚。

然而大哥再沒能回家。

艦隊完成護航任務後開進東山港休整。

一九五五年十月十九日蔣機空襲東山港，艦隊對空作戰從早晨持續到中午。大哥堅守在駕駛臺崗位上，他用望遠鏡監視著敵機，隨時準確地報告敵機方位，指引炮艇對空作戰。中午時分，一架蔣機忽然從後方偷襲炮艇，中彈的炮艇火光熊熊，爆炸聲連續不斷，幾名戰士被氣浪震落海中，哥哥當場壯烈犧牲，享年二十歲。

誰也不敢告訴父母這個噩耗，最後還是大哥的戰友來信，向他們轉達不幸消息，娘當場暈厥過去。父母失去兒子，弟妹失去兄長，作為他的家人，試問我們有多難過？然而想到所有因保家衛國而失去生命的英烈，他們雖死猶榮，他們的精神與祖國同在，我們惟有忍受巨痛。只是老爸受不起這一擊，一向開朗的父親變得郁郁寡歡。翌年的公私合營我家給劃了資本家，老爹終於臥床不起嗚呼哀哉。

五十年代是保衛祖國、建設祖國最熱火朝天的年代，我家弟妹繼承大哥的遺志，積極參與國家大建設。二哥初中才畢業就被娘送去當兵，只是他未能當海軍，分配在陸軍當炮兵。其他的哥哥、姐姐十多歲就走上社會自食其力。母親一直配合政府的宣傳工作，對少年兒童作愛國思想教育，孩子們都把她當成革命母親，給她罩上「英雄母親」的光環。

兄弟姐妹就我讀的書多，我原想報考軍事工業學院，卻遇上文化革命……

那是怎樣一場顛倒是非、混淆黑白的浩劫！我們這個光榮之家突然面目全非，從此失去那道耀眼的光環。娘被剝奪了「烈士母親」的稱號，挨了一場又一場的批鬥，一夜之間頭髮全白，不久即與世長辭。他們對一個上了年紀的母親何等殘酷！我怎麼也無法相信大字報上的胡說八道，他們說大哥非我娘所生，而是我老爸與前妻的兒子，因其生母早死才由我娘撫養。就算哥哥非我娘親生，孰不知「生娘不及養娘大」，何況他終究是我們的長兄，是我們血濃於水的骨肉親人！他們編派大哥受我母親虐待根本是無中生有，哥哥泉下有知一定很傷心，他從來都愛我們的家，孝順母親、愛護弟妹而非孤兒！

走過滄海桑田的半個世紀，多少人仍記得那些為國捐軀的人民英雄？是否青春的記憶一定要被刪去？百年來被集體的力量送到御敵或內戰的戰場，那些為民族、為主義、為理想而獻身的年輕生命，他們及其家人是否得到應有的尊重？當歷史的這一頁即將匆匆翻過去之前，國家又為他們做些了什麼？

于佑任先生《望故鄉》詩曰：「葬我於高山之上兮，望我大陸；大陸不可見兮，只有痛哭。葬我於高山之上兮，望我故鄉；故鄉不可見兮，永不能忘。天蒼蒼，海茫茫，山之上，有國殤。」

天海蒼蒼，人世茫茫，翹望故園，淚沾衣衫。安息吧，哥哥！

二〇一〇年十一月二十四日

杏花

收拾屋子偶見一盒裝飾亮麗的茶葉，想起是杏花送的，覺得該寫寫她的故事。說來慚愧，識我者何其不幸也，他或她總是難免成為我筆下的模特兒。夏天回到闊別三十載的山城，原本以為不可能見到老相識，即使是當年的熟人彼此亦認不得了。不料有個意外。正值我在十字路口東張西望搞不清東西南北時，一把特別尖的嗓音，一個曾經熟悉的面孔，叫我吃了一驚。

「你是杏花？」我撲上去拉她的手，她卻躊躕著打量我。

「我是小蘭！我是小蘭！」我不得不作「吾乃常山趙子龍」狀，大聲通報姓名。是啊，都多少年了，我既老又醜讓人認不出來，可她卻沒變，還是那把嗓子那個模樣那副身板，化了灰也認得出來。漂亮的女人從來不耐老，只有杏花那種類型的女人，上蒼雖沒賜其美貌卻讓她保持老樣子，這就是老天爺的恩澤。

謝天謝地，這位相貌未變的女人終於想起來者是誰了。她急忙拖住我到她家去，說就住在這棟大廈某層，全縣最新落成的高級住宅。

歐式家具一流裝潢，美輪美奐優雅古典。尤令人驚訝的是客廳擺放著鋼琴。天曉得，她也懂這玩意兒！三十年河東三十年河西，這世道真是輪流轉呢。杏花窺見我閉不攏嘴的傻樣子一定甚是自得。她沖上一壺香茗，擺上柿餅、話梅，在茶煙的繚繞下，我不覺沉湎於往事的追憶中。

我倆相識於四十年前，其時彼此皆青春少艾。

下鄉插隊那年，杏花是當地生產隊的一個姑娘，小學未畢業遇上文革。大隊領導叫我組織宣傳隊，能唱會跳的姑娘和小伙子都來了。杏花長長的冬瓜臉，八字眉下浮腫的單眼皮，厚厚的嘴唇內一口玉米牙，挺刮的洗衣板身材。十八姑娘一朵花，美麗是沒有準則的。長相可靠化妝彌補，只嫌她張口是把尖尖的雞仔聲，五音不全荒腔走調，跳舞則手腳不能協調。可支部書記一再交代：「杏花根紅苗正思想好，是革命接班人。」如何是好？為今之計只好委之敲鑼打鼓。杏花跟在一班拉胡琴、吹笛子的男人後面，每晚隊員們唱完語錄歌跳完忠字舞散去了，只有她肯留下收拾場地，倒是個任勞任怨的純樸女孩。

鄉下的姑娘早訂親，杏花的未婚夫在部隊當兵，後來提幹升了官，便向組織上打報告要求結婚。入伍當女兵或嫁軍官必須是處女之身，這在當年是有明文規定的，杏花作了身體檢查，完全合格過了關，上級批准登記了。基層領導關注栽培光榮軍屬是必然的。

有一晚村裡開完批判大會散了場，一支支手電筒光柱結隊歸家去。我走了一段路方發覺落下一疊宣傳稿，更要緊的是還有兩封信務必取回，家裡和朋友的信是我的精神食糧。匆匆調頭返回大隊部，我只顧一腳高一腳低地趕路，不料走到大隊部門口手電筒突然沒電了，眼前頓時漆黑一片，只能小心翼翼摸黑進去。明晃晃的大汽油燈都熄滅了，廳內大堂只留下一盞微弱的煤油燈亮著黃光。突然我聽見左邊房內發出一些聲音！鋪著稻草的蓆上窸窸窣窣的，分明有人在上頭翻滾，伴有輕聲的吭吭哧哧和嬌啼呻吟，間或是兩把熟悉的男女聲細語。

我驚嚇得渾身打顫冷汗直冒，卻強制自己屏息靜氣，艱難地拔開顫抖的腿腳，不動聲色往後倒退。好不容易退到大門外，竭盡吃奶的氣力扭轉身開步跑，直跑到被樹枝一絆，腳下一軟摔個嘴啃泥，跌到田埂那刻上下牙碰的格格響，心臟撲通撲通幾乎跳出口來。

幾經艱難方摸黑回到溪周村，氣喘噓噓一屁股坐到大榕樹下，撫摸搓揉膝蓋上的瘀傷。下弦月此時才露出臉來，彷彿在竊笑我的狼狽相。倒楣透了！倘若那家伙發現有人知道他們的好事將如何報復？沮喪令我欲哭無淚，輾轉反側一夜無眠。

徹夜驚魂未定，清晨頭重腳輕。起床下樓洗臉，赫然見到大隊通訊員白愛國的三角臉，他幹什麼一大早跑來與二叔、三叔喝茶聊天？

「小蘭，我給你送東西來了，書記說知青家裡難得來信，你一定急得很，叫我一早送來。」小伙子挺著雞胸遞上我落下的東西。「書記說，他以為你會漏夜回大隊部取呢。」

「書記說的不錯，我真想馬上去取信啊，可惜昨晚電池剛用完，只好借二叔他們的光一起回來。」撒謊的我幾乎又要出冷汗，自忖臉色定是一陣白一陣青頗難看。幸虧耳背的老好人二叔凡事都「是啊，是啊」附和，愛國是個傻小子，三叔又催著用茶，我才強自鎮定下來。

上樓打開那疊紙，裡面除了兩封信，還多了個漂亮的大紅髮夾子。我平時梳著兩條大辮子，常喜歡在髮梢插鮮玉蘭或茉莉，可從來不用髮夾。什麼意思?!我慌忙衝下樓找愛國，可他已經朝村外去了。情急的我起跑猛追，直到村口小石路才趕上他，這家伙被財金叔攔住打探消息。白愛國難得村民尊重他，能不停下來發表高論？

「愛國！這東西不是我的，你搞錯了！」

「書記說，不曉哪個姑娘落下的，你合適就拿去用唄！」

「我不合適！我不用別人的東西！」我塞給他，轉身氣得幾乎掉淚。

……

「喝茶！喝茶！你在外頭一定喝不到一級奇蘭，今春的新茶。」杏花一手拿著包裝華麗的茶盒，一手提了滾燙的不鏽鋼壺添水，把我從沉思冥想中喚醒。啜了口濃郁的奇蘭（烏龍茶名），自然聊起幾十年前的舊人舊事，杏花慌忙打開客廳櫃子，抽出幾本厚厚的相簿。翻開那本最老舊的，入眼的竟是杏花穿軍裝梳孖辮的少女黑白照，頭上別著個大髮夾子。

思緒又回到從前。

我曾偷偷打聽過杏花的家境，三嬸告訴我，姑娘是村前白大嬸的童養媳，親生爹娘在山地。鬧飢荒的第二年幾乎家家斷炊，山上野菜、樹皮能吃的都扒光了，溪周村多少人家往濱城投奔親戚去了，三嬸家門口天天都有乞討的山地人經過去逃荒。有日來了一家子，男人背上是個奄奄一息的女孩，一家人在大榕樹下歇腳。不想他們休息了小半天還不走，三嬸菩薩心腸，中午多煮了些牛皮菜糊糊施捨他們。她瞥了那小姑娘一眼，細脖頸上吊著個大腦袋，腹大如鼓，看來活不長了。

一家人狼吞虎嚥喝了三嬸的一鍋菜糊糊。女人叫丈夫帶兩個大兒女先走，說此去同安需翻山越嶺，再猶豫夜裡就要餵桂瑤嶺上的狼了，而山地家中已無可以裹腹的東西，返回去全家都得餓死。她決定隻身留下陪女兒，是死是活了結再說。女人說罷解下一副破爛被子，毅然掀起衣襟，將一隻下垂乾癟的布袋奶塞到小兒嘴裡，孩子迫不及待地撲到母親懷中吮吸。恐怕是一無所獲吧，孩子狠命地咬了奶頭一口，母親痛極一巴掌砍過去，小兒像貓兒般哭起來。

男人帶著兩個大的走了。榕樹下小不點的黑蚊子打成圈子，成群圍繞在女孩臉上，除了還有一絲鼻息不能算是活人。三嬸端了碗溫開水想餵她，女人直搖頭，說姐姐偷生產隊餵牛的花生餅嚼碎餵這妞，渴了又灌她山泉水，肚子腫脹起來哪能再喝？春寒料俏，三嬸讓她母女在廊下留宿，料想女孩拖不到天亮了。豈知女孩命不該絕，晚間白大嬸來找三嬸，說她女兒送來一袋碎米細糠，借個篩子用。白大嬸瞧見廊下的陌生人問了情由，急顛著解放腳回家去，回頭拖來個小伙子。

話說小伙子他爹是個郎中，長期在山地賣中藥兼駐診。年輕人失學在家又怕耕種辛苦，自學起針灸療法，給村裡人看牛看豬的，算得上是個土獸醫。大嬸說死馬還當活馬醫呢，哪能任她等死，你就放心狠狠下藥吧。這小子果然施起他的針灸療法，女孩身上遍插銀針，鼻息漸漸粗了起來。獸醫回去抓了些他爹的中草藥，讓三嬸擱藥罐子煎了給病人喝。半夜母親將藥茶給女兒灌將下去，不多時女兒身下泄了一大堆臭哄哄的屎尿，肚子立即癟下去，人也甦醒過來。

女兒活過來了，第二天虛弱的母親要趕路，可背著小妞卻邁不動腿腳。女人說孩子的命是溪周村人救的，哪個善心人肯要她願意放手。白大嬸死了兒子，媳婦再嫁，膝下只一個孫子。她想，常人道：「大難不死必有後福」。救人救到底，這娃子七、八歲會放牛割草，早早便可以養活自己，就收養下了，取名杏花。白大嬸真有眼光，幾年以後杏花長成了乖巧的大姑娘，不僅成了奶奶的好幫手，還由孫女兒晉升為孫媳婦。真個肥水不留別人田。

今冬的招工沒有公開，大隊惟一的名額直接分配給軍屬白家，沒人膽敢有異議。白杏花剛滿十八歲，三代貧農出身，現役軍人家屬，思想進步表現好，還是學習毛主席著作的積極份子，實至名歸。離村上班那天她容光煥發，一頭烏絲頂著個大紅髮夾子。她的工作崗位就在本鎮供銷社，站農具櫃檯，沒有忘本常回大隊探視。

那時節多慮的我一直憂心忡忡，僥倖並無甚動靜。後來我終於覓到一個代課的機會，書記倒是很快就批准的。不曉得是我急於躲開，還是他想讓我快些走？難道真個「世上本無事，庸人自擾之」？小小的龍洋鎮，我與杏花常碰面，找她買點肥皂、紅糖、味精、草紙的，她這人並沒甚麼居心，挺樂意助人。

鄉人道：「娶個好某，勝過三代好祖」。後來杏花的男人退伍了，全憑老婆是國家工作人員，老公順理成章也加入公務員行列，不必回村種田當上了國家編制的幹部。杏花的人際關係網絡很廣，一說打算蓋房子，有人主動給她批鋼材，有人替她運輸木料，況且物美價廉，她的一份工資勝過別人數倍。

會興家立業的賢慧女人自然好福氣，杏花的一班同事長得俊又怎樣？同是站櫃檯，賣布的桃花就慘了。農村姑娘有份工作尚不滿足，還想學杏花嫁個當官的，豈知體檢時不懂去疏通關係，結果落個不合格，全鎮都流傳她不是處女，分明與人上過床。雖因有個鐵飯碗終有人要，可夫妻一拌嘴老公就搬出她的「光榮歷史」，豈不恨煞人也！

幾本相冊記載著杏花的小家庭生活。杏花老公在縣城當官，老婆孩子都調到城裡了。優越的是雙職工生下的兒女歸城鎮戶口，永遠離開土地做了上等人。改革開放後過得更甜美，事實均擺在眼前。她親口對我述說她的美滿家庭。

杏花本在商業部門做煙草售貨員，機構改革前匆匆辦理「病休」，為的讓兒子「補員」。改革後的煙草生意由代理商包銷，回扣利潤諸多名目，年薪逾十萬，反正是發達了，住豪宅開小車，濱城也有物業。杏花隨時緊貼潮流，當她靈敏地嗅到時代興遠嫁，女兒經一表姐的大姑子的堂舅舅介紹嫁了去臺灣。而後女兒回娘家哭訴丈夫游手好閒，立馬叫她辦離婚，經某人的姑媽介紹改嫁她新加坡的侄兒的老表。總之這一回嫁得好。他們老倆口的退休金根本花不完，每週都在老人大學彈鋼琴，過優哉遊哉的日子。

「你的老房子呢？」我想起她三十年前在龍洋墟建的小樓房。

「市區重建，分給我幾套公寓房，租給外來戶。」

乖乖！好個小土豪。

物競天擇適者生存，本是顛撲不破的真理。不是說「書中自有黃金屋」嗎？多少人啃了一世書僅剩兩袖清風，杏花不需讀什麼書卻是成功人士。訣竅在哪裡？

二〇一〇年十二月十日

老屋的兒女

在清水裡泡三次，在血水裡浴三次，在鹼水裡煮三次。我們就會純潔得不能再純潔了。

——阿・托爾斯泰

老家的祖屋歷經整整一個世紀，聽鄉人說就快倒塌了，我決計回去一趟，看它最後一眼。老房子在一座小山頭上，村名「成寨」。這個小寨子只有幾戶姓成的本家，年輕人趕著往濱城打工，且都在城裡成家立室。時間就是金錢，他們難得回凋零的村落，住在這裡的老人謹在等待上天的寵招。

寨子離鄉鎮僅幾里路遙，只是羊腸小道難行，幸虧天晴氣爽，若是雨天就狼狽了。一路上有清泉自山頂往下流，流過一畦畦梯田，繞過一叢叢竹子。青青的山石，湍湍的水流，綠油油的茶樹，金燦燦的果園，坡上零零星星幾座房子，傳來狺狺的狗吠聲。

「石叔，您好嗎？」有位白頭佬坐在土牆邊曬太陽，我走近與他打招呼。

「回來啦？你爹好吧？我昨夜夢見他老人家呢！」老人瞇著雙眼打量我這不速之客。

「我爹是長房大哥，他過身二十多年啦，我是他大兒子阿祥！」恐石叔耳背，我大聲通報。

「大哥的兒子……你從南洋來啊？你爹好嗎……」

想來成石是老糊塗了。我只好自個兒蹓躂，並在腦海中搜尋記憶。

我們長房移居南洋迄今五代，解放初我爹回來參與新中國建設，將我們幾個在海外出生的第三代帶回國。飢荒的第二年我剛十歲，大姑媽來信說要回國探親，消息令家族所有親友都興奮莫名。那天族人幾乎將華僑大廈的廳堂都擠滿了，迎親的隊列比賈元春省親還長。

我長得瘦小，踮起腳根向開過來的小轎車望去，見大堂兄搶上前開了車門，下來的是一位雍容華貴的女人，沒有佩戴耀眼的首飾，一身素淨的湖水色絲綢旗袍，兩寸半坡跟白皮鞋，手上挽著白色皮手袋，在一溜灰色幹部服人群中，顯得特別高貴大方。我敞開嗓子揮手高喊：「宋慶齡副主席！」就差手上沒有鮮花可以獻上。這一喊把一群人都嚇呆了，父親猛喝一聲：「胡說八道！」衝過來作勢砍了我一掌，順勢將我拖出隊伍帶到貴婦面前，滿臉通紅地囁嚅道：「大姐，這小家伙沒規矩。還不叫大姑媽！」

「大姑媽！」叫是叫了，心裡卻嘀咕：大姑媽怎和畫上的宋慶齡副主席一個模樣啊？不對，大姑媽比宋慶齡副主席年輕。

大姑媽牽了我的手，她的手又白又厚，又軟又暖，真舒服。大姑媽一行十幾人，帶回國的行李堆得像小山一般高，但不一會兒就分配光了。人們領了禮物大吃大喝一餐而後散去，酒店房間頓時清靜下來。打後數日我都窩在大姑媽身旁，連她回山城看老家也把我帶上了。

小車只能停在鎮上，一大班客人跋涉上山。大姑媽換了輕便鞋，一邊爬山一邊跟我講她的童年往事。

一百年前祖父在這個山頭蓋了房子娶了親，大姑媽是他的第一個孩子，他最疼惜這個女兒，據說女兒出生時身上有股淡香，吻之令人怡然陶醉，故取名怡。後來祖母陸續生下我爹和么叔。爺爺去南洋，幾年才回鄉一趟，祖母頭腦單純沒有主見，凡事都交她大女兒作主。大姑娘成怡白皙清秀、臉粉腮紅、文靜素雅、賢慧端莊、遠近聞名。雖然山野人家沒能知書識字，卻學的針黹女紅、養蠶繅絲、烹調理家。

春天山坡上一片片青蔥的桑園，老屋子裡裡外外一簸箕一簸箕的蠶，幾乎連走路的地方都沒有，成怡指揮弟妹採桑餵蠶，心都放在蠶寶寶身上。只有幼小的么叔老是嚷嚷要炒蠶蛹吃。大姑媽於是用一把桑葚塞住他的口。蠶結了繭為做絲，山上山下的女孩子都要學繅絲，成怡是繅絲的好手。打十來歲上慕名來成家提親的人家可多了。姑娘恃父母寵愛自作主張，放了母親硬給纏的小腳，拒絕上門的媒婆，說終身大事待父親回鄉自有定奪。

成怡十四歲那年祖父回鄉，同道回國的還有西鄉的紳商林某。有天林先生上山到訪，一眼相中成家大小姐，他說成怡姑娘有「母儀天下」的風度，恰如我錯當大姑媽是宋慶齡，當年孫中山在海外宣傳革命，林先生或是見過「國母」宋慶齡先生的吧。大姑媽泡過百千遍清泉水，吸取了這山水的精華呀！

於是大姑媽嫁到南洋去了。大姑丈原是個紈絝子弟，有一回賭贏了馬隨手將錢扔給老婆，大姑媽當機立斷買了個橡膠園，苦心經營利潤日豐，姑丈漸漸變成一個務實的實業家。林先生見媳婦比兒子能幹，便將手下的錫礦交與她打理，從此林家富甲一方。

說著說著到了村口。全村大人小孩排了一行等在樹下，個個面黃飢瘦衣衫襤褸。吃的用的幾乎都在濱城分光了，大姑媽只好每戶派給一百元人民幣。成石叔正當年輕力壯，又是生產隊長，叫人準備了一頓午餐：蒸蕃薯、煮牛皮菜。客人吃了點蕃薯，倒是一群小孩子狼吞虎嚥掃個乾乾淨淨。

飯後參觀祖父的老房子，一座三進深連護厝的青磚古老大屋，當年祖父用了多少心思才能在山上蓋這房子！長房移居南洋後房子借給成石住，公社化後公家拿來當倉庫。大姑媽指給我看她住的東廂房，指著隔壁說是她大弟弟即我父親住的。叔叔長大後也去了南洋，他常對大姐提自己少時貪玩的糗事，為了免挨打瞞騙父母，如欲夜歸便事先約定，只須輕輕敲三下門，疼他的二姐就會搬梯子讓弟弟從牆上下來。

臨走時姑媽交給石叔五百元，叫他將屋子修一修。此後一別老屋就是十年，直至下鄉插隊我才來第二趟。

二十歲那年作為知青給流放上山下鄉，我不願奔邊遠山區到老家成寨插隊。一個小小山頭，幾戶人家幾畦薄田，難怪祖父要飄洋過海去南洋。爺爺已經過世了，否則必慨歎子孫沒落啊！我只需要一間房一個廚房，石叔眼看長房沒落至此，心下甚不以為然，勉為其難騰出兩個房間。

白天下水田總有螞蝗吸在小腿肚上，用手去抓又吸在手上，吸飽了血才懶洋洋滾下。後來學農民用煙燻，螞蝗怕煙立馬跌下水，可我也就此學會吸煙，且一吸幾十年，成為人人討厭的煙民。我在自留地上種點小白蘿蔔，學女人將它們曬乾醃起來做鹹菜。漫漫長夜孤枕難眠，粗蔴布做的蚊帳內躲著幾十隻蚊子，必須咬住小手電筒騰出手去與牠們戰鬥。螞蝗、蚊子、跳蚤都是吸血鬼，日夜輪番糾纏我，晚間陪伴我的除了一盞煤油燈，還有一隻尿桶，在帳後發出陣陣騷臭。

二姑姑成愫特地來看我。成愫四十出頭，清秀瘦弱不像農戶人家，她並無成家的血緣，是祖母給父親買的童養媳。二姑姑的命很苦，連生身父母是誰也不曉得。父親沒娶她並非不喜歡她，童年他們在一起生活很有感情，況且二姑姑長的很靚，兩道秀眉一雙鳳眼，皮膚亮麗身材修長。然而日偽期間南洋水路不通，父親回不了鄉，祖父恐誤了成愫的青春，讓祖母作主將她許給鎮上的大戶白家。

消息對二姑姑不啻是個打擊，多年的癡情期待盼來澈底的失落，清泉水泡大的成愫經歷淚水的洗滌，愈加楚楚動人。冰雪聰明的姑娘接受相親的安排，自己選擇夫婿，決非似賈迎春誤入中山狼之口。白府兒郎一表人才文質彬彬，在鄉間小學教書，早對成愫有意思。二姑姑出嫁了，新媳婦持家有道，婚姻生活美滿如意，兩年後他們生下一個漂亮的女兒。少婦成愫一臉神采飛揚，時時背著女兒回成寨娘家。豈料好景不長，幾年後發生一場大變故，導致二姑父家破人亡。

二姑丈之父是地方出名的鄉紳，一生熱衷社會公益，政府委以公職他虛與委蛇，暗地裡支持贊助閩西南地下黨。南洋宗親在鄉間置辦的族產都交其代管。土改時工作組擬將白家作為打擊對象，一再鼓勵群眾起來揭發鬥爭，初時農戶反應冷淡，後來有個外號賴子的二流子搖身一變成為農會主任，他最是積極帶頭，這人曾因調戲成愫吃了一巴掌，分明懷著報復目的而至。

夜已深會已散，群眾未能發動起來令工作組何等頭痛！他們在祠堂裡商討決策：務必迅速打開決口，否則怎樣向上級交代！賴子說，反動派不打不倒，咱不用武力他們不怕，民兵跟我來，今晚必須大開殺戒才能打破僵局！他領頭衝到二姑丈家，叫人將院子團團包圍起來。二姑丈聽見屋外腳步雜沓，惟恐父親年紀大受驚，披了件衣服打開大門，不料黑暗中一粒子彈穿胸而來，立即飲彈倒地身亡。

事件之後海外華僑向外事處投訴，白家的地主成份予以糾正為上中農，然而失去的人命無法挽回。二姑姑守了兩年寡，為了擺脫賴子的糾纏，帶著女兒離開傷心地改嫁到桂瑤嶺去。桂瑤嶺上不巴天下不著地，比我們成寨還寒磣，除了搭路過的貨車，半天也下不到山腳。血水浸過的二姑姑不再眷戀舊地，只想平平安安在窮鄉僻壤度餘生。桂瑤嶺的二姑丈是地道的貧農，家裡窮得叮噹響，對大戶人家出身的二姑姑奉若至寶，這老實人死了老婆沒錢續弦，其時身邊有個五歲的兒子。

二姑姑告訴我表姐就要結婚了。我問她女兒將嫁去哪裡？她答哪裡也不去，女兒也是媳婦，女婿亦是兒子。二姑姑的女兒嫁給二姑丈的兒子，關起門一家親。姑丈的兒子當兵退伍回來在同安工作。

二姑姑帶來一隻小母雞，主人瘦雞也不肥，她叫我生個炭爐子燒水，三下五除二殺了雞拔了毛開了膛熬起雞湯。兩個鐘頭後我一邊喝雞湯一邊聽故事。二姑姑與十年前大姑媽說的一樣，叔叔小時經常等祖父上床才溜下山，還將棉被卷成筒狀似有人睡在裡頭的樣子。由於祖父將大門反鎖，回來只可以翻牆進屋，每逢叔叔外出二姑姑就不敢早睡等著幫他下梯子。

「這搗蛋鬼根本不是你祖母親生的呢，難為母親當他心頭肉！」說多走了嘴，捅出了我輩人不知的舊事。

「真的？我不信，誰不曉祖母最疼么叔！」我不想輕輕放過這項秘聞，故意表示懷疑，引出了另一個老故事。

祖母生我爹不久祖父就去南洋，直到我爹十一歲祖父才回來。祖父在鄉下住的第二年，祖母懷孕產下么姑。還在坐月子呢，突然祖父拎了個包袱回家，祖母打開一看是個未滿月有小雞雞的，她二話不說哺乳起男嬰，這孩子就是我的么叔。

二姑姑走後我即啟程回江城，我要見父親問個究竟。

我父親是建築工程師，華僑大學是他負責施工的，多年來一直在三線為政府建廠。以前他只能在年關放十二天假回家，現在被送至江城「五七幹校」，反而每月五號發放工資可回家一趟，雖是有人跟著，只能在家待兩三個鐘。

可憐的父親受了愛國的感召回來受多少苦！加在他身上的是「資方代理」的頭銜和「裡通外國」的嫌疑，作為其家屬子女，完全無前途可言。我不管跟在他屁股後面的來人，一見面就問么姑的事。

父親告訴我：在老屋子出生的么姑沒奶吃送給祖母娘家嫂子，對方吃奶的女兒剛夭折。有一年流行瘟疫，那條村的人幾乎死光，么姑被人灌了一碗醬油活過來，隨那救命的恩人走了。我爹回國後一直打聽么姑的下落，直至大前年才尋到並核對她的資料無誤。父親原計畫那年年底放假去看她，豈知年中被關進牛棚。

么姑住在洛陽，我依地址姓名騎單車去找她。薄命的么姑歷盡艱辛，比之賈巧姐還不如。巧姐兒有劉姥姥報恩的維護，紡紗織布粗茶淡飯過日子。洛陽的女人佇立於海天之間，一個個經鹼水煮過何止三遍？她們赤腳踩過礁巖和鹼灘，雙手破開尖利的蠔殼，補漁網、晾鹹魚、海風吹、烈日曬。

站在我眼前的么姑並非今日惠女的彩畫，雖也包著彩色頭巾，戴著尖頂斗笠，掩飾著的卻是滿布皺紋的臉頰。她亦非身著未遮肚臍的滾袖短衫、下穿黑綢大筒褲、腰繫閃光大銀鏈、飄逸如下凡天仙。眼前的么姑分明是叫賣的老「蟳埠阿姨」，時時肩挑兩隻籮筐沿街巷叫賣，為買主打開海蠣子殼。細瞧其兩手如銼子粗礪變形，解放鞋內一雙大腳松樹皮般龜裂。

端詳么姑的模樣：五官像父親神韻似大姑媽，比哥哥姐姐小十來歲，臉上的皺紋卻比他們多。她自小未吃過飽飯，婚後產下八個子女，一級級樓梯似的。一年到頭喝地瓜糊，年節才煮一鍋夾雜蔬菜的乾飯，孩子一下子就搶光了，連鍋巴也沒留給娘。那窮光蛋男人就會下種，么姑像隻會下蛋的母雞，一年大肚子一年乳孩子，不是前面懷著就是後面背著。

尋找么姑原是為了骨肉團圓，萬萬料不到好事變成壞事。姑丈是貧下中農好出身，子女原本前途無量，大表兄入了伍亦有望升官。然而因為我們這層「海外關係」大大打了折扣，令他的提幹受影響添麻煩，這是後話。

回路上我不斷琢磨：祖母為了祖父的私生子，連親生女兒也放棄。究竟她是重男輕女，還是愛祖父太深？

……

我在老家待了三年，泡了三年清泉水，招工後重墮紅塵，那山水的靈氣漸失。打後幾十年離老家越來越遠，老房子的記憶也越來越淡漠。今天再看它一眼，它將被埋進歷史。長眠在南洋墓園中的大姑媽和巴里島上的叔叔，你們的魂兒來過嗎？

二〇一〇年十二月十五日

順風車

離開山城逾三十載，決心回去走一趟。車子從同安到龍洋已不需走盤山公路，一箭隧道穿越其間。如此簡捷的現代化交通卻使我悵然若失，因為我再也尋不回曾經有過的的夢境，找不到那些一面之交的友人。那些曾居於桂瑤山嶺的人家還在嗎？當年那曾令我心跳加劇的少女，你在哪裡？

時間的沙漏可以倒置回流嗎？整整四十年了！

二十世紀六十年代末上山下鄉運動開始，濱城的三屆生被流放到上杭、永定、武平去，老爸盤算後叫我回山城，理由是龍洋老家距離濱城僅兩三個鐘車程，車子盤過幾座大山就是同安地界，幾時想家了，隨便搭個順風車還不容易！況老家多少有些鄉親關照，去得太遠就鞭長莫及了。我雖是個一米七十六的大小子，倒也認同父親的安排，於是落戶到龍洋。

說是「老家」，靠！若非文化革命，誰來這個破地方？一座小小山頭，幾畦薄田，三五戶破敗人家，怪道老輩人都要飄洋過海去南洋，只有我這沒落的子孫才回來！村裡人蓋的全是又矮又暗的土坯屋，我家老房子卻是石頭打地基、洋灰抹粉牆、朝南敞亮的「地主」大宅子，可惜一早成了公家的倉庫。我僅需要一間睡房一個廚房，勉強向大隊要回兩間。惟每天日出而作，日入而息，攢的工分剛夠米糧錢，油、鹽、醬、醋、柴仍要靠父母接濟，堂堂男子漢想起難免汗顏。

我一直窺伺著兩個地方。山下有家米粉加工廠，是十幾個生產隊惟一的副業，姑娘們三更半夜地上班，不外乎每天十個工分，利潤全部歸了公。工廠需要的是既聽話又沒文化的女孩，村幹部絕不肯輕易讓外來人染指，免得分了他們的油水。另一個叫人覬覦的是小學。小學校在另一條村，從一至六年級有十二個班，包括校長在內的幾位教師屬於國家編制，還有些民辦教員是集體所有制。時有女教師分娩需要人代課，機會終於來了。這條村就我最合適，大隊文書同意讓我代課。

當了代課教師，我真的把心思全放在那班孩子身上，既是他們的班主任也是他們的大哥，站在臺上成為滔滔不絕的講演者。上級只知布置政治任務，缺乏正式的文化課教本，於是除了教學生讀毛主席語錄，我還把西遊記裡面的一個個故事搬上講臺，講解「造反有理」總不會錯，孩子們都被我精彩的故事深深吸引住了。上自然科學課，山裡的兒童未曾見過輪船，我就用薄木板做了個小模型，將它放在裝滿水的面盆裡，向孩子們解釋何為浮力，告訴他們濱城碼頭上停泊的郵輪多麼巨大，可以運載多少人和貨物。孩子們都睜圓雙眼張大口，我作勢將一支粉筆放進前面一個孩子的口中，引得哄堂大笑。我還帶領他們排練文娛節目，且歌且舞；圍起課桌打乒乓球，豐富文娛體育課。

兩個月代課時間轉眼過去了，我可以到手四十八元工資，暫時不必向家裡伸手讓我舒了口氣。更為興奮的是，今個學年招生數大增，上面給加派一個民辦教師名額，學校向教育局推薦，讓我由代課教師轉為民辦教員。我沾沾自喜暗自高興，耐心期待校長親口告知這一佳音。

這一天終於來了，放學時校長搭著我的肩膀，親自陪我步出校門。夕陽照耀著未成熟的稻田，偶爾吹來一陣清風，綠浪翻滾。斜陽下一間間土坯房的屋頂炊煙裊裊，晚風迎面送來燒焦的雜糧糊糊味兒。孩子們放了學從我倆身邊經過，頻頻擺手說老師再見，我的眼裡滿是春暖花開的美景。

校長遞給我一支煙替我點上，還陪上一臉歉意，道是民辦職位有人頂上了，咱公社黨委書記剛讀完中學的女兒，原先給招工安排去永春化肥廠，但縣委幹部子女太多給擠掉了，於是暫時委屈到這裡來。校長拼命地吸煙，煙味嗆的我難受，差點嘔吐。我想我的臉色必定蒼白如紙，但仍須支撐自己，裝出泰然自若的模樣。我明白自己只是一介普通知青，一個平頭百姓的子弟，哪怕有多優秀，也爭不過幹部子女。能不接受現實嗎？

「此地不留人，自有留人處。」我握了校長的手，瀟灑地言別。

希望落空令外表剛強的我幾乎虛脫，不得不回城療傷。一夜無眠頭重腳輕，清晨我背起書包上路，到龍洋車站卻踟躕了。身上揣著幾十元代課工資，卻捨不得用它買張車票。錢來之不易，豈知何時再有收入？再說自從「大串聯」開始，我輩已經練就了搭乘順風車的本領。最早一舉是到省城揪鬥教育廳長王于畊，打著「步行串聯」的幌子，一路幹扒車的勾當。後來到毛主席故居韶山「朝聖」，也是能蹭就蹭，不能蹭才步行，一小隊人馬攔截車輛能否成功全看在下的本領。瞧，身後傳來了汽車聲！我揮舞雙手站到公路中央，一輛解放牌大卡車停了下來。

「草泥馬！不要命啦？」司機大聲責罵，一臉兇相。

「大叔，拉我一段路吧。俺娘病了，趕回城看她。」我走到駕駛室前，撒了個謊。

「走開！」老頭子趁機加大油門，卡車狂吼著飛奔。

「×××！」我朝著車屁股的煙塵狠狠吐口水，三字經全部倒出來。

我大聲喝罵：「看你這糟老頭一副委瑣模樣，若咱是大姑娘你臭爺們還不效勞？好去到深山老林吃人豆腐！」嘴裡不乾不淨地數落著，一個轉身，突然見有個小孩不曉從哪裡竄出馬路，不遠處正有輛車子奔馳而來。不曉得是被雷鋒鼓舞，還是受白求恩精神激勵，我一個箭步衝上前，抱起孩子兩人撞跌出去摔倒在地。車子急煞而止，路上兩道深深的剎車痕跡。

起身看看小孩沒事，只是自己的手肘磨破了皮，以為又逃不過一頓臭罵，豈料今番遇上的是善心人。這個中年男子對我點點頭，目光中有些兒贊許，問我是不是知青，叫我上車。我趕緊稱謝道，哪怕只到同安或集美也行，自己再想辦法回濱城。他說今天一路要停留，恐怕抵達濱城天時已晚。

「謝謝大哥，反正上山一天下海也一天，只要能回家哪怕多晚！」

我爬上駕駛室，坐定了掏出書包裡的「大前門」，恭恭敬敬地替司機和自己點上一支。兩年來學會抽煙，但多是點鄉親們自種的旱煙，「大前門」是專為應酬用的。人道煙酒交朋友，繚繞的煙霧將陌生人的距離慢慢拉近。

山腳的起點是荒蕪的土地、光禿禿的山坡和破舊的土坯房，貨車沿崎嶇不平的砂石公路盤山而上，塵土飛揚。公路彎彎曲曲沒有盡頭，一路往來的車輛零零星星。倒是有些大膽的農民，他們騎著單車迎面而來盤旋下山，車上縛著幾隻大水缸，彷彿在舞臺上表演雜技。

或因有我同路不致悶得慌，一番吞雲吐霧後司機大哥終於打破僵局，主動介紹他的履歷。原來他是歸國華僑，六零年印尼排華回國，只讀了幾年書就到運輸公司開貨車，家人都在郊縣農場。

「你們這些知青學生可憐見的，我跑感德線從不空車，總要帶幾個知青回城。」

「大哥是個大好人，沒瞧不起咱這第十等人。」我是由衷之言。

「幹嘛誰瞧不起誰？哪個沒三災六難的？風水還輪流轉呢！」司機發起囉嗦來。「說的比唱的好聽，什麼祖國是華僑的強大靠山，我的弟妹都沒書讀，他們泡在農場耕地。」

他說罷狠狠地扔掉煙蒂。這是第三支煙了，我自個兒忍著不多抽，只怕剩下的不夠孝敬他。幸好他擺手表示不要了，或許他正擔心這部老爺車，引擎呼哧呼哧地喘氣，蝸牛般艱難地爬行。我在心裡南無觀世音菩薩阿彌陀佛不停頌念，祈禱萬方的神明保佑它不要拋錨。

總算上到桂瑤嶺，車子停在一座房子的籬笆前，司機下去開貨車門，我只管隔玻璃窗看風景。

很乾淨的小院落，兩層樓的瓦房。院子朝東的籬笆牆上爬滿翠綠籐籮，初升的陽光照著盛開的紫色牽牛花，一朵朵花像一個個吹鼓手在站崗迎客。邊角紅的黃的燈籠椒，綠的青的時鮮菜蔬。籬笆牆角有個雞窩，母雞帶著一窩小雞「咕咕咕」叫著，啄著地上的蟲蟻。屋簷下晾掛著一串串已然風乾的蒜頭、蔥頭、辣椒和菜乾。一條小溪流從屋旁流過，竹筒子將清水引入水缸。溪澗側是一叢叢嫩綠青竹，透過耀眼的陽光望見下面的山谷，只見一個小小的田壩，田壟大小不一層層疊疊，村屋分散在四周的山凹間。一簇簇白楊、銀杏、楓木、松杉，聚集成團的竹林，芒果、柿子、枇杷、柑桔等果木錯雜其間。

「洪哥！」走出來一個俏嬌娘。三十來歲，一頭烏絲盤上髮頂，臉頰紅潤笑靨迷人，豐乳細腰肥臀，眸清眉遠不像是種田人的婆娘。

「阿鳳，洪叔的車到了！」嬌娘對屋內喊了一聲。

「哎！」只見一個十六七歲的姑娘，臂膀挽著兩隻空竹籃走出來。姑娘頸項後梳著條大辮子，額前秀髮如雲；兩道炭眉一雙鳳眼，眸子清澈流光閃動；青春妙齡姿容亮麗，不急不徐裊裊婷婷。

司機忙招手叫我卸下兩隻「尿素」袋，待他扣好車門，我倆一人一袋扛進屋。

「五十斤湖頭米粉。」洪哥欣然向嬌娘交差，掩飾不住一臉的笑意。

「洪哥家坐休息一下，姐給你做碗點心。」女人遞上一條毛巾，轉過身對我繼續展現她迷人的笑容。「阿鳳帶小哥去挖幾顆竹筍，別把客人悶壞了，一會兒過來和洪哥一齊用膳。」

這一下該我臉紅了，我懷疑自己成了電燈泡。阿鳳抬頭向我瞟了一眼作示意，自己朝後園步去。偌大的園子四周都被竹葉籐籬遮蔽，只餘一圈碎石砌成的小道供人行走，園中是塊菜地，一排排豆苗絲兒攀細竹子而上，鳥雀啾啾地放聲歌唱。四壁竹叢中有可作手杖的漂亮紫竹，有宜作笛子洞簫的白竹，最多的是粗的能晾衫細的可釣魚的竹竿。一叢叢園竹下用手摸一摸，感覺到尖尖凸起便是竹筍。阿鳳用小鏟子鬆一鬆周圍的泥土，輕輕一揭便是一顆新鮮幼嫩的春筍。她每挖出一顆我就讚嘆一聲，姑娘斜睨了我一眼，電光交錯，我看到她臉上飛起一片紅霞，繼續低頭重複她優美的動作，一會兒便挖滿一籃沉甸甸的竹筍。

「阿鳳姑娘，你上學嗎？」我沒話找話，偷覷她的臉，心跳得很快。

「你呢？你幹嘛不上學來這兒？」反唇相譏的是銀鈴般的妙音。

她說著將手上的籃子交給我，叫我先放到圍牆上。我注視那一雙豐腴並非幹粗活的手，腕上戴著隻淺綠色玉鐲。我的眼睛不曾離開她，見她又挖出兩顆竹筍，削頭剝殼直至見到象牙色的嫩芽，擱至另一隻竹籃裡，然後姍姍走到菜園中央，將圍裙兜起盛載摘下的豆苗兒，倒進竹籃幾乎滿瀉出來。泉水叮噹流暢，阿鳳將她手中的竹籃任由流水沖刷，然後搶過我手中的籃子，說她去做飯，叫我到附近蹓躂蹓躂，一會兒回來吃飯。

我順著小路往下走，下面有座小房子，聽見潺潺的流水聲。原來那是一座碾坊，瀑布衝擊著水車，碾盤轉動，村人用來磨稻谷米麥。有個老人挑著兩籮穀子從村裡朝碾坊走來。老人放下擔子，舉起牆角的長柄掃帚打掃邊角的蜘蛛網，用秫桔編的小掃帚掃乾淨碾盤，往碾盤的橫軸上滴了些油，倒下少許穀子試試，看看似沒問題，滿意地點點頭開始工作。我瞧他磨了一陣子，穀皮紛紛脫落，才意猶未盡地朝坡上走。

遠遠聞到芝麻油的香味，方感到肚子餓的很。洪哥站在門口向我招手，說再不來阿鳳娘急了。我悄聲問洪哥，怎好意思白吃人家？洪哥卻朗聲道：出門靠朋友，有緣才相聚，山裡人好客，不用介意。一邊說一邊拖我歸位。四個人圍著小圓桌坐下仿似一家人，鹹肉絲、冬菇絲燜湖頭米粉，彈牙爽口；雞油炒豆苗青蔥翠綠；鮮筍片湯甘甜可口。阿鳳娘一再給我挾菜、添粉、加湯，只有阿鳳埋頭吃她的，根本不當我存在。

用過膳阿鳳刷鍋洗碗，燒水沖了壺鐵觀音，替洪哥和我各斟了杯茶，她娘在張羅另外的事。阿鳳娘數了一疊粮票和錢給洪哥，說多謝他長年的幫忙，指著地上兩個紙皮盒和兩扎玻璃瓶子，說紙盒裝的柿餅，瓶裝茶油阿鳳用幼籐編織成套子隔開來。這些東西一半給洪哥嫂子，一半替她給未來親家送去，還有那一籃剛挖的竹筍讓洪哥帶回去嘗鮮。

我吃飽喝足去茅廁解手準備上路，再次打量這家院落。這裡是來往車子必經之處，官商都要上門討杯水喝，哪怕皇帝老兒來了，也就是家「龍鳳店」。我癡想多瞧阿鳳一眼，可她躲進裡屋不睬人，沒有機會道別說兩句體己，只好灰溜溜地爬上車。倒是洪哥和阿鳳她娘卿卿我我依依不捨。想到阿鳳已說了婆家，頓時覺得酸酸地難受。

引擎發動了，老爺車放了一屁股臭屁，揚起泥塵。車子拐彎時我百般失意地回望，竟然見到阿鳳站在她家院門口，死死地盯著車子。她見到我回頭了，大眼睛忽閃忽閃，我似乎看到她臉上泛起紅暈，眼簾閃著淚光。一定不是我的幻覺！

一路上我們沒有多交談，我用假寐掩飾自己的失落。車子下山的速度很快，到同安郊區洪哥停了車，將鳳娘所託那一半交給一戶人家，那人家送上一籃墊有粗糠殼的青皮大鴨蛋，少說也有三十隻。為了這籃鴨蛋，一路上自然慢慢開車多加小心。洪哥自言自語，說阿鳳的未婚夫在部隊當兵，遲早會升官，相士一早批這丫頭是官太太的命。我默然不語。

繼續行車到集美，洪哥說在這裡卸貨。一個紙盒、兩隻提籃、五支油瓶搬到我腳下，我看著這些豐盛收穫，想到有個同學的父親開車，家庭成份一欄總是驕傲地填上「工人」兩個字。可政治老師說，舊社會的司機都走私。為了這句話，文革一開始這個「紅五類」同學當起紅衛兵，貼了這位老師的大字報，將她的「黑話」狠狠批判一番。我真希望自己也當司機，不需要冒險走私賺大錢，只求得家人有米、有油、有蛋吃，說不定這份職業還可與丘八一較高下，讓阿鳳轉投我的懷抱。我又看見那苗條的身影，那一雙鳳眼，那緋紅的臉頰……

「美仁宮到了！」

不曉什麼時候我竟睡死了，一口臉涎水，被洪哥大喝一聲驟然驚醒，望見街燈已經亮了。

「夢見美女了吧？哈哈！」

難道洪哥看出我的心事？我的臉燒得火辣辣的，幸虧天色暗淡，否則無地容身。

「謝謝洪哥！」我跳下車揮手作別。

「有緣再見！」洪哥絕塵而去。

我沒再見過他們……

此刻穿越這山洞，我懷念起那些曾經相識的朋友。佛說前世五百次回眸才換得今生的擦肩而過。若然有來世，我願意用千萬次回眸換得與他們再次相遇。佛曰：緣轉瞬即失悔嗎？我說：悔。佛答應給我與你的緣有如一杯冷冰冰的水，茫茫紅塵中，相遇、相知、相戀，剎那間的愛情稍縱即逝，你我何失之交臂，匆匆擦肩而過！

二〇一〇年十二月二十六日

老爺子

私底下我們都叫他老爺子。算起來老爺子是個老幹部，解放前當小學教員時滿腔革命熱情，暗地裡替閩西南地下黨做過線人跑腿。解放後我老爸響應周總理的號召回國參加大建設，將妻兒安置在鄉間，料不到土改時老家給評上「地主」。那時我才三歲，夜夜跟老媽去村裡開會挨鬥。南洋生長的母親未見過世面，受不了被農會痞子辱罵，幾度想自盡未遂，只因放不下我。幸虧後來老爺子帶工作組到我們鄉糾正和整頓，成份才給改為「上中農」。自此我家與老爺子成了世交。可惜他正式參加革命的年份給定為土改，級別受「四九」線所限工資不高，人又大咧咧立場不夠硬，不僅屢屢無法升遷，還時不時讓一班雄才大略者擠到旁邊去。文化革命那陣子他眼光失準「站錯隊」，結果給調到深山當中學校長去了。時值下鄉插隊苦無出路，我便躲到他的羽翼下謀飯吃。

老爺子南人北相，高大、肥胖、禿頂，只有稀疏的幾根頭髮，長年戴著毡帽。夏天穿件襯衫戴著草帽的校長，要是給他一枝「司的克（Stick）」，挺胸凸肚器宇軒昂，便儼然是位南洋華僑大亨。冬季穿起灰色中山裝，雄糾糾氣昂昂目不斜視，橫看豎看挺有高級幹部風度。若站在臺上一揮手，保不準農民兄弟錯看成哪位中央首長體察民情來了。然而若叫他穿上長衫馬褂戴頂狐皮帽，立馬又成了電影中的反面人物「彭霸天」、「南霸天」之流。幸好老爺子永遠笑臉迎人慈和風趣，擺起龍門陣更是古往今來天南地北滔滔不絕，誰跟他在一起也不覺拘束。

有個發放工資的日子，我只得兩張各族人民大團結的十元「大鈔」，其他均是零錢。老爺子從會計手中收下一疊票子，數也不數，大鈔全放到貼胸的襯衣口袋，零碎錢隨便塞入褲兜。我提醒他別弄丟了，老婆孩子等著買糧食開飯呢。他按住胸口說，各族人民緊跟偉大領袖毛主席，牢牢掌握革命大方向，他指向哪裡我奔向哪裡！把我和會計笑歪了。

我去過他老家。山城城廂的村莊，不過是幾百戶的村落，村巷整齊，街道規矩，家家戶戶的大門沿街巷開設，朝南的一律朝南，向北的一概向北，一家家緊挨擁擠沒多大空隙。街門上的匾額都寫著「紅日高照」、「葵花向陽」、「萬壽無疆」、「農業學大寨」、「階級鬥爭為綱」等大字。那時節只在規定的墟日才准許私人做買賣，街巷靜悄悄的沒什麼生意，豬在街上搖頭晃腦，鴨亂跑雞亂飛狗亂叫，一地牲畜糞便。幾間供銷社的店鋪站著無所事事的店員，一兩家信貸社和郵電所都沒有顧客光顧。街道周邊是一大片樹林子，北向有塊大空地，居中有個土臺子，大概是開大會用的講臺。

校長的太太長得高大漂亮，兩條大辮子垂到豐臀上，皮膚曬得黑裡透紅，站在他身邊簡直天生地設一對。女人要帶孩子又要下田，裡裡外外操持不容易。他們村的口糧不夠吃，長年買自由市場的高價糧。老爺子將大女兒大兒子帶到身邊讀書，兩個小兒女跟媽媽。校長只有七十二元工資，除了他本人都是農村戶口，只能買一袋袋蕃薯絲、蕃薯片給老婆孩子當長糧，只求吃得飽不奢望吃的好。居住才是大問題，祖上遺下的兩間房一家子根本擠不下。女兒讀完中學就地當小學民辦教員，做母親的最大願望是蓋起一座大房子，解決住屋的困難。

女人看上那塊空地，夜夜做夢魂兒都飛到那裡。有一晚她的魂飛過樹林穿過果園，赫然看見一隻老虎正襟危坐在土臺上，還用牠的爪子騷痒。女人驚出一身冷汗，醒來滿腦子都浮動著那隻老虎，她似乎領悟了什麼一下子豁然開朗。老虎已然融進她的決心，女人決意要做的事是迅猛而又果敢的。

這塊地有多少人在打主意？村東頭的薛老大從南洋匯來一筆巨款，薛老二覬覦那寶地都流口水了，吝嗇鬼從來一毛不拔，而今頻頻請村支書喝酒為的啥？村西邊的薛仁山薛仁義兩兄弟外出投機倒把很賺了幾個錢，也是虎視眈眈，有意無意地露口風想要那塊地。「順得哥情失嫂意」，支書兩難哪！

哈！昨兒老爺子夫人上門來，正是無事不登三寶殿，開門見山道明來意。這下支書知道該怎決斷啦！老爺子官位雖不高，在村人眼中卻是最有威望最有功勞的。他當公社幹部那陣為村人做了多少好事？當兵、招工、升學，哪一次不為大家爭取多些名額？就算現在當校長，也收容不少本家子弟去彼處做事，教中學的、教小學的、當校工的，少說十個八個。就批給他老爺子，看誰敢反對！

土地到手了，暫時缺錢買蓋房的材料並不是問題，最要緊的是確定動土的時辰。夫人堅信那塊寶地是座「虎穴」，那年恰好是虎年，還須挑虎日虎時破土。共產黨人怎能迷信？若給對立派抓住小辮子，豈不惹一身虱？再說老爺子才不信封建社會那一套，叫老婆千萬別自作主張亂來。老爺子一向耳朵軟疼老婆，這一回卻堅不讓步，太太理論不過憤而仰飲農藥「樂果」，假戲真做把個老公唬得差點軟癱在地，為救人整條村子亦徹夜不得安寧。夫人總算吉人天相，大步邁過了鬼門關。

動土的時辰鐵定在虎年虎日虎時準確無誤。

果然有人向縣政府打小報告，校長迅即被調離校去搞「計畫生育」。這是項最不討好並且受人詛咒的工作。老爺子下到基層農村，將婦女集中起來訓話，女人見到他大熱天戴帽子，都嘰嘰喳喳地偷笑。孩子們搶去他的帽子拋著玩，氣燈映照著他的光頭閃閃發亮，大家更是樂得前仰後合。可他一點也不生氣，笑吟吟地說：

「姐妹們，你們再多生幾個這地球支撐不了陷下去啦！」

「地球有你這種大胖子才會下陷！」一個女人大著膽子笑罵。

「你老婆生了四個，我才生三個，為何要結紮？」一個指著他的鼻子問。

「你紮了沒有？」迎頭劈面給個難堪的問題。

「是啊，是啊，你帶頭了沒有？」女人們湧上來，大有檢查老爺子身體的企圖。人們七嘴八舌動手動腳，鬥嘴的嘻笑的亂成一團。老爺子硬是沒發脾氣，動員大會成了捱鬥大會還笑呵呵的。有人立即打小報告，他又因「工作不力」給調回學校。

兒子中學畢業沒出路只好去當兵。小子夠運氣，編入汽車連學開車，三年退伍後雖回農村，但憑藉開車修車的技術找到了份不正規的工作。「虎穴」只下過地基，小子運木材運水泥，硬是將房子蓋了個大概。大姐還在喬遷新房子那天結婚，南洋的外公也恰好在此日回國，三大喜事擠在一起，世上真有這等巧合！

外公出面直接向省僑委提出申請，外孫出國的要求很快獲得批准。小子到了香港身兼三份工作：白天看機器，下班送貨，夜間看更。小子掙下的錢全部買股票，獲利甚豐。後來從送貨的那家工廠取得經驗，聯繫客戶的網絡，與人合資上深圳開辦同樣的廠子，賺了第一桶金。打後生意蒸蒸日上，一發不可收拾。

後來我見過三次老爺子。

第一次是八十年代末。他攜太太來港，時值其子事業如日中天。喝茶聊天之際我笑談他們的「虎穴」地，兩夫妻笑得合不攏口，看似默認那是塊風水寶地。

第二次是九十年代。他告訴我：大女兒讀完師範，從一個小教員升任教育局長；女婿升任山城縣長；小兒子放棄教員公職自組建築公司；小女兒上大學。

第三次已進入千禧年。這一回太太歿了，老人顯得憔悴而落寞。他說兩個月前埋葬了老伴，心裡實在孤寂得受不了，兒子叫他到香港住一段時間。感受到他孤獨和寂寞的心境，我的心也湧起一縷悲憫的哀傷。

「有件事要跟你商量。」老爺子呷了一口茶，直截了當開口。我看到他臉上泛出紅光，眼裡泛出一絲羞澀的神情，與一大把年紀不甚相襯。原來他想續弦，託我替他給兒子媳婦做工作，他自己不好意思直接與兒女商議。我不加思索答應試試當說客，雖然我從不懂得處理這類事。

我和他的兒子媳婦都是熟人，有話儘管敞開來談。我說了老人續弦的多少好處，譬如吃飯洗衣、生病看醫生、料理人情俗務諸多事項，統統借此得到解決，兒女們精神上可免去不少負擔。我自個兒想，經濟上不過用去老人家的退休金，子女根本不需在乎。他們現今都是上等人：女婿即將調升江城高職；小女兒當上山城農業銀行副行長；大兒子專攻股票、地產，投資澳洲礦山；小兒子是成功的建築商；第三代的孫輩全部上大學。然而事情並非外人想像的那麼簡單，他們認為母親尸骨未寒難以接受。

離港回鄉前我陪老爺子上茶樓飲茶，他拼命抽煙猛灌茶水，而後不斷嘆氣，說女兒安排他一起住江城高級別墅，他一點兒也不想去，老年人還是住家鄉大屋舒服。他還透露有人介紹了個女人，年輕時肯定很俊俏，脾氣也不錯，但是……聲聲慨嘆隱隱動情。為免使他想得太多難過，我聊起許多陳年往事，問了這個那個老師，他仍是提不起勁，搖頭嘆息一臉頹唐。送他回家後我深深不安，心想老人還有幾年日子過？凡人總是受制於種種無形的桎梏而失去自由，人生豈不壓抑？一夜胡思亂想難以入眠。不久得到消息，老人患了癌症，很快便去會老妻了。

近日收到他孫子結婚的請帖。喜宴風風光光，親友族人相聚一堂，極盡奢華。我多喝了兩杯突然悲從中來。老一代人相繼走了，他們的子孫記得多少祖輩的往事？老爺子的音容笑貌宛在我眼前。回家後為他寫下此文作為紀念，不枉彼此相識一場。

二〇一一年元月二十日

血的洗禮

從縣公安局外事辦公室出來，扶著腳踏車經過門口哨崗時，你不由得再次摸了摸貼胸的「港澳通行證」。清明節已過，迎面的風仍令人感到冷颼颼的。風吹得棚子上的破紙捲來捲去，一片片的海報、公告和五顏六色的大標語窸窣作響，幾個「反擊右傾翻案風」的字在風中颯颯翻飛。街上的行人低著頭匆匆而過，人們把脖子盡量縮進衣領，天上壓頂的烏雲和政治風雲變換一樣令人心寒。

你進商業局辦了離職手續，到派出所註銷戶口糧油，到銀行領取一百多元退職金，憑通行證換取一張五十元港幣，五十元是批准你出國的外幣。最後回公司交出一串鑰匙和自行車，與同事握手言別。走出公司大門望向街對面，那裡已經清洗得乾乾淨淨，只是你的眼中又浮現出一片永遠抹不去的血紅的陰影。

一切都過去了，假如什麼都可以遺忘。

歸國只讀了兩年書，中文勉強補上，數理化尚未合格，就遇上文化革命。南洋的父親來信鼓勵說，孟子曰：「天將降大任於斯人也，必先苦其心志，勞其筋骨，餓其體膚，空乏其身，行拂亂其所為，所以動心忍性，增益其所不能。」老爹堅持他的理想，命令你接受現實磨練自己。你腦袋發熱參加「敢死隊」，差一點加入一場大武鬥，是祖母叫小姑丈把你扭送濱城關押起來。無所事事的日子裡你打球、游泳、練槓鈴，混日子虛度光陰。

後來毛主席叫下鄉啦，老爹指示兒子回家鄉插隊，你做足了三年農民。你本是校籃球隊中鋒，其他球類如足球、排球、乒乓球也來得兩下，這些不經意的運動特長很幫了你。鎮供銷社主任是個籃球迷，他老是忘記你的姓名，口口聲聲叫你「番仔」，次次與友鄰比賽都要你冒充他的下屬上場。其時沒有招工名額，公社就把你安插在「食品加工場」當臨時工。美其名曰「食品加工場」即屠場，也就是讓你當屠夫。

你本是個愣頭青，頭腦簡單四肢發達，沒有彎彎繞繞的花花腸子，幹哪行也無所謂，只要不必耕田。可有一樣你受不了，你自小怕血！第一天天還黑朦朦去上工，屠夫們已磨好各款刀具擺好陣勢。墟日收購來的豬一隻隻給倒吊起來，牠們排成整齊的隊列，豬頭齊齊朝下，離豬嘴半尺是條木凹槽。屠夫們身上繫著骯髒的圍裙，斑斑點點黑的紅的汙穢不堪。

屠夫將手中的尖刀向畜牲刺去，手起刀落，一刀見心，幾寸長的口子，血嘩嘩流下凹槽，豬們無可奈何地哀叫幾聲死去。兩個屠夫很快就完成主戲，殺完三幾頭豬後，若無其事放下屠刀立地抽煙去了。看見殷紅的血聞到腥味兒，你這新人覺得自己的喉嚨也湧起熱流，昨晚的蕃薯粥全吐了出來。擦擦嘴角默默繫好圍裙戴上膠手套，除了「過命（手刃）」你不敢動手，吹漲、刮毛、洗糞這些續下的步驟得學著做，完成全套工序天才大亮。

屠夫們迅速將乾乾淨淨的裸豬抬上案子，砍頭、去尾、開膛、斬腳、剔骨，肥膏和下水分門別類一簍簍。伙房的師傅來割取最好的烹調料，煮下一大鍋熱氣騰騰的豬肝瘦肉，見者有份。喝下熱湯品嚐豬身上最精華的部分，你的胃舒服了好多。你永遠不會忘記這充滿血腥的人生第一課。

當了幾個月屠夫，第二年春天商業局將你正式招進去，上級要的人供銷社留不住，主任枉為他人作嫁衣裳。領導擺明看重的是你的球藝，否則許多人比你有後臺有本事。你很為脫離屠場而歡欣，雖然再沒能吃到一流的豬內臟，縣城的食堂難得給一片肥豬肉。你的工作是管理貨倉，百貨公司貨架上的東西未賣光就得補齊，售貨員來提貨你要去開倉，他們給你一大串鑰匙和一輛自行車。上班、打球、聊天、兜風、追女孩，簡單快樂如神仙。

商業局的貨倉正在城廂北面興建，暫借公路處一座樓宇作庫房。公路處直接隸屬省某單位，他們的人員全是南下幹部轉業到地方，設在山城的大本營為的是方便子女受教育。父母隨著建設公路不斷遷移，該上學的孩子就到山城讀書，處裡負責管理他們的生活。這個機構是山城的特殊階層，相比市民和農戶，他們算得上是貴族。山城的居民講閩南語，他們一口標準的普通話。

公路處自成一隅，沿山坡建一排排平房，每個門口打後是一個獨立套間，除宿舍外還有公眾浴室、飯堂、籃排球場、乒乓球房等。大樓原來作辦公用，現在外借給商業局當倉庫。公司為方便你的工作，宿舍也替你安排在這裡。你一個人住逾三十平米的大房，女同事用日本尿素袋縫了張帘子替你遮醜，裡面的一半置床鋪桌椅當寢室，外邊的一半作健身用。新倉庫建好後貨物陸續搬走，你仍舊住在原處。

年底一支「支左」部隊住進這座樓，除了樓上幾個房間住軍人，隔壁一個更大的房間也住滿一屋士兵。林彪墜機事件後部隊似乎一直在休整，軍隊方面的事老百姓不敢過問，楚河、漢界各不相擾。

春節放大假前公司與「支左部隊」舉行一場聯歡晚會。傍晚先來一場軍民籃球友誼賽，你當然要出場的。平常天天與丘八打照面都互不理睬，打了球就是不一樣，聯歡晚會上變得親熱極了。聲討林彪跌落蒙古大草原，慶祝「批林批孔」的偉大勝利，大家都喝得醉醺醺的，你本不善飲，回去倒頭就睡。睡夢中你回濱城與祖母過年，叔叔的小兒子未肯去睡，時鐘剛敲十二下他的鞭炮馬上響起，左鄰右舍的爆竹跟著劈裡叭拉……

你突然驚醒！不是炮仗響——巨響近自樓頂！你揉揉眼望窗外黑漆漆的，按下電燈開關，剛拉開一條門縫，腳才要抬出去，「嘭」一聲巨響，齊左額門框上的磚崩了一角，碎片彈進眼裡，你眼前一黑扶住門框呆立不動。緊接著聽見隔壁方向的一連串槍聲，最後再來一槍巨響，終於沉寂下來。當你呆若木雞之時，人們也不知怎麼來的如何去的，不僅公路處，整個縣城都震動起來了。血遮住左眼，你淨睜著右眼，聽到集合號響起，士兵們都陸續跑出去了。沒能站起來的是三具尸體，地上一灘灘血跡。見到血你直想吐，昨晚的那些酒菜一點留不住。

一個升不了官的戰士「眾人皆醉我獨醒」。武器都在二樓你對上的房間，隔壁住著連長。戰士本睡在樓下隔壁的大統房，他上樓去拿了衝鋒槍，衝著連長的床掃了一排子彈，後來人們見到蚊帳貼牆留下一排彈孔。大命的連長祖上一定是大善人積德福蔭子孫，恰巧太太來探親，外出過二人世界去了。而後肇事者下樓來，本與你無怨無仇，誰叫你掌燈開房門？請你吃一粒花生！只歎閻王爺不收你才跨過鬼門關！接著他朝自己的宿舍掃去一排槍，那些喝多了頭重腳輕起不來的，沉睡了以為放鞭炮不願醒的，統統有福啦，兩個警惕性高的一起身就中了。最後丘八飲彈自我了結。

軍民雙方都忙著善後，車來車去人來人往，不外乎馬上撤防整頓，當兵的退伍，當官的復原。沒人記得你的存在，直到某位領導忽然想起你，公司的同事才趕來看你，他們發現你呆坐著一副傻相，趕忙護送你去醫院。眼科醫生替你作了檢查上了藥貼了紗布，你立即變成獨眼龍海盜。年輕的醫生安慰你：

小意思，很快就痊癒。私下他貼著你的耳朵說，你祖宗有靈，就差那麼一寸之遙，不是擊中太陽穴便是打中眼。

領導授意同事送你上車回家。整個春假糊里糊塗地過，初時還對人講述你的危險經歷，久而久之連自己也厭煩了。每天到醫院換藥，本可以拿病假條儘管休息放長假，可「責任心」叫你回去上班了。你是個不善思維的大老粗，依舊住回宿舍並不覺有何不妥，日子照原樣過，彷彿那三個年輕的生命不曾有過。他們的靈魂是否還在遊盪？你豬一般的腦子從未思考過。

日子一天一天地飄過去，糊里糊塗虛度了四年。春節將至氣溫驟降，寒冬傳來總理仙逝的厄耗。正是這位政治家的個人魅力，令多少海外華僑放棄如日中天的事業，多少人爭相送子弟歸來報效祖國，否則今天的你仍在南洋當大少爺，飯來張口衣來伸手。你這一腦子糨糊的混球竟然頓覺天地間失去巨柱，悲從中來。球隊一班好友臂纏黑紗手持花圈布置靈堂悼念偉人，人人泣不成聲。

人民不滿官方走過場的悼念活動，他們因哀思無法宣洩憤怒了！一個小圈子祕密行動起來，你的宿舍因單門獨戶成為眾人聚會之所。碰頭時消息靈通者告知來自北京的信息。有人帶來天安門照片和詩詞，大家拼命傳閱抄錄；有人痛罵「旗手」是「九尾狐」，慷慨激昂涕泗縱橫。不通文墨的你最喜歡其中一首詩，朗朗頌於口：「欲悲聞鬼叫，我哭豺狼笑，灑淚祭雄傑，揚眉劍出鞘。」

想不到事後許多人被調查。你給叫去問了幾次話，均以與友奕棋作答辯，還是被勒令寫了長達數頁紙的檢討。人家看你滿天飛的錯別字，搖搖頭笑裂了口。你小子出名的大大咧咧，亦確實每晚下圍棋，總算敷衍搪塞過關。

風聲鶴唳。

那天你從北面坡頂風馳電掣而下，車子剛停在公司門口，對面大樓有個黑影飛落，緊接著一聲巨響，血汙四濺，慘不忍睹。一個體委的幹事，策劃一系列悼念活動的積極分子，受不了逼供審查縱身一躍。這一回你再也無法面對，你的腳軟了，再冥頑不靈也該開竅了……

到底是你辜負老爹令之失望，還是老人家向現實低頭而妥協？父親索性請律師直接替你辦理申請出國手續，終於可以離開這個讓你浴過三次血水的地方。

別了，山城！

二〇一一年六月二十四日

師公勇叔

溪周村顧名思義村人皆姓周，人們相互間的稱謂必是叔伯兄弟，輩份大的年齡再小大人也叫他叔公，輩份小的年紀再大人們亦直呼其名。三叔古道熱腸遠近聞名，他的小樓房處於特定的位置，自然成為眾人的三叔。

小木樓南面清清溪流，可拆卸的門板緊閉，門外是高高的一座石砌方臺，臺子是多年前的櫃檯，櫃檯乃商業貿易殘骸，依稀顯露出當年鋪面的丰采。臺下的小石路經過多少年代？似乎沒有人去考究。閉目想一想，這條內通山地外達鎮縣的交通要道，儼然已經歷無數朝代。小路崎嶇狹窄，車輛不能通行，交通工具單靠兩條腿。山地人憑藉這道川流不息的溪水，這條通向文明世界的蜿蜒小路，繁衍子孫。他們倚靠賣柴禾、木炭、茶葉、家禽等易物，瘦小的男人身挑百斤重擔遠道而來，兩條細腿極快地交替移動，路窄沒有歇身處，必得到了桂湖店或溪周村大榕樹下方可一歇。女人雖麻布粗衣，頭上卻插大紅山茶花，背上駝著沉睡涎口水的孩子，手上拎著雞籠、兔籠、豬娃。墟日熙來攘往浩浩蕩蕩，越往內越是雲裡霧裡，人好像跟著一片片浮雲飄動，飄飄渺渺時隱時現漸行漸遠。幸而他們腳下是踏實的土地，全賴有這些堅硬的小石頭，人心才不浮誇。路終會走到盡頭，溫暖的家就在前邊。

小樓東面的大榕樹枝葉茂盛鬚根如柳，夏日驕陽似火，人和牛時時躲避到樹下歇晌，放牛的孩子們將老牛綁在樹下，撲通撲通跳到溪澗洗澡去了。此處除了老婆婆們納涼嘮叨家常，也是上工下田的集合之處。窮人家連個熱水壺也沒有，渴了往缸裡舀一瓢涼水喝，只有三叔家有現成的木炭、爐子和茶具，誰個偶然得了一泡好茶，不是興沖沖拿來這裡讓大家品評？三叔靠茶桌的一面牆上貼著春牛圖，立春、雨水、驚蟄、春分，二十四個節氣是農人耕種的憑據，品茶的同時仔細看看清楚，播種、插秧、下肥、薅草，別耽誤了時令。

有個常來叨擾茶水的怪客不姓周，頭髮業已全白，鑲一口金牙，村人直呼其名「師公」，背後或稱其「師公勇」或「白頭勇」。「師公」，閩南語道士也，因之我始終不知其姓亦不曉其全名。溪周村人從不提他的老家在哪，也不清楚他何年何月進的村，反正他從不下地掙工分，也不吃隊裡的糧食。師公住的土樓一直是我試圖探討的禁地。師公常往山地「走親戚」，每次回村必帶一泡好茶給三叔品嚐。

「三叔，試試這泡新摘的春茶。」傍晚時分師公進門從懷中摸出個紙包。

三叔正茶癮大作，桌上的茶罐子早已空空如也。老人家立馬生爐子煽火，止不住興奮莫名。心急歸心急，按步就班是茶道的規矩，少了任何一個步驟也會令茶葉因之失去濃郁香氣。

「啊！好茶！好茶！一級毛蟹（烏龍茶名）！」三叔讓茶水停留於齒頰間片刻，再慢慢入喉，閉上眼睛反覆品味享受，方予開口評價。「今年第一泡好春茶！」

「今次我替一殷實人家做道場，他們除了給些米糧臘肉，還特地將剛製成的春茶送給我。你知我住的地方髒，茶葉就放你這兒，我常來喝就是。一年到頭喝你三叔的茶還少嗎！」

「這家伙倒是知恩圖報！」平常村人都來白喝茶水，喝完拍拍屁股就走，從不落下什麼，我有點狗咬耗子多管閒事，瞧著男人品茶，私下與三嬸聊起來。

「師公落難了，以前好風光，同安老家蓋大房子呢。文化革命給抄了家，差點叫紅衛兵打死，逃到咱村投靠老親戚。咱這裡離鎮上近哪能搞迷信，他又不會勞動，偷偷到山地去掙口飯吃。桂瑤嶺也時有人來請他去做法事，山高皇帝遠的人家政府管不到。」三嬸向我露了口風。

我心下想，還是鄉下人有血性肯收留他，不將人趕盡殺絕。

農忙過後大隊響應上級指示組織開荒造田，我意外地得到一個「文職」，書記叫我刷寫標語製造革命聲勢，不可以遺漏任何村落。

我提著一桶石灰水到處塗鴉。從大隊部到祠堂外，從桂湖店的櫥窗到小學校外牆，一道道農家土坯牆，一棵棵大樹幹，一座座豬舍，一圈圈茅廁，寫了幾天累得不行，心想還有哪一個角落沒寫？祠堂宗廟是不能冒犯的神聖之地，千萬不可進去，幹部們自己也不敢得罪祖先神明。想起來了，土樓！我不是對土樓的主人好奇嗎？這下子有了窺人隱私的足夠理由！我渾身來勁一躍而起，朝土樓奔去。

土樓原屬溪周村某大戶的私宅，外面用花崗石壘的厚牆，高高如碉堡，巍峨屹立於村頭。當開山造田的聖旨一下，鄉領導發動群眾，將土樓外牆的石頭全部掘走，運送去壘田用了。土樓變成名副其實的土樓，隨著風吹雨打不久垮矣。

土樓大門虛掩，我高聲喊「勇叔，勇叔」，見沒有反應兀自昂首闊步進去。偌大的園子四面都被竹葉籐籮遮蔽，只餘一圈碎石砌成的甬道供人行走，一隻母雞帶著幾隻小雞在覓蟲。園中央是塊菜地，種滿七彩的瓜菜：椰菜、油菜、茄子、南瓜、韮菜、辣椒，一排排豆苗絲兒攀細竹而上，蜜蜂繞油菜花飛舞，蟬兒「知了知了」地放聲歌唱。四周是青蔥果木：桃、李、梨、楊梅、芒果、柿子，牆邊幾個蜜蜂箱子，一角搭著瓜棚，葫蘆正上架，架下有口水井，井邊兩行菸草。和煦的陽光照耀著園子，抬頭望見藍天白雲，腳下是一片豐收的土地，迥異於外面火紅的革命世界。

繼續往裡走，終於瞧見有瓦遮頭之處，草和泥製成坯塊砌成土牆，頂上鋪著幾層單薄的瓦片。牆外油毡布搭的篷頂，左邊一支竹竿打橫，從上而下掛一幅破麻布，中間一道籬笆擋住雞鴨進入，右邊有鍋灶柴草，灶上瓶瓶罐罐，灶底冷冰冰似久不開伙。屋內一團塵封的黑暗，令我這外來侵略者突感恐懼而卻步。伺眼睛適應了黑暗，瞧見內牆角稻草堆中一張破蓆諒是主人的睡鋪，蓆上一窩黑如煙塵的爛棉絮，油汙的漆皮枕邊是本又黃又爛的線裝書，另一邊角落置一隻尿桶，發出刺鼻的阿摩尼亞味。

我想起自己是來「工作」的，環顧周圍竟找不到可以刷大字的地方。糟糕，忽然聽見背後傳來有人進園的腳步聲。

「師公！師公！」有個農婦跌跌撞撞衝進來，女人大開嗓門，手中拖著一個七八歲的小姑娘。

「勇叔不在家。」我告訴她。這時我發現女孩左上眼皮長了個大膿包，紅腫得睜不開眼。「你找他做啥？」

「給娃子看眼疾，你瞧她都快瞎了。」女人很是心急。

「怎麼不快去醫院？難道勇叔會看病不成？」我真想責備她婦人之見。

「大姑娘啊，咱農戶人家哪來錢看醫生？這小毛病師公治得！」

女人話未說完，師公叼著旱煙斗大搖大擺回家來了。他見到我腳邊的石灰桶，瞟了我一眼，口裡沒言語心內一定鄙夷，鼻子輕輕哼一聲，自顧自去準備他的工夫，把我臊得臉紅氣喘。只見他進屋取出小刀、臼子和磨刀石，慢騰騰地從井中打出一桶水，將刀鋒磨利。他指示小姑娘坐在井臺邊的石頭上，命她閉上眼睛，刀鋒朝眼皮輕輕一劃，膿血一下子流出來。師公叫她娘用清水替女兒洗乾淨，自彎腰在牆邊摘了幾棵青草，洗淨放在臼子裡搗爛，敷住女孩的創口，再貼上一片薄荷葉，吩咐婦人捂住，等下經桂湖店買條毛巾綁住，診療算是完畢了。女人千恩萬謝，我也訕訕地隨著兩母女告辭。

師公的「醫道」令我瞠目結舌，雖親眼目睹卻不敢相信這等「醫術」。我擔心那女孩受感染而發病致盲，咒罵師公騙死人混飯吃也罷，千不該萬不該矇活人，十足茅山道術江湖術士！我不曉那女人住哪條村，諒必是山地人才會相信如此巫術，心裡一直放不下。忐忑不安多日，直到下一個墟日，女人挑著擔子經過我們的小樓。

「喂，喂，嫂子記得我嗎？」我向她招手。

「記得，那天在土樓嘛！」她將擔子停在榕樹下笑嘻嘻地。

「你的女娃子好嗎？她的眼睛？」我緊張極了，惟恐聽到壞消息。

「好利索了，連疤都沒有，水溜溜！」女人揚起簍筐中的兩支茶油瓶子，「這不正要送去給師公，向他道謝呢。」

俺尷尬而語塞了。

成寨的成石叔最近不見冒泡，有人傳說他冒犯了神明。道是有天晚上成石到隣村喝喜酒，回家走到半山坡突然三急，便在哪座坟頭上解手。醉意令這個一向膽小的農夫突然放肆起來，出恭後尚覺得意猶未盡，挺起小弟弟向坟墓後面的土地公撒了一泡尿，再嘔出一灘穢物。農夫醉醺醺抵家倒頭一睡，醒來對老婆嘰哩咕嚕講了一通廢話，令成石嬸頓時慌了手腳。女人親自到那座坟前祭拜，而後又是求神又是念經，可成石時而清醒時而胡言亂語，真正犯糊塗了。

村裡的稻田一年三熟，山上的冬田一年兩熟，趁著往冬田收割水稻順路，下工後我摸上成寨看成石。沿著一條涓涓細流的清泉水，經過一畦畦僅剩稻茬子的梯田，繞過一叢叢翠竹，穿過碧綠的茶園，見到屋頂上裊裊的炊煙，狗吠起來了。

徑直走進成石家，見到平時勤勞的大男人窩在地上，能吃能睡卻不能勞動，口中盡說些不明不白的胡話，連我也認不得了。

「成石叔怎麼啦？送他下山看醫生去吧！」我向照顧他的女人提議。

「桂湖店的大夫來看過了，吃了幾天藥還是沒用。」女人嘆了口氣。「咱窮人病不起呀。人家叫我找師公勇作法，反正死馬當成活馬醫，我這就與你一起下山去找他。」

「又是師公！」我心裡嘀咕。

成石嬸拿了一件成叔的汗衫，當即隨我奔溪周村。

第二次進土樓，師公在切菸絲，成石嬸道明來意。我心裡想：說不定這家伙早已洞悉，只在等魚兒上鈎。師公懶洋洋地切完所有菸草，徐徐裝入一隻草織成的袋子，方起身進屋。

見他久無動靜，我躡手躡腳趨前探視，入眼的景致把我嚇了一跳。師公穿著一件黃色袍子，跪在屋內一個角落，口中念念有詞，角落供著一幅畫像，像前的小香爐逸出濃濃的檀香。約摸燃了半支香工夫，師公將一疊黃紙放置地上，用木棍子打了幾下，口中念念有詞，再置入腳邊的破鐵鍋，劃了支火柴，火燒起來。他拿出成石的汗衫在火焰上揚了又揚，又是念頌什麼的，然後再三叩頭跪拜，而後將所有工具收藏在稻草堆中，施施然踱出來。

成石嬸感激不盡地取回汗衫。我的疑惑自不必說。陪著成石嬸出來，我仍然勸她給成石求醫，她沒言語。不久在向黨匯報開荒造田戰績的大會上見到成石，他歡天喜地的，似乎不曾發生過什麼事。

半夜被一個聲音吵醒，有人在西窗下叫三嬸，睡在樓上西廂房的我聽的一清二楚。

「三嫂，幾點了？」是三嫂的妯娌二嫂的聲音。三叔家的雙鈴馬蹄鐘是全村惟一的計時器，經常有人來問時間。

「四點達二。」三嬸摸索著起身，擦支火柴照亮了時鐘。「生了吧？肥囝！」三嬸何等聰明，只有生男孩祖母才會如此緊張，銘記下這個關鍵的時刻。

「肥囝！」二嬸笑得合不攏嘴。與其說來問時辰不如說是來報喜，媳婦生了三胎女兒，這男孩豈來的容易？

第二天三嬸扭著小腳要去看侄媳婦和侄孫，我扶著她穿過北面的果園前往二叔家。見到忠江嫂子躺在床上，乳著嬰兒一臉的幸福。提到要向娘家報喜，她說母親本要上門來看女兒和外孫，卻因染病在床不能前來。

「一年前盼弟出生還見過她，身強力壯的，有啥毛病？」三嬸不解。

「我哥說母親夜夜夢見死去的小弟向她索討老婆！三嬸你說怪嗎？」忠江嫂轉為十分憂慮，弟弟死於飢荒年，其年十二歲。

「算起來你弟若在世也該討老婆啦。」三嬸嘆氣道。「不如問問師公。」

難怪師公不事生產也有好飯吃，鄉下人果真篤信鬼神呢。這文化革命破的「四舊」不是白搞嗎？我既插不上嘴，也無法相信這類子虛烏有的東西。

三嬸果真請教師公。師公當媒人介紹了門「神仙親家」，對方的女兒夭折多年，計陽壽已到嫁老公的年齡，兩家做了鬼親家。據說事成後忠江嫂的母親馬上痊癒了。我能不歎服師公這位心理醫生？

離別鄉村三十多年，插隊溪周村期間的人和事常在腦中浮現。三叔、三嬸和其他老輩人早已離世，師公勇叔亦然。我常常懷念他們，懷念那潺潺的溪流和黃土地上的鄉親。

二〇一一年二月十六日

老柳

清晨的冬日像煎熟的雞蛋軟軟地照著小石路，土坯牆根下是幾個衣衫襤褸的農人。誰放了個臭屁，是吃了隔夜冷蕃薯吧，有人捏著鼻子有人用手搧搧風。一個老農脫下黑黝黝的小襖交給身邊的老伴，女人將衣服當空一抖，或想抖走跳蚤，然後對著日頭照一照，看到幾個窟窿裡面都走了棉花。老婦身旁有個籮筐，放著針線、頂針、剪子、碎布什麼的，瞇起雙眼穿了根針縫補起來。老農剛喝下一大罐地瓜糊，尿急了趕忙到牆角的尿桶溺了，撒得通通通地響。也許肚子咕嚕咕嚕叫，他便坐下不動，只想借那一絲陽光的熱力支撐到中午。

影影綽綽地從鎮上那頭移動過來兩個影子。手遮涼棚望去，前面是個瘦弱的小子，手拎著個大網兜，見村人望向他便昂首闊步挺出雞胸，人們遠遠就猜出是大隊通訊員白愛國。走近了，後面的男人三十出頭，長長的蓬鬆的頭髮，黑色寬邊玳瑁眼鏡，身上青灰色舊解放裝外罩著件毛領軍大衣，腳上是雙沾滿泥土的膠底軍鞋。走近了見他背上背著棉被，橫三豎二如軍人般扎實得像塊豆腐乾，手上提著大旅行袋。

「呷未？石伯！」男人含笑與一老者打招呼。

「哈，你不是柳同志嗎？」石伯尚一臉惘然，財金叔搶先認出來人了。

「是啊，大家好，我又回來了！」柳同志見有人記得他，確實有點興奮。

柳同志是桂湖大隊的老朋友。始自一九六三年的「社會主義教育運動」，城裡大批幹部被派下鄉搞「四清」，此君在溪周村住了三年。其時工作組完全取代村領導，搞的是「小四清（清工分、清帳目、清倉庫、清財物）」。飢荒年剛剛過去，農人的肚子尚未吃飽，偷雞摸狗割禾盜草的確是有的，幹部恃權多吃多占也在所難免。鬥爭就從此開始啦，人們必須互相揭發記錄在案。後來傳了「雙十條」指示，「小四清」變成「大四清（清思想、清政治、清組織、清經濟）」，運動發展到「反修防修防備世界大戰」層面，被清算的便不是基層幹部的經濟作風，而是一切以階級鬥爭為綱，運動陸續延伸至文化革命。

然而老人們對工作組的來來往往根本無動於衷，反正哪個來了都待不長，他們關心的是今天家中有沒有吃的下鍋。只有財金叔看兩個幹部走過去，心裡在猜測工作組為什麼又下來了。財金叔跟他老子學了手打棉績的工夫，一度被批判走資本主義道路，只得作檢討掩旗息鼓。無奈一家人半饑半飽，老婆孩子面黃飢瘦，最近又偷偷幹起老本行，老棉絮又硬又黑的人家耐不了寒都上門找他翻新。這時他掏出破唐衫口袋內的旱煙和煙斗，擦了火柴猛吸一陣，拍拍屁股離開，決定找人探聽一點口風。

不用白愛國帶路老柳也熟悉這條村，但規矩還得照來。上次下鄉是領導農民搞運動，今次是來接受教育的，絕不可以本末倒置。文革一開始，柳的檔案就被人挖出來，人人曉得他在五七年「反右」沾了邊，加上其作品具小資情結有「毒」，被省文化廳下調到山城縣文化局。現在縣城文化機構被強行解散，文化館的幹部們都下放基層勞動，老柳不是本地人，革委會安排他到桂湖鄉「蹲點」來了。

六五年搞四清時基層領導不清楚老柳的事，人們對搞文學創作的人十分崇敬，幹部們都把他當成大作家。而今不同了，他被掌權派下放來做調查，處理四清運動遺留的公案，清算本村一疑似馬共叛徒。

可笑那個為理想捨棄身家財產、帶著兒子回歸祖國的華僑，成為連年不斷被調查審問的對象。早期有些人想把案子搞大，無奈四清沒搞出結果局勢就變了，現在有一些人又想立功，於是重頭再來。

經過溪邊的小木樓，三叔正在榕樹下劈細柴準備生火，一疙瘩一疙瘩的黑蚊在他頭上打圈。三叔是眾人的三叔，三叔家是眾人的茶室，老柳哪會忘記三叔的鐵觀音香茗？忙道了聲「三叔早！」

「快來喝茶，昨天山地剛送來秋茶，齒頰留香！」好客的三叔抬頭看見是老熟人，開心的不得了。

「謝謝三叔，我放下行李就來叨擾您的茶！」老柳怕耽擱建國，拱手推辭。「等下過來問候三嬸。」

兩人穿過竹林走過兩戶人家來到溪周村祠堂。四清時老柳在這裡住過，現在到處堆著柴草，想必是隔壁人家或公家的。大廳倒是打掃過了，乾乾淨淨的；床上鋪著稻草編的褥墊，上面蓋著草蓆；桌椅都擺放好，桌上有盞煤油燈；屋頂是掃過塵的，對面牆上有個燕子做的空巢。過道處有水缸、水桶、水瓢、吊桶和扁擔，滿滿一缸水。一座舊時砌的小灶，鍋、鑵、熱水瓶齊全，灶前有張燒火坐的小凳子。

愛國對老柳說，大隊革委會安排他在隔壁蓮花家搭伙食，已經知會對方了，柳同志晚上餓了可以自己煮食，雞蛋、山藥、洋芋墟日有的買，柴草就用生產隊的。老柳想起蓮花的丈夫在濱城工作，一個男人去她家吃飯不怪相嗎？可自己又不好多說什麼，今時不比往日。他脫下軍大衣丟到床上，從上衣口袋掏出一沓紙票，數了二十斤糧票、半斤油票和三元人民幣，叫愛國到糧站買米買油給蓮花送去。

愛國走後老柳拉開旅行袋的拉鏈，裡面除了衣服、鞋襪、蚊帳和幾本書，還有一個大鐵匣子。取出盒子打開來，原來是個工具箱，小碼的鋸子、鎯頭、銼刀、螺刀以及鐵釘、木膠水、繩子，應有盡有。他迅速移動桌椅爬上爬下，在大廳兩邊牆上釘了鐵釘掛上蚊帳，再拉起繩子用一塊舊被單遮住床的位置，擋風兼不讓外人看見免得不雅。這些年來頻頻下鄉，早已學會巧手應付生活。

收拾完畢老柳加了件衛生衣，脫下鞋和襪子放入搪瓷面盆，拿出肥皂、刷子、毛巾，換上人字拖鞋掩上門。這門拉上得了，是不需要上鎖的。村裡的人雖窮卻誰也不偷私人的東西，公家的糧草就難說了。踩著陽光透過竹葉投下的一個個光斑，來到大榕樹下叫了聲三叔，扎小腳的三嬸巍巍顫顫地從東邊小門探出頭來。

「今早聽見喜鵲叫，想不到貴客是柳同志！」

老柳連忙將臉盆放到榕樹下的大石頭進屋去。三叔的小炭爐燒的正旺，水壺嘴冒著蒸汽。老人用熱水沖洗了茶具，泡了上好的秋茶毛蟹，照程序先來個「關公巡城」，再一遍「韓信點兵」，然後敬柳同志吃茶。老柳謙虛地讓了讓就爽快地斟酌起來，邊品茗邊與三叔三嬸聊天。三叔說今年稻子秋收多少分糧多少，三嬸道雲兒訂了親要嫁去大西北。接著二叔將牛繫在大榕樹下進來打岔討茶喝，二叔是三叔的哥哥，幾十歲仍田裡地裡去掙工分。

西屋廚房有個梳辮子的少女走出來，嫻情淡雅不似本地人，只見她優雅地上樓梯，無意中拋過來的媚眼恰好碰上老柳的目光。老柳問來了什麼客人？三嬸道：知青唄，小嵐姑娘插隊住我們家來。一會兒見那少女捧了一大盆衣服下樓來，徑自由西邊小門出去，看似去溪邊洗衣。老柳這才想起自己該去洗鞋襪，喝淡了一壺茶告辭了。

那女知青果然在溪邊洗被單。她將被單鋪在大石頭上，擦一遍肥皂揉揉搓搓，然後捲起褲管站到水裡將被單撒開，揚一揚再用力搓揉，如是重複。一群婦人邊洗邊談天，揮著洗衣棒槌，劈劈拍拍嘰嘰喳喳像開籠的鳥雀。忠江嫂因為生了個男娃話特別多，奶汁漲得胸部衣服濕透。這女人眼尖瞧見老柳，大聲問候道：

「柳同志下鄉啊？」

「是忠江嫂啊，恭喜你生個胖兒子喔！招弟上學了吧？」老柳似乎和她很熟稔。

「招弟要看牛，還沒上學呢。」忠江嫂奶漲得厲害，趕緊擰乾衣服回去奶娃子，邊往岸上走邊說。

「女孩子讀書一樣能幹，別耽誤啦！」老柳說這話時不覺望了少女一眼，然後羞澀地蹲到女人堆，在忠江嫂原來的位置——女知青身邊刷鞋子。

姑娘見他鞋上的泥將溪水都弄混了，馬上收起被子擰乾跑了，看也不看他一眼。當老柳洗乾淨他的鞋襪時女人們都走光了。他順便洗了個臉，瞧瞧周圍沒人索性擦起身子。待他踩著石卵子上來，一個八九歲的男孩站在他面前。

「柳同志，阿母叫你呷糜（喝粥）。」

於是他跟著男孩穿過竹園。第一戶人家是生產隊長周勇的房子，第二戶才是蓮花的家。老柳捧著面盆進門，白蓮花二十七八，人如其名白白淨淨珠圓玉潤，笑容燦爛如一朵鮮花。她指著桌上擺好的碗筷說，農家沒什麼招待同志，將就喝粥吧，跟著照看孩子去了。

老柳趕緊道了聲：「麻煩孝全嫂子啦！」

蓮花的男人輩份低，全村大人小孩都直呼其名，老柳是外人，禮貌總是要的。坐到飯桌上，看到桌上一大碗黏稠的新米粥，一大盤黑糊糊的鹹菜，這才感到飢腸轆轆，坐下扒了幾口，頓時身子暖了起來。挾了一口鹹菜放到粥上，黑白分明，正要扒入口，突然見到粥上一隻蒼蠅，要不是蒼蠅的毛毛腳粘上米湯翅膀不停顫動，這個近視眼一口當鹹菜吞下了。

這下子老柳為難起來了。剛才喝了三叔的好茶，已經餓得前胸貼後背，除了這碗粥什麼吃的也沒有，要等到傍晚才有東西下肚了。蒼蠅骯髒極了又帶細菌，這粥肯定不能吃。可萬一傳了出去，人家會批評你小資產階級思想，糟塌勞動人民的血汗糧食，又不是沒試過讓人無限上綱上線！再說，瞧蓮花那三個孩子餓極的樣子，自己一走開難保他們不搶著下咽，吃壞了肚子怎麼辦？

「哎喲！」他只好將蒼蠅用鹹菜蓋上，手按肚子叫起來。

「柳同志怎麼啦？」蓮花聽到呻吟從後廳跑出來，三個孩兒也都捧著飯碗跟著，老柳一眼看到他們碗中的地瓜糊。

「嫂子，我今天一早在縣城吃了髒東西，一個上午鬧肚子，現在又疼起來得趕快回去吃藥。我有病，這碗粥不能要了，千萬別讓病菌傳播給豬，只能給雞吃，雞是吃蟲子的，記住！還有這兩塊錢拿去買些豆腐、山藥，孩子們都餓著。」老柳放下錢裝成趕去蹲茅坑跑了。他豎起耳朵聽到背後蓮花打了兒子，想是孩子爭吃那稠的粥，他娘知道輕重倒給了雞，孩子們大聲啼哭。顧不上他們了，這整個下午必須餓肚子，只有拿書出來讀，投入書中的世界方可忘卻人世間的煩惱。

一會兒工夫有腳步聲過來，蓮花在門外說話：「柳同志你的面盆！」

老柳這才想起忘了洗好的濕鞋襪，忙道：「嫂子進來呀！」

大門本來洞開的。蓮花走進屋將面盆放灶上就出去了。老柳要晾鞋襪，這才看見灶上有包東西，打開是幾個柿餅，明白蓮花是個善解人意的女人，恐怕自己沒吃飽餓呢。他聽說過蓮花的傳聞，男人是家族三代的獨苗，父母早亡堂叔伯養大，拘於某種原因一直無意結婚，無奈族人施壓才勉為其難討了老婆。婚後男人很少返鄉，倒是每月領了工資準時寄錢養家，偶爾回鄉一趟，三個男孩對爸爸顯見生分。

老柳之所以被安排在她家搭伙食，表面是蓮花家近祠堂，實際是對老柳的考驗。可憐婦人和孩子口糧不夠，藉此幫補她一點，則是老柳的個人意願。

農閒本來就沒活幹，大隊正式通知知青小嵐協助老柳做些謄寫工作，通常在晚間有人被「邀請」來祠堂交代，美其名曰不影響生產。最常被邀請來的是周貴。晚飯後小嵐挾著手電筒到祠堂來。老柳將椅子從桌下掉轉過來說，請小嵐同志坐亮的這邊，指周貴坐對面的小板凳，自個兒將屁股貼著床沿。他遞給周貴一枝自捲的農家煙，意味著該開始了，隨手給少女一沓雜紙說，請記錄下來。

周貴便慢慢回憶他的歷史問題。

祠堂朝北，關上門天井的風仍大，昏黃的燈光下，蚊子在暗處嗡嗡亂飛。蓮花叫兒子送來一個蓋著草木灰的炭爐和幾枝木炭。微紅的火星帶來一點暖意，爐子沒坐上水壺，老柳將廢紙團丟上去，火苗竄的暖烘烘的，蚊子就不敢太明目張膽咬人。完了老柳送周貴和小嵐出來，周貴朝西走田埂小路，老柳陪小嵐朝東經竹園回三叔家，一路無話。

第二日看那些亂七八糟的記錄，小嵐必得重抄，老柳早給她準備好了本子。女孩一個人在祠堂謄寫筆記，老柳不知跑哪去了，說不定去鎮上買日用品。這家伙有辦法弄到公家的一些配給品，有時給三嬸一點糖或味精或兩塊肥皂，給蓮花一塊肥豬油或一條鹹魚。革命派都忙著奪權，反正沒人檢查其工作進度。

謄寫完畢小嵐將本子放在老柳枕頭上，發現高高的枕頭下厚厚的，心想這文人不曉讀的什麼書，偷出來看看。抽了出來，不是書而是個大簿子，密密麻麻潦草的鋼筆字。

她細心看下去，啊，原來老柳在寫書，寫一些恐怕不能發表的文字。她突然產生一種感動，渴望對這個男人多一些了解。少女曾經不經意地撞見老柳窺視自己的目光，心中慌亂惶惑而回避，此時想起來仍不免臉泛紅潮心跳加劇，她為自己不可思議的糊塗而羞愧。翻看了幾十頁，文筆犀利內容精彩，小嵐感動不已。然而她突然憎恨起這個偽君子：叫知青寫整人的黑材料，他自己寫的卻是文藝作品！少女心猿意馬地將材料整理完畢，把本子悄悄放回去，讓他繼續寫完大結局吧，滿懷惆悵地走出祠堂離去。

鎮上再一次放映《沙家浜》。樣板戲是革命教育，人人得一看再看，何況鄉間沒有任何娛樂。沒有月的夜，黑壓壓的人海，燈光熄滅開場了。觀眾屏氣凝神注視著銀幕，人們投入欣賞阿慶嫂的唱詞：

壘起七星灶，鋼壺煮三江，
擺開八仙桌，招待十六方。
來的都是客，全憑嘴一張，
相逢開口笑，過後不思量。
人一走，茶就涼……

一隻強有力的手按在她肩上，一把低沉的嗓音貼在女孩耳邊，一縷熟悉的淡淡的煙草氣息。

「你偷看我寫的東西？」

「是你不收藏好。」

……

「我故意讓你看的，我知道你會明白。」

沉默。

回程他一路上打著手電筒替女孩照路。兩人一言不發走到木樓東邊的小門，小嵐踏上西面的樓梯，老柳跟三叔打了招呼轉身步入竹園。

萬籟俱寂。

輾轉反側。

黎明前的風吹過竹林，無數露珠欹欹地離開竹葉。只有那霧靄，那薄於紗輕於虹的霧靄，與這片竹林癡纏悱惻，在枝枝葉葉間氤氳馥郁。當朝陽即將升起的別離時刻，霧靄暗湧在每個竹節，呢喃著濕漉漉的眷戀。

一早老柳就出門，該是去向上級繳交資料吧，那本知青紀錄下的周貴的口供。財金叔在碉堡群的茅廁伸出頭來：

「呷未？柳同志入城啊！」

財金總算放下心頭大石，因為老柳告訴他，當官的都在爭取「三結合」，趁著沒人管安心打你的棉絮，先應付這即將到來的春荒吧。老農們也顧不上曬太陽了，春耕就要開始，該做的活多著呢。蕃薯雖已吃光，那田裡的豆苗也長出嫩芽葉來了。吃了豆葉吃豆莢，麥子就差不多熟了，只要有下鍋的東西，日子總可以捱下去。

二〇一〇年八月十九日

兩姊妹

楊教授已是百歲之人，童顏鶴髮，頭腦清晰，沒甚病痛。老伴去世多年了，兩個女兒都在國外，身邊的保姆名叫阿玉來自成都老家，論輩份算是姪孫女兒。阿玉的兒子在二妞駐中國的公司做事，能不盡心盡力服侍老人家嗎？女兒大妞在西洋，年年回來看老父；二妞在東洋，三兩個月來回跑一趟。姊妹倆約定今年同時回國替父親慶賀生日。

姐妹將心意一說，立刻遭到所有親戚故舊的齊聲反對，大家都認為惜福才能長壽，若太張揚難免有折福之虞，凡事還是低調好。這一來就不上酒樓擺壽宴了，僅在老宅開個家庭生日會，也不特別照會親友，知道的則來者不拒。

初秋的晴朗夜晚，一彎明月照耀著庭院，地面泛出淡淡的黃色的光華，星光葉影裡陣陣微風，飄盪著茉莉花香。老宅子大門敞開，門前小巷行人稀落，附近的人家多已搬遷到新區，這一帶地皮已為地產商所購，只待新樓建成楊家也得搬走。自楊教授受聘協和大學，楊家居於此宅足足一個甲子。

「祝楊老福如東海、壽比南山！」

「給前輩拜壽！」

「給老師賀喜！」

「楊老爺爺生日快樂！」

隨著雜沓的腳步聲，一群男女湧入楊宅，他們是一班楊老的故舊、多年的同事、下屬和門生。有耄耋老者，步履蹣跚靠傭人攙扶；有一頭銀絲，腿腳不靈便拄著拐杖；有兩鬢如霜，拖著一蹦三跳的孫兒孫女。

「蛋糕來了！」

阿玉一聲吆喝，大妞二妞托著個大銀盤，盤內是她倆親手做的大蛋糕，蛋糕上插著一支蠟燭。

「請大家唱生日歌吧！」大妞一開口人們就圍了上去。她起了個調，眾人齊聲高唱起「祝你生日快樂」。

「爸爸許個願！」二妞今天打扮得像花蝴蝶，如東洋女人般化濃妝，有點「彩衣娛親」之意，對老父撒起嬌來。

楊老摟著小女兒，閉上本來就睜不大開的雙眼吹熄蠟燭，接過大妞遞上的塑料刀片，做了個切蛋糕的動作，眾人拍手歡呼起來。阿玉扶老人回房休息去了，姐妹們分頭招待客人，分蛋糕、挾小食、遞茶、送汽水，大家都盡了興才告辭。

當院子恢復了往日的寧靜，阿玉出來對姐妹倆說，姑老太爺叫兩位姑娘呢，然後自顧自去收拾狼藉的杯盤。

父親斜靠在床背上，他示意小女兒坐上床沿，指著旁邊的椅子讓大女兒坐下。

「閨女們，你們想知道父親許了什麼願嗎？」楊老瞇著一對混濁的眸子，清了清喉嚨說。

「爸爸你說吧，女兒在聽呢。」二妞抓住老父的手，嗲聲嗲氣地。

「爸爸許願上天立即招我走，你母親等了多年，我應該去了。政府賠償的幾個單位住房已經填上你們的名字，即使不住也不能賣，記住中國是你們的祖國，榕城是你們的故鄉。」

老人說完就把女兒趕出房，說他睏了。兩姐妹在大廳沙發上相對一整夜，誰也不想起身去睡覺。多年來她們都奔在事業上、家庭上，沒有時間好好談心，今晚她們回憶起在這所房子長大的童年，有些往事不互相提點，幾乎都忘了。

父母

七七盧溝橋事變。楊君是東北流亡學生，血氣方剛的男兒幾次想越過封鎖上前線，皆為恩師苦口婆心勸阻，化學教授柳先生對弟子頗具影響力，鼓勵他專心教學鑽研業務，以科學救國。一九三七年底，柳教授隨大學內遷到長沙臨時大學，月餘後又轉移到雲南昆明西南聯大。身為助教的楊君同行。

「萬里長征，辭卻了五朝宮闕。暫駐足衡山湘水，又成離別。絕徼移栽楨干質，九州遍灑黎元血。盡笳吹弦誦在山城，情彌切。千秋恥，終當雪。中興業，須人傑。便一城三戶，壯懷難折。多難殷憂新國運，動心忍性希前哲。待驅逐讎寇復神京，還燕碣。」每當唱起《滿江紅》這首校歌，年輕人的熱血沸騰起來，師生們慷慨激揚，人人磨拳擦掌，恨不得投筆從戎殺上戰場。

流亡學生的家都在淪陷區，他們的衣食住行非常簡陋，入學後學校發給每人一套黃布制服、一頂學生帽、一副綠色鬆緊綁腿、一件黑色棉布大衣、一套舊輪胎底的粗造皮鞋。學生們將綁腿剪開，對折用針連起兩邊留一端口子，套在腳上便成了襪子。這些行裝一直用到畢業。每個學生每月領取八元法幣作生活費用，除繳伙食費五元外，三元零用，吃的是糙米加寡油無肉的青菜瓜豆，大家笑謂「八寶飯」。

前方的英雄打仗流血犧牲，後方的艱苦生活算得什麼？師生們除了上課和跑空襲，課餘打球練身體、玩橋牌、下棋對奕、唱抗戰歌曲，人人在艱難困苦中培養高尚的情操。昆明山青水秀，西郊滇池素有高原明珠之稱，方圓五百里波光浩淼，翠湖遍植荷花，堤上柳葉低垂，明麗的山水培養出一代中華優秀兒女。

柳教授夫婦老家成都，女兒柳蒹蒹也是西南聯大的學生，她學的是文科。女孩子喜愛文學，寫詩填詞，丹青書畫，一手好字。楊君作為柳教授的研究生自然經常到柳府拜訪，柳太太常留他吃飯，替他縫縫補補，一家人似的。蒹蒹貌美如花，又是大家閨秀，將所有愛慕楊君的女生比下去了。一九四二年柳蒹蒹大學畢業，此時楊君已升副教授，兩人共諧連理，一年後他們的愛情結晶大妞楊帆出生。

光復後學校回遷，楊君已是教授身分，受聘到協和大學任教。楊君夫婦作別父母抵榕城，此後榕城成為他們的第二故鄉。翌年小女兒二妞楊揚出生，柳先生在成都病重，楊君和蒹蒹趕忙西行看望父親。他們一路目睹內戰的熊熊烈火已經燃燒，眼看將蔓延到南方，許多人在謀求後路準備南移東渡。柳先生臨終叮囑女兒和女婿，要留住自己的根，將畢生所學貢獻國家和人民。

他們等待和迎接新中國的誕生。

大妞

大妞的記憶從這座老宅子始。

「當東方升起了紅太陽，毛澤東光芒照四方，照遍千山照遍萬水，穿過天空穿過海洋。人人抬頭迎幸福，家家齊聲把頌歌唱，歌頌領袖毛澤東，歌頌祖國繁榮富強……」蒹蒹媽媽彈鋼琴，楊君爸爸一面深情地望著太太，一面引吭高歌。

女兒大妞學會的第一支歌是「找呀找呀找呀找，找到一個好朋友，敬個禮呀鞠個躬，笑嘻嘻呀握手，do fa mi re/do fa mi re/do--so」她自懂事起開始在找這個朋友，隨著歲月的增長，越來越徬徨，總覺得自己的心像蒲公英東飄西蕩，想尋覓一個依附卻又找不到。是否要像媽媽找爸爸那樣？她企盼有一隻強有力的大手將自己抓住，對她說：「你就留在我這裡，別遊盪了。」然而這只是夢境，多麼虛幻和飄渺啊！她需要的是精神支柱，是一個強有力的朋友。可這個他究竟在哪裡女孩並不知道。

大妞像爸爸高挑個兒，橢圓的臉龐長長的眼睛，懸膽般的鼻樑紅紅的薄嘴唇，是幼稚園老師們寵愛的小公主。與她一起玩的都是教授的孩子，他們大多嬌生慣養，摔個跤磕碰一下必得大哭大鬧一場，楊帆不喜歡這樣的伙伴。

上了小學繫上紅領巾，直到初中三年畢業，她糊里糊塗忘記是怎麼過的。上高中就更忙了，女孩的志向又大，多年來除了上學，課餘要彈鋼琴，要去少年宮學芭蕾，沒時間觀察別的同學怎樣生活。學校宣傳隊缺她不可，人家大合唱她要彈鋼琴伴奏，她又是舞蹈組的臺柱，老師指定每個舞蹈都要楊帆領舞。天哪，這些文娛活動影響了她的功課，直到畢業班她才放棄「副業」回到本份上。

以大妞的資質和天份，理所當然將是北大的高才生，卻考上最末的志願師大。母親明擺著一副失望的神情，可父親說：「禍兮福所倚，福兮禍所伏，我倆身為師大的教授，為何自己的子女不能讀師大？」大妞天性爽朗，並未覺得有何不妥，高高興興地報到上學去。雖然父母工資高家中不缺吃的但肚子也老餓。幸虧生活在父母身邊，家中又有傭人照顧，不用過單調的寄宿生活，不亦樂乎！

迎新營的頭目是三年級的學生會長江瀏，人長的壯實精悍，是名長跑健兒，眸子閃鑠目光深沉。這個農民的兒子第一眼見到佳人十分愕然，一種似曾相識的感覺，令他星一般的眼光一直追蹤大妞，這一輩子再也放不下來。

功課對聰明的大妞來說很輕鬆，大學生涯令她可以縱情歌舞。能歌善舞又長得標緻，大妞自然而然成了校花，拜倒石榴裙下的年輕師生不計其數。然而父親是他們的系主任，男生們並不敢輕易示愛。

潮流與蘇聯歌舞，週末晚會的留聲機盡唱著〈卡秋莎〉、〈小路〉、〈燈光〉和〈山楂樹〉，男女生相擁跳起交誼舞。想邀請大妞共舞的男生簡直要排長龍，姑娘索性掛一漏萬，與全場最矮小的男生跳個沒完。這小子恃寵生驕，甘心當大妞的忠僕，令男孩們對他恨得咬牙切齒，總是在飯堂揶揄他追住他喊打。時值飢荒年代，大妞具有悲天憫人的天性，時常邀請窮苦的同學到家中用膳，大家對這位美女衷心地佩服。

入學一年後中蘇兩國交惡，親密的「兄弟」公然鬧翻了，大學生不再跳交誼舞，改排支持亞非拉革命的大型歌舞劇。大妞是當然的女主角，男主角是一名畢業班的男生華強。華強是位印尼僑生，一表人才，有著鮮明的美男子輪廓。幾個月的排練和演出，兩人臺上是情侶，臺下也成了密友。大妞戀愛了。男朋友畢業分配到閩南郊縣一家中學教書，楊帆必須繼續兩年學業。

升上三年級，出入楊家的學生除了大妞帶來的同學，還有一位已經畢業的男生，他是楊教授的入室弟子，研究生江灣，這位貧農出身的男孩是又紅又專的人才。每次見面他都點頭致意，替大妞拉凳子，極有紳士風度。飯桌上大妞與同學談笑風生，他總是禮貌地報以笑容，沉默寡言。倒是師母頻頻為他挾菜添飯。江灣是四川人，楊君和柳蒹蒹當他兒子般看待。

這一年內華強時有信來，那些信是大妞的精神食糧。暑假華強要下鄉參加「四清」，暫停鴻來雁往，把個大妞擔心死了。同學們都準備放假回鄉，週末她獨自歸家，飯桌上眉頭緊鎖悶悶不樂，未曾出過一聲。飯後母親取出兩張電影票，說今晚蒼山影院首映《冰山上的來客》，門票一早售罄了，這是學校總務處照顧你父親的。楊君說，我有些頭疼不想去，讓江灣陪大妞去看吧。二妞已經是高中生，她聽罷大叫父親偏心，說要不是自己下午看過，這票子一定得歸她。一票難求，姐姐可別浪費哪。

大妞不置可否，反正寂寞難耐，看戲也好。江灣推著單車陪她走出大門，示意大妞坐上後座，自個跨上車渾身是勁虎虎生風，眨眼工夫就到影院門口。寄了車子進場，黑壓壓地已經開演了，檢票員用手電替他倆找位子，果然人頭湧湧座無虛席。從頭到尾兩人沒說一句話，為劇情中的男女主角所感動，各自在心裡迴盪〈花兒為什麼這樣紅〉的旋律，劇終散場取了車仍是靜默無言。到了家門口，江灣大著膽子說，感謝你陪了我一晚，似乎想握少女的手道別，大妞慌忙將手一縮朝家奔去。

輾轉反側。她竟然發現江灣多健美！看他那一雙眼睛真是個謎。男孩的眼睛雖不大卻黑白分明晶瑩閃亮，當他的眼珠轉向自己的時候，是那樣坦率而又多情，讓人忍不住要向他打開心扉。呵，怎麼想入非非啦！大妞責罵自己水性揚花，愛人才走就靠近第二個男子，簡直無恥透頂。亮著燈將華強的信讀了一遍又一遍，僑生的中文水平有限，文字平鋪直敘毫無文彩可言。眼皮發澀，腦筋混沌了……

星期一上課前經過傳達室門房，老頭子說，楊帆，你有掛號信！誰寄來的？好重的一本書！瞧字跡不像是華強的，塞進袋子回去再看吧。今天的幾堂實驗課滿滿的，導師是江灣，見他欲言又止的樣子，眼中一道攝人的光芒，大妞不敢直視他。

回家才想起袋裡的那本書，原來老頭搞錯了，根本沒貼郵票，又怎會是掛號信？拆開來是個筆記本，滿滿的一冊日記！扉頁上是蒼勁有力的鋼筆字：「給我永遠的愛人——我們之間從未有過深入的交談，甚至不曾互相理睬，但是你在我的人生中佔據的位置是如此重要，如此叫人無法忘懷。裡面紀錄的是一個男生兩年來的思想情感，當你看到他寫的這些日記，或者以為是一種變態心理，戀愛一個並不愛他的少女。他寫給誰看呢？給他自己。」大妞立即明白，不必問他是誰。她流淚了，曾經多麼希望有一隻手來抹乾眼淚，有一顆心來慰藉她的靈魂，來傾聽、關注和愛護她。現在他來了。然而她答應過華強，畢業後一定會追隨他而去，反悔便是背叛。

畢業前的一年忙於實習，大妞借口應付考試搬到宿舍去住。為了避免見面尷尬，江灣也很少來楊家吃飯。有時遠遠見到他瘦削而剛毅的側影，大妞馬上躲開去，卻不曉那道銳利的目光從未離開過自己。華強教畢業班非常忙碌，信件越來越少。分配的時刻終於來了，楊帆不願接受留校的安排，要求到閩南地區任教。學校讓她先下鄉參加四清運動一年，屆時再安排她到濱城一中。華強並不在濱城，只能待日後結了婚再申請調動。

一九六六年。四清運動結束文化革命開始，大妞尚未有新的單位接納，她必須先回師大去。回校前她決定去看華強，已來不及寫信通知對方。渡輪停靠在碼頭上，大妞背著行李上岸，叫了一輛單車去郊縣一中。路面上是支持文化革命的紅色人海，鑼鼓口號聲震天，車子只能遠遠地停下。風塵僕僕的她不管三七二十一，一路撥開人潮擠進學校大門。

學校早已停課鬧翻了天，據說老師們都給紅衛兵集中起來批鬥。大妞問門房，華強老師的宿舍在哪裡？老頭子說家屬宿舍在左邊。大妞告訴他錯了，華強老師住的單身宿舍。老家伙白了這面生的女子一眼不搭理。大妞只好朝左邊走。家屬宿舍都開著門，家家有老人孩子。她問了一家，孩子指著倒數第二間說是華老師的家。

「請問華強老師住這裡嗎？」大妞禮貌地敲兩下敞開的門。

「你是誰？」一個肚子微凸的女人走出來。

「我是他的朋友，可以進來嗎？」大妞打量這個年輕的孕婦。

女人指著椅子示意她進來坐下，送上一杯白開水。大妞放下背包，抬頭望見牆上的鏡框。

「我可以看看這些照片嗎？」

女人取下照片，那是《非洲戰鼓》的劇照，大妞找到華強，也找到自己，不過均是過去的人和事。她指著照片中的角色告訴女人，那個女主角是三年前的自己。

「華強常提起你，我知道你們的關係。我和華強青梅竹馬，印尼排華失散了幾年，他不知道我也回國。我在華僑農場教小學，去年偶然遇上了，我們之間的事一直不曉得該如何告訴你，希望你諒解。」女人用不分五音的普通話與來客交談。她瞧見大妞一直注視自己的肚子，忸怩臉紅起來。「現在社會動亂起來，我們希望可以申請出國。我哥在外事處，南洋的家人也在想辦法。」

大妞明白了。她打開行李，取出兩罐麥乳精。「祝福你們，真心實意的祝福。」潛伏在心底的一點希望破滅了反而沒有哀傷。愛情變成同情，楊帆與華強劃上休止符。

回校陪父母度過最艱難的歲月，陪同的除了大妞還有江灣。後來研究生的制度取消了，江灣和楊帆都將被重新分配工作。

「跟我走。」江灣抓住大妞的手，望著她的是熱情執著的眼神。

大妞閃著淚花肯定地點了頭。他們登記結婚，以夫妻關係給安排到武漢研究所。江灣出身好，領導委以重任從事行政工作，大妞則潛心鑽研學問攻讀外文。大妞感謝丈夫為她提供良好的科研條件，給予她充分的安全感，他們互相扶持相得益璋。文革結束後妻子成為首批出訪外國的專家，被某外國公司聘請為集團顧問，成為新一代精英人才。

二妞

小時候的二妞長得胖嘟嘟的討人喜愛，她像媽媽皮膚白皙雙頰緋紅，圓圓的粉團臉大大的眼睛，小巧的鼻子紅唇皓齒，什麼人見了也想抱起來親吻一下。然而大人們總愛將兩姐妹作比較，二妞最討厭姐姐的風頭蓋過自己，小小年紀就喜歡獨斷獨行。

教芭蕾舞的老師說，大妞如何如何棒，二妞回家立馬對媽媽說，不學芭蕾了，體操才適合自己。她果然風雨無阻天天堅持苦練，連續拿下中學生運動會體操個人冠軍。教鋼琴的老師說，大妞如何如何了得，二妞決意不彈鋼琴改拉小提琴。小女兒常在夜間關起房門連續拉琴三個鐘頭，不僅成為市少兒管弦樂團一員，而且經常上臺獨奏。大妞能歌善舞，舞臺上風情萬種；二妞是校園詩人，多次登臺朗誦獲獎作品。上高中分文理科時父親讓二妞選讀數理化，她偏偏選修文科。

一九六五年。幸運之神眷顧楊家。二妞在這一年考上北大，跨過災難的界線。倘若遲出生一年，等待她的是怎樣的命運！她揚眉吐氣了，楊帆只能讀師大，楊揚卻讀北大，威風八面。

然而入學的第一年下了連隊又下鄉，二妞什麼也沒學到就遇上文革。天下大亂，她知道父母遭難，家也不回去，到處去串聯去流浪。有一天二妞揹著行囊探索陝西窰洞，聽到「咔察」一聲按快門的聲音，扭頭見到一個高頭大馬的男孩正在拍攝。她相信自己被攝入鏡頭了。

「你什麼人哪，未經本姑娘同意，退出膠卷來！」二妞假裝生氣，作勢要搶對方的相機。其實她心裡怎不喜歡成為人家的模特兒？

「對不起，我沒有惡意。我是北京電影學院學生。」男孩急忙掏出學生證來。

「你叫趙明！」二妞認真對照證件上的相片。「我是北大的。」

邂逅令兩個青年人成了朋友，一路結伴同行。北起蒙古大草原，南至三亞天涯海角，東自大慶油田，西達長江源頭，就差沒爬雪山過草地，延安、井崗山、韶山均不在話下。兩個浪人自然發展為情侶，直至報上登出中央文件，所有學生必須返校復課。

學校一團糟，教授們仍未解放，復課鬧革命沒學到什麼知識，整天學習文件，後來乾脆將學生們趕去農場，末了二妞給分配到山區一個小縣城。聰明的姑娘怎能安於現狀？她明白必須靠自己去突破，苦讀起速成日文。在父母的資助下，她毅然扔掉公職，報讀東京一家日本學校獲錄取，從此踏上東洋之途。

語言學校畢業後，二妞白天打工，晚上繼續修讀商業課程，她沒有忘記趙明，替他找學校並作經濟擔保，男朋友終於踏出國門。時值國家改革開放，二妞認為機會來了，她企望與日本人合作下海經商，而趙明的志向是搞電影製作，他受不了日本大男人的歧視，希望回國找機遇。愛人分道揚鑣各奔前程。

二妞嫁給日本人，她的貿易公司成立了，成為商界女能人。

……

月光撒落在庭院裡，幽靜的，銀亮的，柔和的，照著滿是爬山虎的院牆。這飛天蜈蚣入秋後葉已泛紅，映襯著月色宛如一床錦被覆蓋城牆。四野寂寥短暫無聲，明晨太陽升起之時，工地上又將是喧囂吵鬧灰塵滾滾。園裡的紅玫瑰、牆角的黃菊花、盆中的白茉莉，都悄悄地好似在傾聽著什麼，是蛐蛐兒在叫？微風吹過，似一種輕嘆，幽幽地在屋簷下飄過，為這老宅子的歷史？姐妹倆緊緊相擁，彼此都聽到對方心跳的聲音。

二〇一一年二月二十五日

當官的友人

偶爾打開塵封的舊相簿，如煙往事似柳絮飄盪而來。

那是多年前的重逢。

少小離鄉老大回。老同學們都已從山區回調江城，他們為你安排了一個飯局，飯罷齊齊去唱卡拉OK。尚未開咪幾個舞林高手就已技癢，一對對下場跳起交誼舞，小老頭伴著徐娘，舞步純熟而美妙。有人情不自禁唱起〈紅梅花開〉和〈山楂樹〉，仿然回到過去，你墜落時光隧道，沉醉在逝去的歲月裡。

突然歌聲和舞步戛然而止，打牌、喝酒、閒聊的皆定了型。主持飯局的同學會長引領一位人物進來，大家不約而同畢恭畢敬地站立起來。他朝你走來，一位身著黑色西裝的紳士，身軀高大魁梧。

「是他！」你在心裡喊他的名字。

面前緊握你的手風度翩翩的男士，正是當年那個結實如小石頭般的男孩。貴為市區宣傳部長，所有教書的老同學間接都是他的下屬，難怪他們這等謙恭。或許他明白掃了別人的興緻，以領導人的姿態擺擺手讓大家繼續，與你預約明天的行程。

第二天一早，一輛黑色小轎車停在酒店大廊外。年輕的司機走下車子，恭恭敬敬地開啟後面的車門，主子下車直起腰板朝大堂望過來。你瞧見了疾奔過去。如果說歲月催人，彼此都改變了容顏，留在你心裡的始終是那稚氣的笑容，今天又在他臉上看到。或是他破例為你展露吧，昨晚的他高高在上什麼表情也沒有。他作了個「請」的手勢，你坐在他身邊，立即又被他的官威懾住。這條路小時走過千百趟，人面桃花，轉瞬又經歷了兩代人。千頭萬緒，你忐忑不安起來，不曉該說什麼好。

「記得咱倆一起走這條路進城參加演講比賽嗎？」他打破沉寂。

你點點頭。

怎能不記得？學校挑選你倆參賽，你獲勝拿了冠軍，他得了亞軍。你已然忘記小小年紀上臺都講了些什麼，那個年代興放「衛星」，你們難免鸚鵡學舌，遵照大人的指示說了些大話吧。只記得臺下響起雷鳴般的掌聲，老師摟著兩個孩子眼中閃著淚花，校長看到獎座安慰的眼神，你嘗盡了出風頭的快樂。

「還有一回咱倆去參加書法競賽……」他繼續回憶往事。

「那次是你拿了冠軍！」

想起書法比賽，你是個澈底的失敗者。因為勉強得了個名次你堅拒再塗鴉，從此你的毛筆字見不得人，而他的字越寫越漂亮。

五十年代末你因父親的冤案離開濱城，轉學到外婆鄉下插班讀小學五年級。鄉下人純樸善良，老師捧你寵你，村人和孩子們的家長也疼愛你，天真無邪的你成為小同學們的偶像，不知不覺成了風頭人物。你不知道因此傷了曾被視為最優秀的一個男孩的自尊。

「那時父親對我說，人家是吹過海風的。」他露出坦誠的笑容。

好一句「吹過海風」！一個成熟男人的笑靨，夾雜著一點兒時的狡黠淘氣。然而你心裡難過起來，原來他曾經多麼落寞！雖然他生長在農村，卻出身知識份子家庭，父親是位開明鄉紳，母親是婦產科醫生。你很欣賞他父母以優雅的四季為子女命名：大姐春風，小弟秋霜……提起他父親，外婆曾灌輸給你的或是某種錯誤觀念，將外公遇害牽扯到他人身上。丈夫不幸蒙難，無依無靠的女人責怪鄉紳沒能幫助她。在土匪猖獗的舊時代，鄉紳是否能夠平衡各方勢力？上一代人的恩怨似乎說不清。你的童言無忌不經意地傷害了他。

「你外公的事我問過父親，他肯定沒做錯什麼。」他望著你嘆了口氣。

那無辜的眼神是要求你相信。聽了這話你更內疚，你的盲目指責令他耿耿於懷，難過了幾十年。

你想起參加市小學生校運會的日子，不好意思問他記得嗎？那時你倆都長得矮小，參賽的都是大個子的同學，你們只能幫忙做些細碎瑣事，無聊之際便偷偷去看了場電影。西街寬銀幕正上映《青春之歌》，在黑暗的電影院內，你們似乎不曾說過什麼話，你只覺得有些鏡頭令人臉紅耳赤。回校後同學們編派你們是小情侶……

車子經過鎮上惟一的小街，街上的行人雖閃開讓了道，眼睛卻都拋向小汽車，心裡在揣測哪個大人物進村。他身為市領導是村人的驕傲，有些人會趕著來請示、匯報、投訴或要求撥款什麼的。他示意司機快速拐入往學校的小道，小伙子駕輕就熟，明瞭與這類人糾纏將沒完沒了。

聳立在前面的是你們的母校，這所華僑捐建的小學仍保留當年美輪美奐的風采，巍峨屹立幾十載。正值學校放假，司機找人聊天去了，你倆可以無拘無束瞻仰遊覽。母校桃李滿天下，為社會培養了多少人才？他算得其中一個。你也曾在這裡的教室上課，在操場上遊戲，在舞臺上表演，在桃樹林內閱讀，度過美好的童年歲月。今天你站在母校面前，除了汗顏還能有什麼？你們默默地走，童年往事一幕幕回到眼前。

記得離校前在紫帽山金粟洞宿營，少年本不識愁滋味，你們卻憂心忡忡，大家談起畢業後各自的去向都有些惆悵。那是個飢荒的年頭，超過十六歲的女生多由家人安排了婚嫁。你和他都期待升學，但能夠進入同一所學校嗎？錄取通知書發下來，只有你一人進城，他與大部分同學被錄取在一家郊區中學。

你惟一被破例錄取到省重點中學，這家學校的名額早被城裡的重點小學占滿。你替他難過，他是何等優秀！假如沒有你，被錄取的會是他。上中學的第一個學期你惴惴不安，元旦給他寄了張賀卡，沒回信是意料中事。你一早該道歉，為了對他父親的誤解，但是你沒有。今天他啟齒了，足見他在心底裡慪屈多少年！

度過飢荒的三個年頭你們再次相見，那是因為他考入你就讀的學校高中部，你們成了不同班的同學。少女的心令你連自己也不理解，好不容易見了面，該問個好卻矜持不語。

有天偶然在校本部拐角碰面，他揶揄你：

「不知誰給我寫信還寄了什麼呢？」

你漲紅了臉，狠狠瞪他一眼擦身而過，事後引來兩人「相好」的傳聞。那個年代是不允許男女生交往的，無稽之談令你倆頓時成了陌路人。你是學生會幹部，時常需要他幫忙寫壁報，卻用公事公辦的口吻。

高中三個年頭彼此都忙於功課，每個人都想飛越草鞋和皮鞋的分水嶺，誰也不會為其他事分心。你選讀理科，他選修文科。他有一支神來妙筆，寫的一手好文章。你們都仰望著錦秀前程。豈料人生無常，那場文化革命將你由高處狠狠摔下，你不再信任任何人，只作為革命的局外人苟且偷生。

他並非紅五類，但成了革命派的筆桿子，他的美文總吸引無數市民觀賞。遠遠的你見到那熟悉的遒勁的筆跡，曉得他又寫了篇好文章，只待人群散去，你才趨前欣賞那些激勵人心的文字。縱然你懷疑「革命派」的邏輯思維，甚至覺得強詞奪理，卻也由衷地贊歎不已。你閱讀他的文章，卻未有機會再見他本人。你們一代人生不逢時，被上山下鄉命運的洪流裹脅，時代的列車帶領彼此掠過最珍貴的歲月。

曾聽說他下鄉去了閩北，當過赤腳醫生做過公務員，在當地娶了妻進了官場，興許是江郎彩筆替他打了天下。後來回調江城的他，更是官運亨通青雲直上。假如你不曾去流浪，你也同其他人一樣，難免要為申調回城煩惱，為子女的升學和就業憂心，驕傲的你肯向當官的老友求助嗎？拉關係走後門固然不是好官，可堅持原則不講情面的一定是好官嗎？你離鄉已久不諳官場的遊戲規則，昨晚看到人們對他的態度，你能與之交談什麼？

為這場三十年後的重逢，你給他寫了封短信，感謝他百忙中撥冗陪同。信由電腦打出，是沒有禮貌的行徑，但你多年不寫字，一塗再塗無法執筆。想到他那一手好字，你氣餒極了，不願獻醜。他是「官」你是「民」，原本沒有共同語言，僅只為了當時年紀小不識大體而道歉。

再次相遇又是一隔整整十年。

是否臨近退休人才變得隨和？他丟下正在開的人大會議而來。見他與一班老同學頻頻碰杯，不再撇清聲聲罵娘，一支XO轉瞬喝光。私下他對你說，因兩方面的人虎視眈眈欲接班，上級無法妥善調和雙方，便讓他暫時待著。於是他這個「人大代表」未退休等待「換屆」。

因為你與他的淵源，你很想對他說：快些退休重拾文字吧，你的文采絕不比一代名作家遜色。你總是期望第二個蘇童、余華、韓少功出現於同輩之中，他既享有優越的國家退休福利，不必為五斗米折腰，為何還要戀棧？難道當了官，有一班御用文人替他耍弄筆墨，自己倒荒疏了文字？而令你擔心的還在於，體制內官僚肯為民仗義執言嗎？

雁過尚且留聲，難道你們一代人就此無聲無息消逝？若有再見的機會，你希望對他道出這句心裡話。

二〇一一年四月二日

因為有愛

周衛平在縣城招待所過了一夜，第二天一早乘惟一的班車轉赴本縣最邊遠的一個公社。車子翻山越嶺，顛簸整整三個鐘頭才抵達目的地。待站長卸下汽車頂上的行李，她將橫豎各打兩道杠杠的棉被甩上肩，攤開手中揉皺的紙團，望望四周確認方向，手繪地圖告訴她目的地的位置。姑娘一手挽起大旅行袋，一手拎裝面盆的網兜，迤邐走過鎮上的小街。供銷社的店鋪都開門做生意，只是門可羅雀，店員們向遠來的女生投以探索的目光。而後她穿過一大片農田，蹬上幾十級石階，朝著小山坡上的那所小學，一身塵土堅定地往前走。

終於踏上最後一級石階，站在一片大操場的邊沿，那兒沒有跳高跳遠的沙坑，沒有籃球架，操場上空蕩蕩的，除了一群孩子跟在一個男人後面跑步做操。迎面朝南的大門和一排粉刷過的白色圍牆，左邊寫著大紅字「大海航行靠舵手」，右邊是「萬物生長靠太陽」。體育老師猛吹口哨，孩子們偏不聽指揮全望了過來，一直目送來客跨進校門。

朝南的院落是住校老師的生活空間。天井很寬敞，有口水井，井旁兩格洗衣池，廳堂做為教務辦公室，兩邊各有前後兩間房。一位農民模樣的中年男人對來人點點頭，打開左邊一道房門，接過她手上的行李。

「一定是新來的周老師吧，這是為您安排的房間，老校長到鎮上開會去了。我叫阿全，生活上有事可以找我。」他靦腆地朝衛平笑一笑走開了。

衛平喘息了一陣，打量了這個小房間。單人床靠著一面牆，順著牆往上望去，是屋頂的椽條、脊檁和單薄的瓦片，朝西有扇沒鑲玻璃的窗子，泥地板上一張僅三個抽屜的辦公桌，一隻靠背椅，一個面盆架。不一會兒聽見鐘聲響，想必是阿全打的鐘吧。一時間北面嘈雜聲起，孩子們呼呼地衝出課室湧出北邊校門，放學回家吃飯去了。

兩位女教師陸續由邊門進來，都捧著講義夾、粉筆盒及一大堆書簿。走在前面的是三十出頭的王鳳英老師，正牌師範畢業生；後面是個年輕女子，民辦教員堯寶佳。她倆熱情地問候了新人，打開各自的房門。堯寶佳住衛平隔壁，右面兩間房是王鳳英的住家。寶佳掩上房門到天井吊上一桶井水倒入水池，兩人洗了手齊聲邀客人一齊用午膳。天井兩邊的過道一邊是大家用膳的廚房，鍋灶桌椅齊全，另一邊是洗澡房。

沒上任之前已經打聽清楚，學校是鎮上的完整小學，一至六年級各有兩個班，幾位男教師都是師範學校畢業的本地人，戶口雖在校內，但每月一發工資他們就支走糧、油、肉、糖票，與家人共度時艱去了。阿全僅在中午替校長和女教師做簡單的飯菜，早晚各自解決。午飯是固定伙食，六兩米飯五分錢菜，每人面前擺放著一隻小碟，幾條豆腐干加一大撮不見油水的土豆，桌上有一海碗任人下飯的鹹蘿蔔乾。

兩位女教師吃了飯關上房門午休。王鳳英的女兒詩詩在附近上中學，帶了飯去，下午放學才回家。衛平到柴火房燒了一大鍋水，在天井洗好頭後過對面房洗澡，接著洗衣晾曬。換上乾淨的衣裳，披散齊腰的長髮，整理床鋪掛上蚊帳，她感到輕鬆愉快，從此將開始全新的生活。

周衛平出生於一九五〇年底，時值中國出兵援助北朝鮮，「抗美援朝、保家衛國」拉開序幕，父親為之取名「衛平」，顧名思義保衛世界和平。生在新中國長在紅旗下，加之父母愛的滋潤，她無憂無慮，快樂而健康，直至一九五七年父親成為右派，父女從此永訣。

父親不在的日子並不淒苦，畢竟在和平環境，母女相依為命，家是她們的港灣。真正恐怖的並非外敵入侵，而是內亂，窩裡鬥的天下大亂。作為獨生女衛平本不必下鄉，然而她卻無法在城市待下去，急欲逃之夭夭。大亂初起的日子，母親因「右派分子婆娘」的身分一再遭遊鬥，女兒被視作黑幫子女受盡歧視。後來打派仗，並非人人都有當逍遙派的自由，人們必須依附任何一派才有工資發。公司大多數都參加「促派」，母親也加入了。可是後來「促派」遭清算，許多人被指「站錯隊」。當權的「革派」頤指氣使，利用中央政策強迫一大批工人幹部下放到邊遠山區。一個革派女頭頭看上了她們的住房，厄運再次來臨。

即使不必跟隨母親下鄉，母親走了住房也得交出，女兒已經成年。那年頭沒書讀沒工作唯一的出路是嫁人，前來說媒的還真不少。停學兩年來衛平閒得慌，天天讀書彈琴刺繡，借以打發浮躁的心情。女孩長得清麗可人，不自覺地給周遭陽盛陰衰帶來青春氣息，多少眼睛對她注目。有個紅得發紫的退伍軍人手握大權，暗示姑娘若是答應了，可給予工作的機會，母親亦能盡快調回城。有人替這家伙放出風聲，其他青年男工都噤若寒蟬。

然而他們利誘不了女孩。年關將到，總不好叫人露宿街頭，領導終於答應安置一套房子在郊外漁港。姑娘只求有地方住就接受了。當她把家當搬到新的住處才大大吃了一驚。當年市區範圍小，漁港人煙稀少，過了大生里可以談得上滿目蒼涼。面山一大片空曠的土地，面海的一方是漁市場和漁村，兩處相距甚遠。在一處長著蘆花的小山腳蓋著一排矮矮的小屋，看其外型說是住房，不如說更像豬舍。果然有人證實：那塊土地原是五十年代集體化的養豬場。難怪時時聞到豬屎臭！確切地說，是將豬舍改建為簡易宿舍。

姑娘的房子在第一間。打開門裡頭黑洞洞的，沒有窗戶，開燈才能看清楚。一字的長條隔為兩間，前面有灶間可做廚房和飯廳，後面當睡房，沒有廁所。天哪！最糟糕的是與隔壁的公用牆壓根兒不到頂，起碼還差一尺！如此半壁牆的設計，哪家人做哪樣事，鄰人皆一清二楚！

家中沒有米也沒柴草，大灶是燒柴的，可政府供應的是煤球。天寒地凍，搬家令衛平又累又餓。附近沒有商店，遠遠的大生里的舖子也該歇了，往返市區的公車一早過了點。她穿上所有衣服蓋上被子也暖和不起來。上半夜只聽見隔壁孩子的啼哭，男人和女人的耳語，床搖動得吱吱作響，還傳來更遠處的夢囈；下半夜床下不斷有老鼠跑過，即使開著燈亦徒勞。天還沒亮才迷糊了一陣，卻聽到鄰人主婦起來生火，開始了一天的大合唱：柴草燃燒劈劈拍拍，淘米下鍋窸窸窣窣，小孩撒尿叮叮噹噹，男人喝粥呼嚕呼嚕，開門關門咿咿呀呀……

必須先解決吃的，縱使在外面食堂吃了飯才回家，也得備點不時之需。她拿出糧油證、米袋和玻璃瓶，朝漁港走去。空氣中充斥著濃濃的魚腥味兒，漁民們正把一簍簍新鮮漁獲搬上岸。不過大眾毋須開心得太早，這些漁獲必須交給公家處理：大魚歸大人物安排，餘者層層「過濾」，起碼折騰到下午三點才營業。想買魚的百姓一早排著長龍恭候，每人僅限供應三毛錢小魚。糧店售貨員看了糧證搖搖頭說，你不是這一區戶口，到市區去買吧！衛平掃興地找了家舖子，掏出錢和糧票買了個饅頭，坐在髒兮兮的椅子上咬起來，吃罷再買幾個帶回去。

大人們都提著飯盒踩著破自行車上班去了，沒書讀的孩子們留在家中。衛平不是小孩也不能算是大人，因為沒書讀也沒有工作。她合上眼想補個覺，隔壁的小孩卻吵個不休。這一窩住著二大三小，五口之家合睡一張床。女主人是「師傅」級女工，死了老公拖著三隻油瓶，同居的男工好似「矮腳虎」，偶爾見到新搬來的姑娘皮笑肉不笑，猥瑣極了。

「哥，我不脫衣服，我冷！」大妹才七歲，奶聲奶氣地。

「蓋上被子就不冷！瞧哥也脫光了！」哥快十歲了吧。

「哥別咬我，好痛！」

「叔也這樣咬住媽，不痛！」

哇！哇！最小的娃娃哭了。

「給小妹塞奶嘴！」大哥發出指示。

……

衛平一下子沒了睡意彈跳起來，不能再忍受這個世界！唯有逃、逃、逃！她躲到市區表姐家，倒了一夜苦水，再不肯回漁港。舅舅五十年代「支邊」去了山區，在一家食品公司當會計，剛放年假回來。食品公司即是屠宰場，千萬不要小覷這份職業，長年的物資供應才沒餓死這個家族，特殊職位幫助舅舅結識了許多朋友。舅舅問她肯去深山教書嗎？當然肯！於是舅舅替她謀到一個小學代課職位，她毫不猶豫啟程前來。

晚間老校長在學習會上作了介紹，教務主任指派給衛平具體工作，負責二年乙班班主任及語文、算術、音樂的教學工作。老師們幾乎每晚都要政治學習，或者開教研會，會後男教師一手電筒一手打蛇竹，一道道光柱向四方遠去，頗為壯觀。光亮最後如螢火蟲閃爍在樹下，在田間，隱匿在黑夜中。衛平常有一種詩意的感覺，幾次舉筆想寫點什麼，可當今世上除了歌頌偉大領袖，能寫什麼呢？

隔壁的堯寶佳與她同年。堯寶佳諧音「要保家」，同樣出自「抗美援朝保家衛國」的時代義意。農村長大的姑娘一點不黑，料是父母疼惜少上山下田，身材頎長皮膚細膩，長長的眼睛彎彎的眉，兩頰緋紅如兩朵玫瑰。寶佳爹是大隊支部書記，女兒雖只小學程度，卻給安排來當民辦教員。王鳳英說，寶佳的丈夫去年剛提幹穿上四個兜，首次放假回來娶妻，寶佳娘急忙將女兒送上，怕的是女兒長得俊跟人跑了。堯寶佳原是宣傳隊骨幹，有個搭擋的戀愛對象硬生生給拆散了。現役軍官兩年才放一次假，只要捱到十五年軍齡，老婆便可隨軍。農村姑娘當官太太無疑是一條前途似錦的光輝大道。或許太年輕尚未有功利之心，堯寶佳並不認真教書，老師們流傳她經常讀錯音寫錯字，最經典的的笑話是批改作文：萬里無雲的天空飄著幾朵白雲……

今天是週末，堯寶佳和其他老師很早就回家。自衛平來校後數得出鄰居留宿的日子，看來不到星期一別想見她的面。衛平到鎮上蹓躂了一陣，巡視一下郵電所有媽媽寄來的信嗎？供銷社有什麼緊俏物資到？再經公社到糧站瞧有米粉賣嗎？鎮上的人們都認識來自濱城的大姑娘，經過公社和戲院，一路不斷有幹部和家長打招呼，山裡人對老師是極尊敬的。最後她拎著一小袋米粉，繞了一個大圈慢悠悠地沿公路走，打算穿過中學再從小路返小學。

公路上沒有車輛經過寂靜無聲，夕陽倚在山巔，天邊的晚霞將盛開的杜鵑花映照得更加燦爛，衛平的心情與山花同樣綻放。正當她準備朝中學大門拐入時，發現前面背陰處有兩個交纏的人影。我不是眼花吧？好似阿爾巴尼亞電影的鏡頭！處身禁慾的革命年代，男女關係人人諱莫如深，哪有人這等膽大包天？她禁不住打了個冷顫！此刻太陽突然一下子掉到山背後，大地迅速變得一片漆黑，原先眼睛盯著的那幽暗處，只見晃動著一片貝殼。她頓時明白了！那不是堯寶佳嗎？山裡女人都剪短髮，只有她梳著一條大辮子盤上頭頂，攏著隻貝殼般的大髮夾。那漂亮的髮夾是老公從海防駐地帶來的。這時遠遠的校內宿舍燈齊齊亮了，衛平快步跑了起來。

王鳳英的房間沒亮燈，女兒在她自己房內做功課。

「周老師回來啦？我媽逢週末都回家看外婆，咱們上門閂吧！」詩詩乖巧而有禮貌。

「好啊！」

衛平轉身去閂門，冷不防堯寶佳撞了進來，把大姑娘和小姑娘嚇了一跳。她們不免尷尬地退入自己的房間，留給後來者關門。

衛平用煤油爐煮了碗米粉湯，咕嚕嚕倒下肚子，在天井洗碗、刷鍋、洗臉、刷牙。山區春寒料峭，沒有月亮的夜晚，除了地上幾縷泛黃的燈光，到處黑漆漆靜悄悄的。供電時間六點到十二點，窩上床看小說才是最美的享受。她看了幾頁就覺得腦瓜糊塗，索性拉下開關找周公去了。

也不知睡了多久，被隔牆一陣響動吵醒，隨手拉下燈掣，竟已停電。並非衛平要聽壁角，她和寶佳的房門分別在前後位置，兩人的單人床需避開門口貼在同一面牆上。土坯牆與屋頂有條大縫隙，床架和床板都太單薄，夜深人靜時時聽見對方翻身的響動。沉寂了一陣衛平再睡去，朦朧中似乎聽見床搖動的聲響，她只好大被蒙頭，管它地動山搖。

衛平醒來已日上三竿，幸虧是星期天，自己懶洋洋地漱口洗臉之時，詩詩已經吃過早點洗畢碗筷在餵雞。姑娘偷偷望望隔壁單位，鐵將軍把門呢，看來寶佳一大早出的門，她決心守口如瓶不提昨晚的事。此時大門外傳來吆喝聲，阿全領著幾個山裡人進來。兩個蓬頭垢面的漢子赤著大腳板，挑著兩擔劈好曬乾疊得整整齊齊的木柴；一個小男孩擔著兩個尿素袋子；阿全手提兩隻小鐵罐。柴禾是公家的；袋子黑呼呼的看似裝木炭，有人送給王老師的；罐子裝著香噴噴的豬油，不消說是舅舅捎給衛平的。自從她來這兒，王老師做菜的油有了著落，周老師的木炭和瓜菜也不缺。

啊，今天逢墟，政府規定十日一墟，衛平這下子才真正睡醒。她遞了一罐豬油給詩詩，向她要回舊罐子，詩詩到處找不著，猛然想起什麼，打開那男孩捎來的袋子，一袋是木炭，另一袋是佛手瓜和薯仔（淮山），還有個空油罐子，一隻沾滿炭黑的牛皮紙信封，上面寫著「鳳英啟」三個遒勁有力的毛筆字。

難得週日也是墟日，一定要出去逛逛，除了買蛋，還得去醫院拿點藥。她先到衛生院去。墟日看病的人特多，來自深山老林的農民趕了場才有錢看病，不像公費醫療者白拿藥扔了不當一回事。衛平踅到宿舍區，光明正大走後門。農婦生孩子多數叫當地產婆，婦產科劉醫生主要負責計畫生育，不下鄉的日子閒著呢。

「我昨晚才回來你們就輪流找上門來了！」劉醫生是衛校畢業生，人長得標緻，性情豪爽，落落大方，鎮上的女幹部都視之為朋友。

「你是說王老師、堯老師也來過？」衛平很是吃驚。她心想，莫非寶佳昨晚肚子疼？後悔自己想歪了沒起來看看她。

「堯老師替我宣傳計畫生育，勸她嫂子服用避孕藥。那女人生了兩個女娃子，死活不肯放環，小姑子叫她先養好身子，遲些追個男孩才結紮……你臉色不大好，什麼毛病？」

「我……我……」衛平囁嚅起來，臉都彆紅了。

「別害羞，即便要避孕藥也沒問題。做女人不容易，老實告訴你，我也服用，為的是調理身體。我老公遠在四川，他下個月放年假回來。每年十二天探親假，我們想造人都難！」看來劉醫生患了職業病，忘了面前是個少女。

「我只想要安眠藥！」衛平差不多大聲疾呼。她突然想做一次饒舌者，小心翼翼問道：「王老師病了嗎？」

「王老師是長期病患，例牌拿一大包胃藥、止痛藥和風濕膏，你不也找我看疑難雜症？反正我閒著也是閒著。你認識王老師的右派前夫嗎？這一回下鄉去他們那條村，村幹部指著他的背影告訴我。可惜一個滿腹墨水的文化人，燒了十幾年炭，背都駝了。」劉醫生繼續喋喋不休。「你睡不著覺？想念情人吧！我也常常想念我男人。別吃太多，養成習慣就不好。」她頭也不抬，一邊嘀咕一邊迅速寫下處方單，開了一瓶安定片。

衛平告辭，去窗口取了藥，上街買了十隻青皮大鴨蛋。

今晚詩詩早早熄燈上床，因為王老師還沒回來，大門尚未上栓。衛平捧著《復活》讀不下去。人人都有愛人掛念，我該掛念誰呢？除了母親，愛我的人在哪裡？天地寂寥四野沉靜，回答自己的是窗外清晰的蛙鳴。隔壁傳來開門聲，牆那邊有人砍了誰一巴掌，一把熟悉的哭聲。

「你憑什麼恨我？我自己做不了主！我活該受苦，活該！只是你不能因為我毀了自己……」

嗚嗚咽咽的啜泣從一個窗口飛出，飄入另一個窗口。

牆那面的床板輕輕地晃動。衛平迅即吞下一粒安定片，一切漸漸變得模糊不清。

春天氣候多變，清晨下起了雨，阡陌泥濘難行。老師打著油紙傘穿著膠雨鞋，孩子們戴斗笠光腳板，走廊一灘灘的水跡，教室、辦公廳都濕漉漉的。上課鐘響了，校內頓時鴉雀無聲。因為第一堂沒課，衛平關上門改作業。有人敲打隔壁的房門。

「誰？進來吧。」寶佳懶懶地打開門。「全叔？」

「你爹叫你中午回去一趟。」全叔站在門口說。

「啥事這麼急？我偏不稱他們的心！你跟他說，等我有時間回去不遲！」寶佳簡直拿阿全來出氣。

「寶貝姪女兒，這些天你瘋哪去了？昨日你夫家找上門啦。聽叔勸一句，快回去商量，千萬別出事，把爹娘氣死你就後悔莫及啦！」阿全丟下話就忙他的事去了。

中午只有兩個人吃飯，校長的飯照例是阿全送去他那兒的。衛平想，寶佳終是怕父母，乖乖回家去了。

連續下了一個多月的雨，人沒去處特別悶，衛平除了上課就是看書。農人忙春耕，幹部忙徵兵，縣委將學大寨會議指定在這個邊遠公社召開，下週連續五天會議之後還要歡送新兵入伍。天氣才稍微放晴，阿全通知周衛平到校長辦公室，教體育的吳老師已經等在那兒。公社指派給小學一項任務，要他們訓練孩子準備給入伍的新兵送行。

週末下午周老師和吳老師免去政治學習，兩人陪學生忙乎了一天。這一陣子夜夜聽雨，衛平睡眠很好不需要吞安眠藥，今晚更是累得一搭上床就睡死去。然而想不到半夜她還是醒了。

「爹擔心哪天事發男家要告你，所以我才答應他們，只要安排你入伍咱就斷。這一去你一定要好好當兵，做了官才回來見我。今生咱沒能做夫妻，只能等來世……」

送行那天紅太陽當空高照，公社人山人海鑼鼓喧天，擴音器反覆播放「大海航行靠舵手」、「天大地大不如黨的恩情大」、「三大紀律八項注意」。拖拉機噴著黑煙，送來當胸繫著大紅花的青年，他們都精神抖擻，穿著嶄新的草綠色軍裝，只差紅帽徽紅領章。這些天之驕子跳下拖拉機爬上大卡車，雄心勃勃奔赴前程。衛平帶領孩子們揮動彩綢載歌載舞，高唱毛主席語錄歌。她突然發現堯寶佳站在送行人群後面，一雙紅腫的眼睛望向卡車，不曉她心儀的男子漢是哪個。

周衛平似乎明白了，愛是無法阻止的，哪怕潛藏在心底。人間到處都有愛，因為有愛人生才不孤獨。

二〇一一年五月三十日

夕陽絮語

你幸福嗎？[①]

網上流傳有位記者追問撿破爛的老人：你幸福嗎？此舉引來不少爭論和笑談。幸福究竟是什麼？如何界定幸福與否，實在見仁見智。遠離家鄉的安寧此刻靠在床上，無形中拿這個問題對自己進行拷問。

北歐的三月天依然寒冷，平均氣溫攝氏二度，偶爾夜間會飄一場小雪，天亮起來，屋頂上、樹梢上、籬笆上，一片白皚皚，極目盡是白色潔淨的世界。即便不下雪，一個月內有一半時間下雨，天空是陰沉的，人也是陰鬱的。要是在家鄉，此時的她早已經起床，喝一杯牛奶吃兩片餅乾，與老伴攜手到郊野公園打太極跳健康舞去了。夏天的中午可以去游泳，回來睡個囫圇覺，醒來沖壺香茗品評，寫意的不得了。在這兒可不行，兒子媳婦孫女正在酣睡，薄薄的板壁不隔音，不敢走動不能開電視，去了衛生間也不好沖水，惟恐把他們吵醒。幸虧手上有部iPad，躺著消磨時間。

第二趟來哥本哈根。來與不來，之前是頗費思量的。熟悉的親友都把外國視作天堂，何況兒子居住的首都是丹麥的政治、經濟、文化中心。更為膾炙人口的，乃丹麥系世界上幸福指數最高的國家，哥本哈根被稱為最具童話色彩的都市。提起哥本哈根，誰都會想起安徒生和他筆下的《小錫兵》、《冰雪女王》、《拇指姑娘》、《賣火柴的小女孩》、《醜小鴨》和《紅鞋》。哥本哈根確實是座名城，更是著

① 文章改編自羅秀麗《一段無法抹去的紀實回憶》。

名的港口，與瑞典的馬爾默隔厄勒海峽相望。陽光燦爛的日子，站在這裡你一定能感受到，世界上最漂亮的都市非她莫屬。

也許不愁衣食不用勞作可以被為視為一種幸福，這一點安寧有些認同。當那些記憶的章節鋪陳在她眼前，籠罩她童年的是不幸，陰霾抹不去散不開。

朦朧中大廳裡破自鳴鐘打了四下，奶奶推推身邊的孫女，連聲叫快快快。即使自鳴鐘不響奶奶不出聲，垃圾車的惡臭也會把人熏醒。垃圾工人將堆積如山的煤灰，雞糞、破爛往車上鏟，飛揚的塵土帶著臭氣飄進各家門窗。奶奶扭著小腳打開雞窩，煽起煤爐，忙活去了。小安寧雖眷戀溫暖的被窩也無法再睡，否則今天又買不到娘要的東西了。

天很黑，路燈在冰冷的空氣中哆嗦，三三兩兩的行人龜縮著脖子匆匆而過。小女孩穿著單褲，北風像刀子似的割她的腳，腳上是一雙爛了幫的手納布鞋。好在出門前奶奶用她的大圍巾沒頭沒腦地替孫女裹起來。穿過兩條馬路，小跑著趕過前面挎菜籃子的婦女，卻又被後面的人追過，不斷有人拎著竹籃打著哈欠從斜刺裡插出來，壯大著湧向菜市場的隊伍。轉過路口便是第九菜市場，昏黃的燈光籠罩熙來攘往的人群。叮鈴鈴，叮鈴鈴，一輛自行車橫衝直撞過來，將人流衝成兩段，幸虧閃避及時，差一點撞上小女孩的腳踝。

本來排在第三個位子，一下子前面多了七八個人，買肉的希望還是有的，可是娘說要吃豬內臟，連續一個星期小安寧都沒能買到，她一天比一天早起，一次比一次排的後。前面的石頭、破竹簍代表著一些尚未露面者，他們總在肉檔開鋪時突然出現，搶購緊俏的豬心、豬腰、豬肝。這些人吵吵鬧鬧推推搡搡，誰也不敢惹他們。小姑娘哭了：「為什麼四點來輪不到，三點來也輪不到？」料想這一回躲不過娘的雞毛撣子，又會是皮開肉綻的了。

賣肉的掌櫃已經認出這個可憐的女孩，他哈哈笑了起來：「小妞夠傻喲，那些石頭和破竹筐是小阿飛們前一日下午五六點鐘就擺好的，你既起得比他們早，拿個再大點的籮筐放到最前面，你就是頭一個嘛！」此後掌櫃總是照顧女孩，把她當第一名顧客，女孩免了不少皮肉痛楚。那一年她才八歲，只有買到豬肉她才被允許上學。每當傍晚娘心安理得地喝肉湯時，孩子站在牆角，等她把吃不下的渣滓作為獎賞，就象一條狗用牠可憐巴巴的眼睛注視主人，等待主子施捨一點殘羹剩菜。這個娘並非親娘，是「恩人」養母。

今日的X市有座商場名叫老虎城，安寧的童年和青少年時代就住在老虎城後，街口釘著個大大的金屬門牌，上面是「二舍廟」三個大字，她的家是十一號大雜院。進入十一號破敗的大門，兩側各有個約十平米的房間，住著倆夫妻和五個孩子，庭院邊角的一個小廚房屬於他們。整座庭院約三十平米，正中有幾級臺階，臺階上有條長廊，長廊兩頭均被隔成各家的廚房，僅留中間一條小甬路作為眾房客的過道。

原先的客廳大概二十平米，四個角落四間房，每間約十二平米住著四戶人家，家家還有個小閣樓。房客都在近門口處擺座菜櫥櫃，飯桌上罩著蓋籃。安寧掐手指算算，這四戶人家分別有八、七、六、三個孩子，每家一對夫妻，其中兩家有奶奶，一家有小叔子之後又加上小嬸，共計三十六人。不曉得各家各戶晚間如何安排宿位，只看到吃飯時如趕廟會般熱鬧擁擠。

樓上的格局與樓下大同小異，住著四戶人家。房東三大三小用兩個房；一戶房客兩大三小；自己加奶奶、養娘、哥哥和後來娶的嫂子，共五口人。總人數是樓下的一半。安寧家朝西，窗口下的垃圾站，盡是剛燃完的煤渣，夏天就像個大火爐。

奶奶和另外兩位老人均年過七旬，踩著三寸金蓮，一年四季穿黑衣裳，盤圓髮髻。冬天的夜晚，手提一盞昏暗的煤油燈，晃著沒聲響的碎步，突然出現在人的背後，但願你別以為見到鬼。

奶奶的兒子去了臺灣，養娘是她的二媳婦，哥哥是親孫子。養母一口粗言穢語，三天兩頭和奶奶吵嘴、辱罵、掀桌子、摔碗盆。當她們吵架時，安寧就像一隻擔驚受怕的小老鼠，躲在角落裡，等兩人吵完了收拾殘局。養母什麼都摳卻捨得買碗，一次摔二三十隻都不心疼。可憐的奶奶其實很怕媳婦，盡量小心翼翼地伺候她。這個小腳女人並沒有白吃飯，她包攬了除去挑水買煤的其他家務。

那年夏天六月安寧就快上完小學一年級，臨近期末考試，家裡沒裝電燈，孩子早晨六點就起床，借清晨朦朧的光線溫習功課。一場厄運正悄悄地降落到她身上。

大約六點三十分，奶奶扭著小腳從煤爐上拎下一隻尚滾燙的陶瓷鍋，想進屋把粥放到桌上。本來小妹好端端地坐著不礙事，哥哥卻瞎指揮，一會兒叫妹妹起立，一會兒叫她坐下，女孩重複起坐，奶奶進退無據，一鍋滾燙的粥往她身上砸去，隨即是一聲撕心裂肺的慘叫……

夏天只穿條短褲，褲子退下來是兩道被活生生燙熟的皮肉。剛好有人提尿桶走過，鄰人說尿能消炎，孩子便被安置在洗衣木盆內，腳伸到桶外，整桶的尿往大腿上倒，下半身泡在尿液裡。尿的熏臭，淒厲的哭喊，慘不忍睹。孩子痛徹心肺，骯髒的尿液迅即感染了傷口。養母回家叫孩子躺到地面草蓆上，抓了些草藥搗碎，加點菜油拌成漿糊，抹在孩子大腿上。連一塊遮羞布都沒有的孩子尤如馬路邊垂死的小流浪狗。

躺在西斜的房間裡孩子發著迷糊，身邊是充滿自責的奶奶，老人家拿著一把葵扇，有一下沒一下地搧著。黃昏養母向店裡告了一會兒假，帶回一大包店鋪丟棄的爛鴨梨，說吃了敗火。夜裡孩子發高燒大喊大叫，奶奶道孫女受了驚嚇，叫哥哥翻箱倒櫃抓出兩三隻肥碩的大蟑螂，掐斷頭拉出腸子，要的是它的屎。蟑螂屎放在湯匙里加點水，捏住孩子的鼻子灌下去。

燙傷令瘦弱的身體和幼小的心靈備受酷刑。草藥漿糊幾個鐘頭就乾涸，傷口表面結成很硬的痂，火燒火燎地痛。每次換藥需先用茶水把硬痂泡軟，挑掉血痂再塗上新藥。每天傍晚左鄰右舍都會聽到孩子如屠宰場挨刀的肉豬，歇斯底里地嚎叫。

天真無瑕的孩子上不了學卻渴望有人陪伴。樓下有個學齡前兒童來看姐姐，小家伙屁顛屁顛地玩樂，突然就坐上姐姐的大腿，安寧聲嘶力竭地嚎哭，把小童嚇得彈起來，小褲叉子黏上一片鮮血淋漓的血痂。

整整三天迷迷糊糊時睡時醒。養母晚上總說要值班很少回家。直到第四天，鄰居老婆婆摸摸孩子的頭說：這妞燒了三天不能再拖了。幾個鄰里七手八腳幫忙撤下門板送醫院。醫生抱怨怎麼要死了才送來？打了退熱針吃了消炎藥，小命總算保住了。事後養娘得知奶奶借錢送孫女上醫院破口大罵，奶奶沒有回嘴，緊緊擁著孫女痛哭。

「媽咪！媽咪！」安寧突然驚醒，並非小時的自己在心裡呼喚母親，是孫女牙牙醒了。

丹麥的兒童真幸福，孩子出生時，母親放約一年的有薪產假，假滿之後孩子可送托兒所。安寧開心地跳下床，終於可以大動作，不必縮手縮腳。梳洗完畢，大人小孩都在鮮牛奶裡加些烤玉米片之類，三下五除二用完早點，兒子媳婦開車走了，白天公司供應員工免費午餐。

牙牙留給母親。

「乖乖，小牙牙聽話，喝了牛奶快長大。」

小家伙長得很標緻，有一對黑葡萄般的大眼睛。餵牙牙是一件傷腦筋的事，她拒絕進食，總是用胖胖的小手推開勺子。奶奶連哄帶灌，好不容易喝下半碗，不料喉頭咕嚕咕嚕，又全吐了出來。奶腥攻鼻全功盡棄，幾乎令奶奶氣餒。

「乖乖，嚥下去嚥下去，奶奶給你買個凱蒂貓娃娃。」

也許牙牙聽不懂奶奶的話，安寧敲擊桌上的瓶瓶罐罐，變著法寶哄孫女，勉為其難完成一頓艱難的早餐。她突然覺得好累，自己一點也吃不下了。替孩子換了乾淨尿片，收拾好一大袋東西，把孫女抱上小推車出門去。家到托兒所僅十分鐘路程，一路上跟老外點點頭算是招呼，丹麥語真難懂。

孩子交給阿姨，打道回府打掃房子。有吸塵機、洗衣機、乾衣機，家務並不難。為難的是得準備晚飯，打開冰箱就是青菜牛肉雞蛋，來來去去做那麼幾道菜，別說兒子媳婦沒胃口，自己連筷子也不願動。她懷念起家鄉來了。跑了大半輩子第九菜市場，以前總嫌它骯髒又雜亂，情願逛大超市，選購貨架上琳琅滿目的外國貨。今天才覺得中國街市的可取，除了雞豬牛羊肉，田雞、黃鱔、大頭龜，鹵味、拼盤、叉燒，應有盡有。安寧最愛吃黃毛小魚，老外就懂得肉扒[2]、魚扒大塊吃肉！

天下無不散的宴席，三個月的行期漸滿，回程的時間到了。來時沒有特別的驚喜，去時卻是如此難捨難離。兒子選擇異國他鄉的生活，在別人看似光鮮的背後，心里的酸楚只有他們自己知。就像安寧強

② 扒，粵語謂去骨大塊的肉。

顏歡笑，嘴上說沒事心裡一直在淌淚，也惟有她自己知。北歐丹麥哥本哈根，這間小屋門牌上寫著丹麥文，她只懂得那幾個阿拉伯數字。小小的庭院將留下她淡淡的憂傷和無盡的思念。再見，我魂縈夢牽的孩子！也許有一天我們不能再見，總有一天生命將隨風而去。

相見時難別亦難，生活中有很多的轉瞬即逝，就象剛剛還在機場告別，還相互擁抱，還淚流滿面，轉身已各自天涯。你問我幸福嗎？我流淚回答：幸福需要對比，我很幸福！

人生不要太圓滿，有個缺口讓福氣流向別人……

二〇一三年六月六日

秀蘭

昨晚上床之前秀蘭心里美滋滋的，特地不調校鬧鐘，心想：終於可以睡到「自然醒」啦！這不正是夢寐以求的嗎？往日清晨大小兩隻鬧鐘齊鳴，她總是貼著枕頭伸出一隻手按住床邊那個大的，然後捂住一邊耳朵，任小鐘繼續呼叫，末了才不情願地伸伸懶腰蹬掉被子，迷糊著雙眼不清不楚地罵：睏死了，還讓不讓人活呀！

居住香港三十多年，哪一天睡夠？原想大報復一覺睡到十點整，豈料這麼不爭氣，眼睛比往日睜開得早。以前從來不曾感覺地車進站的聲響，也沒聽見鳥兒唧唧蟲兒啾啾，今天卻什麼聲音都飛進耳朵來了。當初買這套房子朋友就提醒近地鐵嘈雜，可她貪圖的正是近地鐵方便上班，每天可以免去一個鐘頭搭麵包車。時間就是金錢，爭取加班鐘點即等於賺多一個鐘的錢。秀蘭吃什麼飯的？會計呀！

回想八十年代初，單槍匹馬持港澳雙程通行證來香港，為的是會臺灣老爹。四九年父親隨國民政府南渡，將一家人扔在鄉間，從此夫妻父女天各一方。母親是個堅強的女人，隻身撐起一片天，獨力把兩個女兒扶養大。爸爸離家前姐姐秀梅已經五歲，或許模模糊糊地留著父親的影子，而牙牙學語的秀蘭只能靠幾張老照片，揣摩父親的模樣。

父親只是政府部門的一名小公務員而非軍人，根本沒有資格去臺灣。當時在南京做事的浙江同鄉親友很多，他不知怎麼地被人委以重任，沒有足夠的時間去細想，服從命令的後果是拋棄家庭，從此被海峽永隔。一切直至上了船他才意識到。父親是有良心的，自責和愧疚使他在臺灣孤苦伶仃三十年沒有再娶。

飢荒那些年，爸爸沒有忘記他的責任，千方百計省下微薄的工資，通過香港的親友寄錢寄物，姐妹因此都不挨餓，且長得健康活潑。學校去遠足時，寺院的老和尚曾摸著秀蘭一雙肥厚的手，贊她享父母福。爸爸雖不在身邊，他的關心卻永遠追隨著女兒。媽媽雖背著「蔣匪幫家屬」的罪名，由一名化學教師被降格為實驗室助理，也含辛茹苦把孩子拉扯大了。

姐姐秀梅端莊秀麗含羞答答，活脫像年輕時的母親。母親卻對大女兒說，你只是外貌酷似我，性格一點也不像，起碼沒有一絲兒母親的剛強。父親的供給令姐姐像大家閨秀，肩不能挑手不能提，一身舶來品踩著飛鴿自行車進城，任誰也看不出她是鄉村姑娘。考不上大學本是意料中事，她的成績夠不上錄取線，加上家庭出身的包袱，再考也是名落孫山。一個站櫃檯的城裡人看上她，父親給了秀梅豐盛的妝奩，看來他們是心滿意足的。由於農村戶口城裡沒有糧油配給，多年來母親不斷地給予大女兒經濟上的貼補，女兒女婿甚覺得理所當然。

妹妹秀蘭就不一樣了，雖也貌美如花，氣質卻不同凡響。母親說小女兒的心高氣傲神似父親。這孩子自信心特強，她相信自己是優秀的，「可以教育好的子女」應該有更好的前途。聰明和勤奮令她充滿理想抱負，熬過十載寒窗必有出頭的日子。

可是理想歸理想，現實歸現實。當一場暴風雨打下來之時，沒有哪棵禾苗可以幸免不遭殃。母親被學校革委會拘押，罪名為「臺灣特務」，證據則是來自海外的銀行存款。所有與香港親人的信函都被當成裡通外國的「密碼信件」。家中值錢的東西都被抄了，銀行戶口被凍結，母親的工資被停發，受打擊最大的是姐姐，她必須自食其力去謀生。

秀蘭沒有哭泣，她只是擔心母親，化學藥品的刺激和多年的郁結把母親的肺穿了個窟窿。牛棚中的母親缺醫少藥熬不了多久。怎麼辦？怎麼辦？在這人人劃清界線六親不敢相認的年頭，除了自己還能指望何人呢！姑娘漫無目的地遊走，一路上鑼鼓喧天紅旗飛揚，經過身邊的人群手捧紅書意氣風發，只有她的心在流淚。

「秀蘭！秀蘭！」是誰在叫我？姑娘把魂魄收回來，看到一個穿工人裝戴紅袖章的大個子朝自己揮手。

「不認得我啦？拖拉機裝配廠的小高啊。」年輕人有點靦腆地自我介紹。

記起來了，下廠勞動時被安排在翻砂車間，學生稱其「小高師傅」，當時他們只是客氣地點頭打招呼，回校後再沒聯繫。這小子小學畢業就當學徒，是位工作多年的勞動模範。可是秀蘭哪有心思與之寒暄，母親的病把她愁苦了。

「秀蘭姑娘看來不開心啊，這場運動打破了一切常規，凡事還要看開呢。」小高小心翼翼地探問。秀蘭不置可否地點點頭，用眼神表示告別。

本來沒有目標的她，信步向著母親的學校走去。學校停課多時了，老師被集中關起來審查，學生們各樹山頭鬧革命，紅衛兵守著大門不讓外人隨便進入。秀蘭正進退無據，後面有人向守門人擺擺手，說一起的，自動放行了。姑娘回過頭看到小高。

小高邀請姑娘去他的辦公室，原來青年工人被委派到市委組織的工宣隊，並作為工宣隊隊長，進駐到這所學校來了。踏破鐵鞋無覓處，秀蘭看到了一絲希望，機會稍縱即逝，她下決心豁出去了。她向小高道出母親的病況，因為忠於職守母親一直沒有要求休假，需要的話可以找來醫生證明。

一切都好說，或許冥冥之中自有安排。母親獲准保外就醫，發放部分工資，母女終於可以相依為命度過最艱難時期。秀蘭不再好高騖遠，也不覺得委屈，做了高家的媳婦。母親說，也好，嫁個三代貧窮的紅色工人，將來兒女根紅苗正，不必背父母的歷史包袱。

兒子長到十歲，世界發生新的變化，十年浩劫結束了。父親寫信要求政府批准他的妻女到香港相會，老人已經迫不及待地到了香港。

香港是個什麼地方呢？「朱門酒肉臭，路有凍尸骨」，這是綜合各方意見得出的肯定的結論。一個從未遠行的鄉下女人，怎敢貿然帶著有病的母親走出國門？秀蘭把母親和兒子交給丈夫，放膽做一次劉姥姥，隻身闖大都市來了。

父親是照片中的那個父親，女兒是照片中的那個女兒，三十年的骨肉分離，三十年的不停思念。秀蘭跪在父親腳邊，伏在老人膝上，除了落淚，沒有什麼語言能夠代替。

父親要求女兒在香港住下，他本人則趕著回臺北處理財政，他決定盡快來香港與妻女團聚。人生苦短，他們已經失去太多，拒絕再等了！

秀蘭租住一個床位，白天跟著二房東到水果批發場去工作。加洲的橘子、臺灣的香蕉、泰國的榴槤、澳洲的蘋果、紐西蘭的獼猴桃、新加坡的西瓜……一箱箱水果進進出出，清點、記帳、裝箱，來自鄉下的女人什麼不能幹？老闆看新來的夥計肯吃苦，最後連開門、關門和清潔都讓她包下。她需要這份工作，為了與親人團聚。

父親和秀蘭湊足首付，買了層兩房一廳的唐樓小單位。母親可以來香港了！給新的家添齊鍋碗瓢盆，秀蘭回去攜帶母親，自此分別逾三十載的父母可以天天廝守在一起。母親不再是以前那個剛強的女人，在父親身邊，她回復為柔弱的女人，享受著愛和呵護。有時女兒偷覷一對老人卿卿我我仿似豆黏著糖，三十年的話，哪說得完？倒是自己的丈夫孩子遠在家鄉，哪一天可以來到自己身邊？

丈夫和兒子終於獲准出境了。兒子球球已經到了讀中學的年齡，語言不通連香港小學五年級的功課也追不上。況且孩子長大了，睡在父母上牀也不妥。樓價一天天上漲，秀蘭夫妻的工資只夠支付日常開支，改善居住環境談何容易！公公開口說話了，不如送外孫去臺北讀書，他在臺北有個小單位，也有份長俸，勉強夠孩子生活。球球踏上新的征途，相信兒子的前程是美好的，縱然母子要分離。

一晃又是幾個年頭，父母年屆古稀，腿腳已經邁不動樓梯。秀蘭咬咬牙賣掉舊唐樓做首付，買下地鐵頂上這個小單位。為這個要命的蝸居，兩公婆與銀行簽下賣身契，沒日沒夜地加班加點，期望早日還清這筆巨債。秀蘭從來不怕辛苦，無法忍受的是，紅光滿面的父親突然先走了，病蔫蔫的母親不願再次被扔下，茶飯不思跟父親去了。

九十年代香港的工廠幾乎都北移。老公被公司遣散，補償的長期服務金填了銀行欠款，算是無債一身輕了。老高再也找不到工作，依靠妻子的工資還是可以過日子的。然而百無聊奈的男人煙抽得更多，脾氣也越來越大，時而甩手回家鄉一住數月。偶爾回香港，人消瘦得不像樣。秀蘭是家庭經濟支柱，只能叮囑他自個去看醫生，反正有的是時間，不怕去公立醫院排隊。醫生轉介老高去看專科，檢查結果患了末期腸癌。

球球在臺灣早已經讀完書結了婚，這些年為外公外婆來回跑了好幾趟。今次妻子即將分娩，他飛來看了父親又趕回臺北。老高未能陪妻子過晚年，匆忙地離世了。曾經擁擠的房子頓時空蕩蕩地，留給女主人無限的思念和哀傷。

「來臺北和我們一起住吧！」兒子每天晚上打電話過來求媽媽。

「等退休吧。」母親一再推搪。

昨天正式退休了，下一步該怎麼做，秀蘭尚未想清楚。人生就這麼回事，聚散離合，匆匆而過。生活平淡如水，卻沒有一天過得容易。

二〇一三年六月十日

兩親家

小唐的父母在江北，莎莎的父母住江南，兩親家不僅素未謀面，也從未通過電話。當然，我指的是雙方不曾直接在線上交流。每當莎莎的父母來電，婆婆再忙也會停下手中的活計，豎起耳朵收風，待媳婦不在家時對兒子旁敲側擊，希望收到媳婦娘家的動靜。莎莎是聰明的女郎，放下電話會來一句：「爸爸媽媽問候你們！」小唐從來不讓爸媽與岳父母直接對話，恐怕講多了續不下去，講錯了失禮。

鄉下人因媳婦父母的身分雖存有幾分敬意，卻一點也不覺得高攀，反倒認為自己的兒子何等優秀，娶任何千金小姐都是必然的。不是嘛，大戲裡的窮書生中了狀元還當駙馬呢。不過這問題確實曾讓我頗費思量：難不成那些公主、郡主、相府小姐都是些大齡姑娘，老爹不妨做個順水人情，把他們送出去，借此了結一件心頭大事？

小唐的父母住在蘇北農村，辛苦了大半輩子，這些年終於熬出了頭。女兒嫁了當地一個小生意人當起雜貨舖老闆娘，不必像老一輩面朝黃土背朝天，活得人模人樣了。兒子小唐更加了得，以雙倍於同學的勤奮，掌握高超的應考技巧，獲得紐西蘭某大學獎學金，數年後進入一家國際公司任職。

媳婦莎莎由於父母是廳級幹部不無優越感，他們只有自己這麼一個寶貝公主，自幼傭人老媽子前呼後擁地伺候著。女兒從小受到全面的良好教育，被重金聘請來的專家悉心栽培，除卻各門正規功課，鋼琴、芭蕾、體操、繪畫都是必修課。父母尚未屆退休年齡，母親卻急急忙忙遞交病休申請，為的是放心不下孩子，恨不得馬上辭去工作陪伴左右。

莎莎讀完初中就作為交換生到紐西蘭來，為了拿到這個不經考試就能得手的名額，政府大院裡所有父母可謂絞盡腦汁用盡心機。報名應徵的家屬子女仿如參加電視臺選美，必須經過一輪輪殘酷的篩選淘汰。雖然莎莎是優秀生，讀完高中考上名牌大學再出國也不遲，那年她才十五歲，可是誰也難保他日有變，且有權不用會過時，怪不得各級官員對僅有的五個名額虎視眈眈。

公開的競爭在明處，私下的較勁在暗處，浮在表面的是誰家的子女最優秀，沉在底裡的是哪個老爸官銜大實力強。人人各顯神通之餘，屏息以待靜候揭曉，千呼萬喚答案終於浮出水面。出乎所有人的意料，組織上敲定最後五強，五家人共有六個孩子。最高領導發話：許崇文、許崇武只能算一家占一個名額，你們兩兄弟自己協商吧。

這個決定真公正，眾人皆嘆服領導英明。

許崇文是莎莎她爹。老大許崇文兄弟姐妹六七個，父母親去世後長兄為父，誰敢不把大哥供著？當大哥有大哥的風範，怎好意思與弟弟爭？然而他又拗不過老婆大人，便找了個外出訪察的藉口開溜。弟弟崇武也感覺尷尬，俗話道：打虎不離親兄弟，同室操戈只會叫外人笑掉大牙。

男人的紳士風度轉化為女人的戰爭。莎莎的母親屬於智慧型女人，以她一貫不卑不亢的貴族脾氣睥睨妯娌的一舉一動。崇武的老婆交遊廣闊，誓言絕不放棄爭取到底，出動了平日裡走動的一班官太太姐妹，把風吹到最高領導夫人耳裡。不料這一招反惹惱了領導，遂拍板定錘確定許莎莎出線。

塵埃落定，無聲勝有聲。

如果，我說如果。如果當年許崇文表態讓給侄兒，女兒縱然一時出不了國門，但他日機會再來出位的非莎莎莫屬。其時可以去美國、英國、加拿大、澳洲或歐洲各國，嫁的也不會是小唐。至為重要的是，侄兒不必去南非，不致遭遇不測，兄弟不會從此成陌路……

人生沒有如果。

莎莎是個幸運的女孩，父母為她安排打點好一切，從不知什麼叫困境，或者說困難一出現媽媽就來迎戰。她順利地讀完中學，如期地考上大學，期間母親不曉乘過多少班飛機，踏破多少雙皮鞋。中國人的獨生子女啊，都靠金字塔托著。

大學畢業了，媽媽還是擔心，擔心女兒找不到男朋友。這兒的華裔大齡姑娘太多了，正確地說，全世界發達城市的盛女比比皆是。好男人不容易找。莎莎終歸是幸運的，瞧瞧她遇上的小唐：整個中國人、沒有結婚歷史、長得憨厚帥氣。雖嫌吃麵喝粥的呼嚕聲大了點，那是真情流露；埋單喜歡ＡＡ計，亦屬公平合理。找丈夫最要緊大方向正確，小節可以不拘，這是公司一班華人女同事言傳身教的。幸福的小女人總算找到了另一半，可以把自己嫁出去了。

異國邂逅姻緣前定，兩人將在新國度落地生根，這正是雙方父母的強烈意願。

小唐迫不及待地打電話告訴父母，春節他將帶女朋友回去結婚。老人家激動萬分，親自將土房子刷了石灰水，牆上貼了百子圖，老床上鋪百鳥朝鳳被單、鴛鴦戲水枕頭。至於請客吃飯，家門口擺它二三十桌，親朋好友有吃的還不來？左鄰右舍住近的搬桌子住遠的拿板凳，這是農村不成文的規定。豬和糧食是現成的，等兒子回來叫他去老姐家拖一車大白菜，啥都解決了。

提起大白菜，小唐差點送了命。雖說在農村長大，畢竟多年沒做體力勞動，可爹娘捨不得掏錢叫人家送貨，冰天雪地裡讓兒子當苦力，來回走幾十里爛泥地，又冷又餓感了風寒，到家一頭栽倒，三天三夜昏迷不醒，若非莎莎堅持送縣城醫院，喜事差點辦成喪事。但這事並沒讓老人家領悟，自始至終依舊是對摳門兒。

莎莎要當媽媽了，喜壞了小唐父母，他們搶著趕在親家母前面抵達。兒子孫子是咱們姓唐的子孫，爹娘身強力壯用不著女家操心。假如家禽允許上機，他們會把欄裡的雞鴨兔鵝全趕上機。假如寄倉沒有限制，糯米、菜乾、麵粉、蔗糖也要托運。兩位老人像極了駱駝，小唐暫時買不起新車，借了一輛麵包車來載貨。

坐月子一日三餐吃江米粉團子加紅糖，莎莎幾乎看了就作嘔，妊娠期反應也沒這麼厲害。婆婆的規矩可多了，不許洗頭洗澡，不能吃蔬菜，中國的寒冬紐西蘭正值夏季酷暑，產婦天天喝薑茶，長了一臉豆豆，便秘去不了廁所。小母親產前買下大量紙尿片，一聞其價格，祖母嚇得大嘴都合不攏：真他媽的貴氣，鄉下孩子穿開襠褲，隨地拉下叫狗來舔，屎屎尿尿也得花錢，破衫爛褲剪下來用不就得了！我的兒啊，女娃子每天得燒多少鈔票？錢可不該這麼花呀！

莎莎終於忍受不住，電話裡向媽媽哭訴。媽媽能怎樣呢，女兒你忍忍吧，我已經辭了職請了長假，等親家走了馬上過來接班。

此後兩親家輪流往南半球跑，你去我來，像兩股道上跑著的車相互錯開永不碰頭。公公婆婆離開前總會花一星期時間，替心愛的兒子包兩大盆水餃，塞得冰格滿滿的。廚房掛滿一串串菜乾和辣椒，衛生間櫃子上的舊報紙、膠盒子頂上了天花板，還有外面別人不要的嬰兒玩具，也給搬回來收藏。莎莎母親來了，嫌水餃占用冰箱空間，擱到下層很快餿了只能扔掉。當然，扔掉的還有許多東西。

母親既是領取高薪的幹部，又是斯文的白領麗人，在女兒家卻如傭人一般勞作。傭人尚有假日，母親一天睡不上六個小時。星期天女兒女婿睡到日上三竿，嬰兒已餵過兩次奶，開了洗衣機還要晾曬，用了乾衣機衣服也得摺疊，等他們醒了才能開車一起出去買菜。每日做不完的家務周而復始。小唐從不曾提議出去上館子，父母知道他們出去吃飯會責罵他不懂過日子。

其他瑣碎都不足掛齒，小唐父母最懼怕媳婦大手大腳，令兒子存不了錢買不了房子。他們不理會電話費多麼昂貴，堅持絮絮叨叨不肯收線，兒子必須匯報所有收入和支出，甚至保證每月儲蓄多少錢。下回他們來了一定會心疼死，嬰兒的衣物、玩具全是外婆買的名牌產品，女婿總不好開口叫岳母別買，把錢省下來吧？

「假如你們存不了錢，寄回來我們替你存！」公公婆婆使出殺手鐧。

還有一件大事，莎莎只是生了女兒，一定得追兒子。紐西蘭政府不限制生育全世界皆知，這對農村公婆樂壞了。中國政府強制計畫生育，老百姓還千方百計偷著生，為何我的兒子不多生幾個？

「我們只有你一個兒子，開枝散葉靠你了。」

莎莎老是為結婚沒去度蜜月遺憾，期望小唐懂得彌補這個缺憾，哪怕去最近的凱恩斯大堡礁。不曉得丈夫是沒有居心還是故意裝糊塗，對這等小事從不搭訕。或許在男人眼中，生兒子才是光宗耀祖的大事，旅遊太小資情調了。

二〇一三年六月十一日

父與子

星期六。外面下著傾盆雨，雨點打在屋頂瓦片上，颯颯地急促地響。這個初夏多雨，若非三天兩頭下陣雨，工地上的艷陽天可不好過。甓坐在廚房小板凳上，用腳輕輕打著拍子，在心裡默默地哼著歌，集中自己的注意力，盡量心無旁騖。可是父母你一言我一語的吵鬧聲還是源源不絕地飛入耳。

母親鄙夷的口吻：「誰請你回來？要是我就不回來。」

父親理直氣壯：「這裡是公司分配給我的家屬宿舍，你是我老婆，瓴是我女兒，甓是我兒子。我的家為什麼不回來？」

母親提高音調挑釁：「這裡只占你的三分之一，你每月的工資只給三分一，你不回那邊去？」

父親火了：「養母親是應該的，我每月一百零二元工資，自己留三十元，三十六元寄給住在兄弟家的母親，三十六元寄回來給你，你要我怎樣？」

母親冷笑道：「現在退休了，每月工資只有七十元零六角，你怎麼分配？」

父親似乎有點洩氣，用略為緩和的口氣商量：「母親年紀大了，那邊不能少給，還是三十六元，咱們將就過吧。」

母親見鬥不過，索性吼了：「怎麼過？我恨你！」她忍不住啜泣起來。

一輩子都敗在丈夫手上，實在太苦了，她二十多年來一直記恨這件事，恨自己永遠要跟人平分秋色，恨意任憑多少年風雨的沖刷，仍難以泯滅。

家屬宿舍是半獨立式平房，每套房呈直條型，前門進去似廳又似房，靠右邊牆有張五斗櫃，正面朝門和左面牆一橫一豎置放著大小兩張床，母親睡大床，床上垂下圓頂蚊帳，小床是姐姐瓴睡的。屋子的中間部分用三合板間隔起一個沒窗的中房，豐睡在這裡，靠右作為過道。後面是廚房、膳廳、浴室、廁所等多功用小間。

往年父親僅在春節前三天回家，正月初九返三線工地，這期間姐姐若回家就與媽媽睡大床，豐睡小床，爸爸睡中房。現在父親回家養老長住，母親重新確定了這一安排：中房歸老爸。豐從未見過父母同睡一張床。假如家裡有個獨立房間，他們會睡在一起嗎？他突然思索這個問題。

現在父母坐在各自的床上，兩人隔著一道三合板牆鬥嘴。

父親剛滿六十正當壯年，公司一直想要留用。一個負責龐大建築工地的總工程師，長年累月孤身在外，把他的一生獻給國家，可憐的收入勉強養活母親妻兒。為了給下鄉的女兒「補員」，他決心辦理退休手續，換取女兒脫離農村，到建築公司當一名正式國家工作人員。

「爸媽你們都少說幾句，都是兒子沒出息連累你們。」豐終於忍不住，衝了出來。「我不吃午飯了。」

豐披了件雨衣，到宿舍前面的儲物室扛出破單車，長腳一跨蹬入雨中。僅只幾分鐘，雨水從雨衣上滑落，褲腳馬上濕了半截。

母親的聲音響起來：「看你把孩子逼走！」

父親也不示弱：「慈母多敗兒，還不是你慣的！難道又是我的錯？」

甓漫無目的在雨中穿行。路上行人車輛很少，人家惟恐避雨不及，只有這傻小子任雨沖洗。雨水把眼睛撇迷糊了，水滴沿著臉頰淌下，上身不覺濕了一半。濕就濕唄，最好連煩惱一並洗去，假如有地方去，他願意永不回頭，在這個家裡他是別人的負擔。

甓，磚也，微不足道的建築材料，尤如一塊回天無力的破石頭，誰希罕？在父親眼中，這個兒子是多餘的，不應該來人世間。甓的叔伯兄弟皆依族譜取兩個字的名，他本應屬於「莫」字輩，然而他是例外。母親千百次地告訴兒子，大甓整整十年的瓴是在南洋出生的，為給女兒尋找生父，她才不遠千里來到唐山，而丈夫身邊已經有了第二個女人。

那個女人有文化又長得漂亮，感情上是父親的紅顏知己，生意上是好幫手，情份上為父親生了一個兒子。也許女人的紛爭令父親無法承受，他突然有個主意，在鄉間買了十幾畝土地，把兩個女人都趕到老家種田去。豈知因此土改給評了地主，女人們天天受農會批鬥，那男孩跟她母親風裡雨裡，不幸受了風寒，藥石無效一命嗚呼。

時值政府提倡新婚姻法，國家嚴格實行一夫一妻制。孩子的夭折令二娘心碎，她決心離去。父親為安置這位紅粉知己，賣去一棟精緻的小洋房，讓她繼續求學開始另一段新生活。

甓是哥哥死了兩三年後才出生的。甓的眼睛黑黑的小小的，非常有神，像極了父親的臉，沒有黧黑的皺紋，多了紅紅的痘痘。甓長得高高大大的，十分有型，像極了母親的洗衣板身型，沒有佝僂，虎背狼腰。甓是個公認的帥哥兒。

從當年西裝畢挺的舊照片，甓看到了父親曾經有過的神采，那是一個事業有成意氣風發的成熟男人，多少女人曾經對之投以醉心的目光。想當年父親回唐山探視祖父母，未有按原計畫回南洋，寧肯放棄如日中天的事業，捨棄妻女而不顧，是什麼在吸引似鐵郎心？

根據姐姐瓴的記憶，甓回看到當年父親的雄心壯志：他繼承了濱城祖父的建築公司，高瞻遠矚地和新政府簽署修建機場的合約，既響應周總理鼓勵華僑回歸祖國的號召，又造福家鄉族人，招徠大量鄉民進城工作，共同為建設新社會出力。然而甓父太高估自己，低價標得的新機場最終虧空了。

為了還清欠款，父親賣掉祖上的產業，再把自己抵押給國家，一文不名當個沒有股份的夥計。為了表達愛國忠心，父親還主動要求降低一級工資。他那份微薄的薪水除了養家，還得時時掏出三五元，接濟進城來討工作的鄉人。

從鐘樓經文化宮拐過後路頭駛向大生里，車子不由自主地朝大學方向奔去。在甓的心裡，他的煩惱只有一個人能理解，只需要向一個人傾訴，讓一個人聽取他的心聲。

雨嘩嘩地下著，三三兩兩的女生打著傘，拿著便當經操場回宿舍。白雲才走出餐廳大門就看到大榕樹下甓高大的身型，水裡撈出來似的。

「阿甓！阿甓！」她急急地向對面的男孩招手。

甓很有風度地擺了擺手，扶著車把手將車子停靠在簷下，這才慢慢步向膳房。

白雲幫他脫下雨衣，甩甩水擱在一張凳上，望著甓憂鬱的眼神，彷彿能看穿他似的。她轉身去買來飯菜，舀了一勺清湯，按著甓的肩膀逼他坐下吃飯。白雲用手托著自己白皙的臉龐，美麗的大眼睛看著甓狼吞虎嚥。她知道他心事重重，但無須多言，他們彼此瞭解對方一樣多。

吃罷飯雨停了天晴了。甓用袖子揩乾後座，白雲輕盈地跳上去，車子朝市區方向駛去。

甓終於忍不住了：「你怎麼不問我為何找你？」

白雲故意作吃驚狀：「是呀，你可以找別人呀！別人也可以找我呀！」

豎覺得無言以對，疏忽了他們之間的距離或越來越遠了。

時間過得真快，追溯七年前小學剛畢業，豎的父親被關進牛棚停發工資，家中頓失經濟支柱。豎的母親有點南洋外援，把娘家寄來的衣物拿去信託公司寄賣，多少換來一些花銷。沒書讀的孩子自然要幫家，豎經常與鄰家孩子結伴下海刮海蠣、挖海螺、撿海苔和石花草，媽媽會把海螺剖開，挖出海螺肉，做成美味的佳肴，洗淨曬乾的海苔也可以收藏起來慢慢享用。

南洋長大的媽媽擅長處理石花草，她煮的石花凍韌韌的真好吃。晚間母親將石花草洗乾淨，加水加醋熬了一大鍋石花汁，將渣滓用蚊帳布過濾掉，汁液倒在一隻隻小茶碗內，第二天早晨石花汁已經結成凍，晶瑩剔透叫人見了垂涎三尺。將一應用具準備齊全，瓴挑著擔子豎打下手，一起出發去賣石花凍。天氣越熱石花凍越賣的好。

有一次姐弟倆才擺好攤子，突然雷電交加，兩人躲到別人的門洞下，等了整整一天沒人問津。待雨歇打道回府時，豎瞧見另一邊角落裡有個約與自己同齡的小姑娘，穿著短衣褲一身濕透冷得直哆嗦。問她家住大生里，姐弟倆把孩子帶回家，媽媽給煮了一碗麵疙瘩，吃罷瓴騎單車送她回去。

那個小妞名叫白雲，父母是大學講師，被紅衛兵拘留，保姆沒有工資回鄉下去了，沒人管的女孩四處流浪。從此白雲受到豎一家人的照顧。

一部分工人加入造反組織不上班，瓴帶著豎和白雲去工廠當臨時工，他們在食品加工廠包裝糖果餅乾，每人一天掙七毛錢。領工資那天最開心，豎和白雲激動得大喊大叫，互相請吃油條燒餅。那是他們最快樂的少年時光。

後來瓴下鄉插隊去了，學校恢復上課，甓和白雲都上了初中。學校根據毛主席「深挖洞、廣積糧」的指示，大量時間安排學生學工、學農，除了應付政治文史課，甓和白雲兩人都認真學習數理化，成績蠻不錯。此時白雲的父母被「解放」參與學校教學工作，他們時時督導兩個孩子的功課，親自教他們英文，白雲父母對甓的領悟力十分讚賞。甓的父親被視作審查對象，一直在五七幹校勞動改造。

三年後父親終於被確定了「資方代理」的汙點身分，被准許「戴帽」回工地為人民服務。

父親回了一趟家。甓偷窺老爸兩鬢掛霜的滄桑面容，審視那不再挺直的腰板，幾乎懷疑這老男人曾經人前人後被尊稱為「總工」，父親的未老先衰令兒子深深地不安。老爸決定將甓帶去工地勞動，兒子已經糊里糊塗混過三年時光，既然學堂裡學不到多少文化知識，還是教他一技傍身吧，好歹日後可以混碗飯吃。

母親歇斯底里地哭，甓是她的命根，每每與父親爭吵，她都揶揄父親，說兒子是她與人野合帶來的，做父親的從未好好看過兒子一眼。甓實在不能理解父母，母親五十不到，父親難得回來一趟卻不與妻子同房，他們在一起的日子只有爭吵。甓明知母親平日裡是思念父親的，默默為他裁衣服、打毛線、織襪子，可是當丈夫回到身邊卻禁不住要鬧騰，刻薄的話語得到的是不屑的回報。

離家那天白雲陪甓的母親來送行，除了母親不停地抹淚，大家都默不作聲。當甓即將蹬梯級上火車時，白雲忽然抓住甓的手，男孩看到女孩眼中閃爍著淚光。隨著汽笛長鳴車輪開始轉動，白雲的身影越去越遠。甓覺得很茫然，不禁悲從中來，失落的情感像蟲子一樣吞噬少年的心。

父親向上級申請讓兒子跟在身邊從小工做起，不收公家一分一毫工資。和其他建築工人一般，甓日出而作日入而息，和泥、篩沙、砌磚、抹灰、下水道、上頂棚，誰都以為他是新來的雜工。那些年輕技術人員捧著圖紙，頻頻跑來請教父親，始發現同宿一屋的兩父子。主任建議將鼉安排到繪圖室，卻遭到父親的嚴詞謝絕。

連續幾個春節回家，白雲都發覺鼉又長高一兩寸，三年後小伙子身高幾達一米八十，白臉書生變成古銅色男子。這一回父親辦了退休，父子倆都不走了。白雲高中畢業了，她和鼉都在家等待就業。

濱城是個工業不發達的小島，人口越來越多，政府決心發動填海工程，以求增加土地供應面積。街道居委會組織待業青年加入填海大軍，年輕人均積極地表現自己，指望日後能爭取一份正式工作，進入正常的社會軌道。他們依靠最原始的工具钁頭和板車，用稚嫩的肩膀替社會出力。

除了白天超體能的勞動，晚間還得參加宣傳隊活動。白雲裊娜的身段成為舞蹈團的中堅，幾乎每一場舞蹈都由她領舞。濱城歌舞團欲吸收其為團員，卻為白雲父母拒絕，他們幫助女兒考上工農兵學員，成為一名大學生。

在三年寂寞的山區生活中，陪伴著鼉的長笛升華到專業水平。演奏晚會上，小伙子的笛音繞梁三日，引得部隊文工團領導慕名而至。他們看中這位音樂天才，急欲招攬名下。然而表格填了一回又一回，希望亦破滅一次又一次，始終過不了政治審查關卡，無一例外地被刷下來。

為了不讓外地單位跑來羅織人才，宣傳隊的主要骨幹終於獲得工作，鼉被安排到集體所有制的建築隊當學徒，每月工資十八元。鼉並不愜意，雖然有了工作，收入卻只夠零花，更要仰仗父母依賴他們的棲身之所。最為苦惱的是越來越拉長與白雲的距離。

白雲忙於功課忙於考試忙於實習，畢業後留校當了助教，偶爾進城必會順路來看看兩位老人。鼉白天忙著上班，晚上和假日要排練演出，幾次都沒有碰面。鼉的父親總是一言不發，在一旁偷偷打量姑娘。甓的母親每每拉著女孩的手，無限感慨欲言又止，待姑娘一走則嘀嘀咕咕唉聲嘆氣。忙碌僅僅是藉口，甓並非完全沒有時間，而是克制自己不去找白雲。他曾經以為白雲是前世的知己，往往不須多言語，一個眼神的交流便足夠了解彼此。而今的他卻沒有把握，自卑和自尊令自己不敢表白，他們之間的鴻溝已然無法填滿。失戀令之甚至不再珍惜來之不易的工作，曠工，開假病條，敷衍搪塞宣傳隊，煙越抽越兇，酒越喝越高，通宵打撲克賭錢，言行更是刻意地越來越粗魯。

甓的師傅老楊曾跟隨父親工作多年，不忍見看著長大的孩子日益消沉，國慶放假時邀請父子倆隨他到郊區的老家玩。晚飯時分老人告知兒子，他已慨然答應，明天一早與老楊結伴去祥安。甓心裡很不以為然，從小到大父親幾時重視過自己？怎麼肯與兒子同行去郊遊？反正假日無處可去，便也不置可否。

一小時的車程讓城市人即時融入山水。太陽剛剛東昇，籠罩群山的霧尚未散盡，清新的空氣帶著甜甜的稻谷的芳香，雀噪和蟲鳴填滿林間。果林裡的柿子樹林成為一道最奪目的風景，一個個金色小燈籠挂在枝頭上，向客人綻露美麗的笑容。楊師傅帶領父子進村，村口正在鋪柏油路。老楊一邊與熟人打招呼，一邊告訴他們，多少人家蓋了三層樓房，誰家剛下了地基，誰家砌了一半磚牆。看來人們的生活開始發生變化，不但解決溫飽日趨富裕，而且大興土木改善居住環境。

午飯豐盛極了。園子裡種的青菜、農家養的走地雞、池塘捕上來的草鰱、豆坊磨的豆腐、自家醃的酸菜釀的燒酒……

老楊難得回家，村長和鄉親父老能來都來。席間談起改革農村新政策，村長說，咱村家家戶戶相繼蓋新房，日子越過越富裕啦。村委會準備重新規劃，將部分土地租給外來戶耕種，部分土地蓋簡易工房租予外商投資，鼓勵本地人發展副業搞活經濟。提起規劃建設，不能沒有這一行的專家，瞧今天老楊給我們帶誰來了。

於是人們相爭與父親握手，親切地稱呼「總工」。父親把甓推到眾人面前，道自己年紀大了，年輕人不怕吃苦，讓他來挑擔子，我當全力支持。人們鼓掌喝采，通過了聘請甓當村委會顧問的決議。

甓辭去建築隊的工作，狠狠地扔掉那隻「鐵飯碗」。為了它，磨礪去多少青春的棱角；為了它，丟失了生命中最寶貴的愛情。年輕人毅然打起背包作別城市，迎著朝霞開始新的人生旅程。

二〇一三年七月七日

相親

週五下班之前。大老闆剛剛轉過身，眼尖的伙計看到奔馳一早在樓下等候。一如既往地，辦公室內手機隨即響個不停。沈魚鄙夷地窺伺這班同僚，一個個像籠中雀兒，恨不得馬上展翅飛出去。

「喂，老地方呀？我知道那裡清靜夠浪漫，可久了嫌悶的慌呀。咱換個地點吧，今晚老人赴婚宴去了，不如就窩在我家，給你一個驚喜。唔，你好壞……」秘書小麗當頂頭上司不存在，明目張膽發起嗲功來。

「午夜場？太晚啦，MCL線上映《非誠勿擾2》，咱只看過上集喎……聽說續集更火啦：徵婚、離婚、試婚、求婚，孫紅雷演的我一定要看！還有，媽問你向我正式求婚沒呢……看完這齣戲，我要你表態！」雖然人家的聲音是放低了，沈魚卻覺得對面是衝大齡的自己來，向盛女炫耀唄！

「日本料理太寒涼……我的月事一直不準……不行，今晚我要吃西餐！」

……

難道以波士的身分罵她們低B？可她們有的確實是青春。沈魚招架不住了，悄悄溜進洗手間。對著大鏡子畫了畫眉補了點粉，發現長長的眼睛下魚尾紋又多了幾條，禁不住心裡自艾自怨起來。想想讀大學那幾年雖談不上是校花，身邊也有幾隻狂蜂浪蝶圍繞，更有男生稱自己是巧克力甜心，在陽盛陰衰的工程學院，女孩彌足珍貴。歎息當年沒有抓個高帥富做對象，皆因他們壓根不夠班！

回想大學最後一年，為了爭取優異的畢業成績考研究生，常因埋頭苦讀忘記時鐘走到幾點。有一回過了飯堂用膳時間，發覺肚子咕咕地叫，抬頭看看讀書室內除了自己只有另一個男生。

「那不是同級的莊富強嗎？」沈魚跟他打了個招呼。「你還沒吃晚飯吧？不如咱一道出去找吃的。」沈魚一向對男生保持距離，之所以能在芸芸眾男生中認出小莊，只因為對方曾是大專院校馬拉松冠軍，人長得壯實敦厚，略顯得有些土氣，那是尚未踏入社會不懂包裝。

「你錯過了，今天飯堂賣我最喜歡的豬肉熬大白菜，一早吃飽了。」小莊婉拒。

聽到大白菜熬豬肉沈魚快暈了，幸好「錯過了」。

「來，你陪陪我就行了。」沈魚不由分說，拍拍小莊的肩膀，兩人出了校門。

想不到已是入夜時分，校門外幽靜寂寥。學校附近的居民專做大學生的生意，小食街越做越旺，家底富裕的學生嫌飯堂伙食差，常往這裡幫襯。沈魚吞不下肥肉熬大白菜時，也不時出來打牙祭。這時間吃飯的人已寥寥無幾，有些店鋪準備打烊了。沈魚領頭走進一家飯館，很隨意地坐下。

「我說最近怎不見沈小姐，以為你廢寢忘食忙畢業論文呢，原來拍拖啊。好！是時候啦！」老闆笑呵呵地打招呼，有意無意地多看小莊幾眼。

「你的夥計都收工了，就來兩碗麵條吧，什麼佐料都行！」

「馬上到，有沈小姐你愛吃的墨魚丸。」

老闆親自下了廚，不一會兒捧上兩大碗熱氣騰騰的麵條。

沈魚雖然餓壞了，卻小心奕奕地撥弄一根根小菜，張開櫻桃小口慢吞細嚼。她挑起一筷子麵，定格，讓部分失去平衡的麵條七歪八倒掉下去，只將一簾尚存者挪至嘴裡咬住，再用筷子夾起麵尾巴，慢條斯理地送進嘴。倒是聲稱吃飽了的小莊旁若無人，迅即倒下一羹辣椒油，用筷子夾起一大縷麵條，徑直朝空中抽起，浪花飛濺，嗞拉一下吸進大嘴連湯吞落肚。呼哧呼哧，聲音在空蕩蕩的店鋪裡顯得越發響亮。沈魚白了同伴一眼，心想店老闆一定聽見了，臉頓時臊了起來。小莊不僅風捲殘雲般消滅了麵條，而且連湯也喝個精光，更別提魚丸青菜，無一不乾淨利落。打掃完戰場小伙子鼻尖冒汗，滿意地舔舔嘴，有些兒意猶未盡。他望了望沈魚，姑娘臉紅紅的，大約只吃下三分一，已經招手買單。

回程途中兩人沒有交談。沈魚從小受祖父庭訓：「站有站相，站如山；坐有坐相，坐如鐘；睡有睡相，睡如弓。」就眼前此人的吃相，可以肯定其家庭教養極差。而小莊心裡也在打鼓：這嬌滴滴的城市姑娘，平時看她不苟言笑，一幅拒人千里之外的作派，其實只是欲給人一種錯覺，未嘗沒有機會。姑娘雖未如其名般沉魚落雁，可那紅紅的臉蛋也挺可愛，我們鄉下人就喜歡黑裡透紅的膚色。

接近宿舍大樓分手時，小莊大著膽子看著沈魚的眼睛說：「謝謝你，你很漂亮！」因這句由衷的贊歎，立即改變了沈魚剛剛在心裡對他判的死刑。

此後沈魚和莊富強全力以赴完成畢業考試，功德圓滿。沈魚如願以償留校讀研究生，莊富強遵從父母的意願出去掙錢。鄉下人培養個大學生談何容易，要改變農民的身份，須先在城市找立腳點。他找到一家大建築公司從低層做起。

兩年的進修時間過得好快，沈魚輕鬆地獲得優秀碩士生資格。結業之前她向幾家著名建築集團發出求職信，卻如泥牛入海。請教早年就業的師兄師姐，他們異口同聲回答：你只有學歷沒有工作經驗！倒是莊富強歷練了兩年，掌握了某些技巧，早已離開舊公司打開新路。

兩年來彼此在不同的崗位上接觸的人和事完全不同，一個在清湯寡麵的學府，理論知識學了很多，書呆子氣也愈發重了。一個在實際生活中打滾，學到了某些掘金竅門，先在一家小本經營的企業當工程師，後與家鄉土佬合伙圈地做地產，有車代步有小秘挽皮包，土布襯衫脫去了，西裝革履夾雜著俗氣。

「沈魚，你男朋友來接你度週末喔！我看見他在校門口大榕樹下抽菸。」有位同學剛從外面回來。沈魚關上電腦，收拾好桌上的文具，匆忙下樓去。同學們喜歡打趣，豈知沈魚眼裡揉不得沙，她最討厭男人抽煙、賭錢、講粗口。莊富強是土了點，倒是未沾染上太多壞毛病。可是這兩年聚少離多，誰知小子背後有否作怪。

女朋友還沒走到門口，小莊已經將車子倒過來。沈魚自己開了車門，她心裡是不情願的，男士應該替女士開車門，農民的兒子沒有這樣的教養，永遠學不來紳士風度。車上音樂開得大大的，你講什麼他也聽不見，再瞧車主嚼著口香糖吊兒郎當的模樣……就在此當兒，沈魚發覺屁股擱著什麼小東西，隨手摸出來一看，一支髮夾。姑娘氣不打一處來，將髮夾摔到小莊身上。

「怎麼啦大小姐，你以為我在車上與人調情啊？我這車借給朋友用過呢！」小莊若無其事。

沈魚心裡翻江倒海。自己從來不用髮夾，上課不是扎馬尾就是盤起頭髮，休假的日子才放下披肩長髮。她想起來了，這支有暗花紋的瑪瑙髮夾在哪見過？莊富強的秘書！小妮子去泰國旅遊回來第二天戴過。莊富強分明撒謊，難道秘書在上司車上梳頭落下？沈魚畢竟是讀書人，今天帶男朋友見父母，可不能撕破臉，暫且擱下裝糊塗。

沈家可謂書香世家。沈魚的祖父母是三十年代的大學生，祖父生前在大學任教，祖母尚健在，母親退休前是中學校長，父親是建築工程師，退休後仍任某集團顧問。沈魚是他們惟一的寶貝千金。

莊富強從車上取出一瓶茅台，沈魚告訴他父母不喝酒，可第一次上門總不能空手，也是人之常情，沈魚嘟著嘴不置可否。一進屋，大廳內正在打竹仗，小莊跟沈魚見過祖母，沈魚母親站起來介紹旁邊兩位姑姑，說今天老祖母興致好，快陪老人家打兩圈，我該去廚房看看。

小莊起先還推辭，說不會打，經不起兩位姑姑再三慫恿，曰「恭敬不如從命」，不再謙讓坐下來入了局。料不到四圈之後小莊成了贏家，小抽屜裡的籌碼越來越多，沈魚看得急了，不斷給他打眼色。可是莊富強簡直忘了客人身分，拼命地和牌，一味想要贏錢，得意之極還大聲喝「碰！」

八圈下來，祖母沒大輸，虧兩位姑姑故意出牌讓老人家和，小莊獨贏過千。兩位姑姑掏出錢包，一五一十數出錢來，然後拍拍屁股準備吃飯。沈魚希望小莊有些兒頭腦，把錢送給老祖母當買禮物，彼此也好下臺。豈料在社會上白泡了兩年，農民的本性未能改，他還興高采烈地誇自己手氣佳呢。

飯菜非常可口，是請了師傅來掌勺的，沈家和兩位姑姑家的傭人當下手。沈魚緊張地偷覷莊富強，吃菜喝湯的聲音仍嫌大。老祖母原是特意安排這場相親，結局不只是祖母失望父母掃興，沈魚也覺得沒有面子。這等粗俗的男人能要嗎？

沈魚向家人說，決定出國修讀法律。父母非常支持，他們才不願女兒下嫁這位男朋友。父親給了她第一年的學費，其餘要靠她自己。沈魚於第二年考取獎學金，而後一直讀完博士，並在國外大學執教。

數年後沈魚回國，某國際建築公司聘請她當法律顧問。再後來，她當了現在這家公司的合伙人。住別墅、開寶馬、渾身名牌，夠牛了吧？偶爾在場面上見到些老同學，不提當年他們如何差勁，現在卻一個個混成白骨精：白領、骨幹、精英，雖牛逼不過沈魚，倒也家庭生活美滿，都有年輕的小妻子和可愛的孩子。

沈魚沒有刻意去打聽莊富強。母親說，她出國後小莊馬上與秘書結婚，因為女方的肚子遮不住了。母親並非一般見識，一再提醒：身邊缺少另一半終是美中不足。女兒亦不是不曉得，只是一個女人過了三十，哪怕鮮花仍艷亦沒人來摘。於是父母籌劃起女兒的徵婚事宜，在交友網站上註冊登記，親自搜集整理資料。

「某男：『世紀佳緣』ＩＤ號七六五四三二一，年齡三十三、工商碩士，身高一七八，年收入五十萬，要求女方年齡二十到二十五，身高一六〇至一七〇。這小子條件不錯，雖然比我女兒掙的少，也還算般配！只是要求的年齡差距大了去……現在的男人腦子進了水呀？文化程度高基因好的不要，一味地要求年歲小，當女兒養呀！」母親一邊自言自語，一邊撥電話，發動親戚朋友齊齊努力。

起初沈魚挺反感，後來拗不過父母去赴約。幾乎每個禮拜不是親戚請飲茶吃飯，就是老朋友送電影歌劇門票。窮小子一早等在大樹下，放眼瞧見赴約的女人開著白色寶馬，下車時飄逸如仙女下凡，瞪大雙眼捧著心臟激動不已。接著更為驚心動魄的是，仙女將車匙丟給侍者，出手一張老人頭，那顆心馬上停止了跳動。

這個星期天姑姑安排了個飯局，說穿了亦是相親約會。什麼時候能把自己嫁出去？這將是沈魚今生最大的挑戰。

二〇一三年八月十八日

黃蓮

早些年老家曾捎來口訊，說遠房堂叔成石去了。當時母親叫我準備一筆款子寄回鄉，說是當奠儀也好，安慰其家人也罷。說說，竟落下兩行老淚。我有些不解，心想，一個老鰥夫無兒無女，給那麼豐厚的禮，豈不落入別人家腰包？高齡的母親心思挺縝密，一下子看出我的猶疑和不以為然。

「你以為成石是鰥夫？早些年死的那個是露水夫妻，結髮妻子尚健在呢！你忘記弟弟小時的奶媽？」

弟弟的奶媽？怎麼會忘記！難道她才是真正的石嬸？我尚未開口，母親向我頻頻點頭。上了年紀的人近事記不住，往事倒是清清楚楚，它們像演電影，一幕幕地出現在眼前，彷彿昨天一般。

弟弟整整小我六歲，母親生他時我已經很懂事了。五十年代是個振奮人心的時代，「超英趕美」的革命口號激勵六萬萬人心。父親全身心投入新中國大建設，日以繼夜在工地上跑，母親臨盆也未能通知上他。小弟弟作動那天，是鄰居叔叔阿姨合力拆下一扇門板，把血汙的母子送去醫院。

母親身子一向孱弱，產下弟弟後更是病蔫蔫的，一滴奶水也沒有。弟弟白天黑夜地哭，吵得左鄰右舍不得安寧。有位鄰里大媽獻計，書寫一張《夜哭郎》曰：「天惶惶，地惶惶，我家有個夜哭郎，過往行人念三遍，一覺睡到大天光。」爸爸不相信這些歪門邪道，決定聘請一位奶媽，堵住母親南洋家人的口誅筆伐，藉此替自己贖罪。

掌燈時分，大院裡的叔叔伯伯已經吃飽飯，人人手執大蒲扇，在天井擺開龍門陣，惟有我家這邊黑燈瞎火的。母親給弟弟塞了個奶嘴，躺在床上一邊拍嬰兒的屁股，一邊哼哼唧唧的。我忍著餓在灶下燒火，爸爸下班後像個日本佬，左騰右騰，終究未能將飯菜擺上桌。

「快，快，幫先生開飯！」

跨進廚房的是兩個女人，她們迅速取代了我和父親的位置。不一會兒，熱騰騰的飯菜香迷漫飯廳。母親出來招呼客人，我太餓了，顧不上父母教的禮儀，幾乎將飯扒到鼻孔裡。

「大哥大嫂，這是咱老家成石的女人，剛生了個查某囝，男人不待見，想出來掙點錢。這不正好趕上幫你來了。」說話的是父親稱之素月的女人。「鄉下人笨嘴拙舌的，黃蓮快叫人哪，大哥大嫂不會虧待你。」

「大哥、大嫂。」蚊子一般的聲音。

素月說黃蓮才二十二歲。雖是生了兩個孩子的女人，卻並不豐腴，大姑娘似地羞答答，一味低頭看地上。

「哇！」弟弟醒了啼哭起來。

此時笨拙的女人跳起來，迅速向哭聲衝去，兩個女人和多事的我旋即隨她進入房間。只見她撩起濕漉漉的斜襟藍布衫，肥大的奶頭塞進嬰兒嘴裡，弟弟立馬咬住咕嘟咕嘟地吸吮，只一邊奶便吃得飽飽的，邊吃邊睡著了。女人卻不讓小兒馬上入睡，將他坐在自己大腿上，在他背上掃呀拍呀，直等他打了個響嗝才放倒床上，然後輕輕落下蚊帳。接著女人要了隻碗，擠下另一邊的奶，滿滿的一碗。

毫無疑問，黃蓮留在我們家，我必須叫她嬸嬸。母親翻箱倒櫃，找出一大堆衣服，說都是當年豐滿時南洋帶回來的好衣裳，而今自己骨瘦如柴，黃蓮恰好合適。家裡只有兩間房，今晚先請將就當廳長。

第二天收拾好大房間，父母搬去小房間住。新買的大床給黃蓮和嬰兒睡，將愛華（我的大名）的小床靠裡。母親是很有要求的人，教黃蓮自身要勤洗頭、洗澡、換衣服，孩子的清潔衛生一點不能省心。黃蓮一味地點頭，日後她果真把自己打理得乾乾淨淨。本來保姆的工資是每月十五元，父親答應一年給黃蓮兩百元，她眉開眼笑地越做越歡。

每天清晨我都因豐富的早餐醒來，饅頭稀飯哪，油條豆漿哪，紅綠豆沙哪，糯米湯圓哪，線麵糊，鼎邊糊，輪流轉個不亦樂乎，我們一家再也離不開黃蓮。

黃蓮給我打辮子，起初她粗糙的手抓得我生疼，母親叫她洗完衣服和地板搽潤膚霜，漸漸地她的手脫了層皮，柔軟起來。她輪著給我做各式漂亮的髮型，同學們都羨慕極了，大大滿足了我的虛榮心。我更喜歡她一邊替我梳頭一邊說她的女兒。

「你家秧秧多大了？」其實她大丫頭的故事我早知道了，卻偏偏要問。

「與你一般大了。」

「秧秧上學吧？」

「鄉下人哪那麼好命，現在她要看牛，以後要看妹頭。」

「為什麼你不自己奶妹頭，讓秧秧讀書？」

「為什麼？咱鄉下人命苦，糧食不夠吃，我出來掙錢，一家人才不至餓死呀！老公沒錢，又常常打我，我情願將妹頭交給嫂子奶。」

我最愛聽黃蓮唱的閩南童謠。她總是把弟弟放在膝頭上，膝頭顛呀顛的，右手攬著孩子，左手輕輕擱肢，把弟弟癢的笑咯咯，把我樂的笑呵呵。

她先哼：「月娘月光光，起厝買田園，愛坐飛龍船，愛睏新眠床。」意猶未盡接著又唱：「一陣策鳥仔白溜溜，一條大路透福州，福州查某愛打球，打起有花共有柳。」

天要下雨了，我學黃蓮念起歌謠：「天黑黑，欲落雨，阿公仔拿鋤頭，要掘芋，掘著一尾旋鰡鼓，阿公欲煮鹹，阿嬤欲煮淡，兩個相打弄破鼎。」

七月普渡，整條小巷飄著油香，我和孩子們跑著唱著：「一碟炒米香，二碟炒韭菜，三碟強強滾，四碟炒米粉，五碟五將軍，六碟好子孫，七碟分一半，八碟緊來看，九碟九嬸婆，十碟撞大鑼，打你千，打你萬，打你一千八百萬。」

自從她來了，弟弟基本上不哭，長得挺逗人愛，報戶口時父親給他起名「建國」。母親在黃蓮的照料下，天天喝中藥，時時吃補品，也胖了起來。黃蓮成了城裡人，黝黑的膚色變淺，兩頰漸漸緋紅，話也多了，成為我們忠心的家人。

日子過得快，第二年秋天建國斷奶，冬天已經會跑會跳。過年前父親讓黃蓮回老家團圓，她竟然不肯回去，哭哭啼啼地，把大家都鬧糊塗了。父親覺得對不起成石，把素月請來問個究竟。

「愛華和建國去廳裡玩，大人要開會。」媽媽把孩子支出去，掩上房門。

人小鬼大。幾個大人在屋裡議論，我偷了塊冰糖塞給弟弟，悄悄地豎起耳朵，一句不漏。

「成石從來不喜歡我，我只是他爹娘買的童養媳。整條村都知他和阿彩相好，他們兒子都有了，希罕我的女兒嗎？我不會回去的，大哥大嫂若不用我，我找別人家幫去！」黃蓮急得哭了。

「你很幫大哥大嫂的忙，我們求之不得，但是……」爸爸說。

「我啞忍了幾年，以為給他追個兒子會對我好，豈知又生查某，他打得更兇。」是黃蓮啜泣的嗓音。

「你們瞧瞧我的傷痕，我只說句看到他和阿彩鑽林子，他便往死裡打！」黃蓮似乎邊哭邊撩起衣褲。「這麼久了瘀紫仍不散，夏天嫂子給的短袖衫都不敢穿。」

商議的結果，聽憑黃蓮自主，素月是公證人，她負責通知黃蓮娘家最親的堂兄，堂嫂還替她帶著小女兒呢。

臘月廿三拜過灶君，鄉下人閒下來，黃蓮的家人準備進城。鄉下到濱城不過百里路，可一天只有一班從縣城開來的過路車。破公車翻山越嶺的，往往在中途拋錨，若是引擎太舊上不了桂瑤嶺，前不巴村後不著店，更是叫天天不應叫地地不靈。黃蓮一手拖著我一手抱弟弟，從早晨盼到黃昏。她口中念念有詞，大概在祝禱平安吧。太陽斜射過來了，夕陽透過巷口大榕樹的枝葉，照到我們望眼欲穿的眼簾。我揉揉雙眼，用手遮住刺眼的陽光，遠遠地一團黑影朝我們移動，她們來了！一個鄉下裝束的女人身上背著大包袱，手上一拖一抱大小兩個妞兒，個個一身塵土，臉色潮紅。

「嫂子！」黃蓮迎了上去，拖住那女人的手。黃蓮將弟弟放到地上，伸手要抱對方手上的孩子，小妞竟躲在女人懷裡大哭起來。

「這是你們的媽。秧秧，快叫阿母！」女人硬是把大孩子推過來。

未待秧秧喚母，黃蓮已經擁她入懷，淚水簌簌而下。

黃蓮燒了一大鍋熱水，親手替兩個女兒洗頭洗澡，換上自己一針一線縫製好的衣服。弟弟見來了客人，硬是死乞賴白黏著黃蓮，而黃蓮的小女兒也不肯離開她舅媽。我跟著爸媽睡，大房間讓給他們大團圓。

有史以來，今年我們家最熱鬧。大人們忙著嗑瓜子剝花生拉家常，我帶著秧秧到處跑。頭天秧秧還怯怯地，很快就跟我混熟了。我帶她去看我的學校，展示我的功課，自以為城市的孩子了不起，直到她含羞唱起放牛山歌。

「日頭出來呦喂照北岩，趕著那個牛兒上山來，揹著那揹個呦啥大背兜囉，又放那個牛兒啥又拾柴。哥兒囉喂哥兒囉喂，又放那個牛兒啥又拾柴。牛兒放得呦喂肥滾呦滾，做到那個精耕啥有力量，田地那做到呦啥四犁四耙囉，秋後那個收下啥萬擔糧。哥兒囉喂哥兒囉喂，又放那個牛兒啥又拾柴……」

我不明白歌詞說些什麼，但她唱的那麼自然那麼好，比我獨唱的《牧童》更嘹亮更令人深深動容。

春節過後，秧秧和妹妹跟舅媽回去，臨行前我倆私下約定，下個年她還要來，我以後也會去山城看她。然而我們沒有再見，因為我們不曾預見，命運會那樣無情地主宰一切。歷經社會大動盪，我們被巨浪沖到天涯海角，那些人，那些事，越來越遙遠，恍如隔世，早已被遺忘。

第二年我父親成了右派，被下放去勞改，母親拖著病體，帶著我和弟弟離開濱城。多年來仰仗南洋的接濟，破碎的家得以苟延殘喘。黃蓮號哭著離開我們，轉輾替別人家當傭工，直到這些年才有她的消息。聽母親說，她始終沒有原諒丈夫，改革開放後女兒們都進了城，她將一生的積蓄都交給女兒，業已子孫滿堂。

成石叔走了，他有後悔嗎？

塵歸塵，土歸土，願他安息！

二〇一三年九月二十三日

群聊拾趣

緣起篇

辛勞大半輩子，終於離開職場了。一班寂寞的老先生老太太，尚未老糊塗至被社會淘汰，現代科技讓他們得以在空中相遇。憑藉智能手機的微信功能，掌門人發起群聊室，命名曰「天涯海角故人來」。這個群體裡全是中學時代的老同學，大時代的巨浪曾把大家打得落花流水、天各一方，許多人離校後無緣再見。今天他們散居東西半球，說著南腔北調，隨時隨地交流思想，無時無刻不在炫耀其燦爛晚晴。

Q君尚未正式榮休時，小秘已經心猿意馬，策劃轉投其他上司懷抱；司機張羅著替新官效勞，提前接下一個個「竊打」；往日簇擁鞍前馬後的一下子全沒了蹤影，誰也再無興趣為即將離任的老闆鳴鑼開道。值得慶幸的是：昔日的官場履歷令之有今天的厚祿，公房、私房各有一大套，優秀的兒女前程早已鋪定，雖然沒了公費旅遊少了豪華宴飲，仍不失為人上之人。

幾十年未謀面，你設想這樣一幅畫面：京城無處不車水馬龍，年輕人你爭我趕忙掘金，而我們的Q君，悠遊自在地駕駛著奧迪，套著藍芽耳筒沿皇城根兒兜風。駕駛臺上並列著幾隻iPhone 5s，一隻正在播放〈澄空雲雀〉。昨日陪南方來的友人去長城，今天攜老伴遊香山看楓葉，明晚預備到國家大劇院聽維也納交響樂團的《命運交響曲》。人生幾何，對酒當歌。

T君與學校的合約去年暑假方到期，前年春季已經有不少人為這個位子頻頻走動，不曉得領導答應過什麼人收下了多少禮。也許她只是個沒有架子的「書蠹」，辦公室的職員們視之老學究，願意偷偷將學校和系主任的祕密告訴她。畢竟出身書香世家，孩子留學去了，她無所牽掛，間或去民辦大學上幾堂課，爹慰寂寞吧。

晚年生活確實健康美好。不少被譽為「人類靈魂工程師」者，他們按照國家規定的年齡男六十女五十五準時退休。週三到老人大學唱歌、畫畫、彈琴，週末跳交誼舞，周日相約打打衛生麻雀。有一班大媽則不憤日趨夕陽，或早或晚霸占廣場，One More，Two More，與年輕人爭一日之長短。不過這些純屬課餘活動，他們的主菜單是「孫經理」，買買菜帶帶孫兒方為正職。天倫之樂乃高層次的快樂，不是所有的人都能享受，發發餘光餘熱，栽培祖國的花朵，培養孫兒們高尚的人格，長大不當貪官不搞腐化，讓國家千年萬代不變色，任重而道遠。

你忍不住打趣他們：「少壯不努力，老大帶孩子。」

緊接著收到的信息是：

「春眠不覺曉，醒來帶孩子。」

「商女不知亡國恨，一天到晚帶孩子。」

「夜夜思君不見君，還得埋頭帶孩子。」

「洛陽朋友若相問，就說我在帶孩子。」

你幾乎噴飯，總結道：「問君能有幾多愁，恰以一天到晚沒完沒了帶孩子！」

……

C君和Y君都是藝術家。攝影繪畫應用到實踐中，首選是美輪美奐的建築設計，在當今大建設潮流中，收入的豐盛是可想而知的；若百尺竿頭更進一步加入宣傳廣告圈，酬金更為驚天動地；而最為悠遊和令人羨慕的，還是藉攝影的機會環遊世界，五湖四海去獵奇，得天獨厚有幾人！

你試著閉上眼睛，瞧揹著相機、支架和各式長短焦鏡頭的漢子，時而遊盪在美國西部大峽谷，捕捉剎那間的靈感，尋找人生的真諦；時而出現在歐洲鄉間的葡萄園，品一杯地道的紅酒。迎面是地中海吹來的暖風，血液中添加了異國的酒精，詩情畫意增添多少浪漫色彩。更多時候，他們一再回到兒時的故鄉，尋覓年少時留下的印記；重返知青時代的插隊地點，憑弔流逝的青蔥歲月。廊橋遺夢未圓，但願內心為藝術的衝動所激發，感受跟著感覺走的快樂。

E君上山下鄉時最早被招收到國營工廠，那時是人人望塵莫及的大喜事！早些年他成了小有名氣的「勞模」。然而拜改革開放所賜，他也最早下崗，現時只能依靠微薄的社保金過生活。幸虧他有點小手藝，修葺、開鎖、安裝水電，為鄰里左右解決生活疑難，且服務態度良好，隨傳隨到，口碑極佳。其妻是同時下鄉的同學，原先在山區當教員，為了調回城，從「事業單位」轉到「企業單位」。幾年後，所屬國營單位變身，退休工資竟不及教員的一半。

溫文儒雅的W君因辦廠經商身家不菲，但從無大款的架子，多年來全力捐建家鄉教堂，慷慨解囊贊助校友會，接待迎送出境到訪的老師同學。最為感人的是，曾經有位老同學身陷困境，他親自背巨款北上解圍。雖然僅是一場虛驚，卻令人深深動容。何為兩肋插刀、肝膽相照？有此等君子，群中縱有小戶人家，亦毋需擔心自己的經濟能力，無礙坦然與他人交往。爭埋大單的還大有人在，這類朋友並非有錢沒處花，而是把友情看得比金錢重。

群裡每個人都有屬於自己鮮為人知的閱歷，以及發生在他們身邊的故事。一峰書院走出來的才子、才女濟濟一堂，引經據典、評論時局，信手拈來皆華章。本來嘛，生離死別的好處就是人不會老，幾十年不見的老同學在他人的心目中風采依存。總之，沒權的有錢，沒財的有才，有人笑謂「坦白從寬，牢底坐穿；抗拒從嚴，回家過年。」大家互相調侃傳遞快樂，互相吹捧一塊陶醉，互相包庇共同回憶，互相揶揄樂在其中。

你不禁依葫蘆畫瓢作了首〈群聊室銘〉：

山不在高，有仙則名。水不在深，有龍則靈。斯是陋室，網絡維情。登臺小花旦，調侃老知青。談笑舊童鞋，往來新精英。可以吹口琴，頌真經。無貧富之類別，無長短之相形。天涯聊心事，海角送溫馨。群主云：抬槓無罪！

Q君：飢餓篇

清源高聳鯉城邊，梅石飄香七十年。一代書生憑傲骨，五湖四海闖江天。
南洋豈懼千層浪，北國何憂萬里煙。昔日同窗今安在，戴雲山上話從前。

這一首詩並非說書人無病呻吟，而是感慨聊天室友而吟誦。下面請讀者聽聽他們的真實故事吧。Q君從遙遠的皇城分四次打來信息，你知道手機小指頭粗，打出來的字要篩選，往往食指一犯渾，偏偏點錯了隔壁那個不知所云的字，讓人如看天書般左猜右度。好在無傷大雅，不必一一糾正大家也心中有數。應該感謝科學一日千里，否則人人都像你用倉頡輸入，老人家便難以涉足了。

閒話少提，言歸正傳吧。

一九六九年開春，我們一行遵照偉大領袖的偉大指示，上山到福建省德化縣葛坑公社插隊。幽默的少年們把德化縣城西邊的雷峰、南埕、水口等公社叫做「西德」，縣城東面的上涌、赤水、葛坑等公社稱為「東德」。葛坑有幸規劃入社會主義陣營「東德」。

至一九七〇年初夏，不知不覺插隊已逾年餘，這一年過的真不容易！去年這些肩不能挑手不能提的書生們，現在已經可以咬咬牙扛起毛竹，在淒風苦雨中跋山涉水；見到蟑螂打顫的女生，也能忍受被螞蝗貼住小腿吸血，在田裡插秧、鋤草、施肥。看著挑起百斤稻穀翻山越嶺送公糧的青年隊伍，大地母親也為之贊歎。

強力的勞動鍛鍊一關闖過了，還有什麼能難倒我們呢？曾經飽覽群書視金錢如糞土，現在只能苦笑了。常言道：金錢並非萬能，沒有錢卻萬萬不能。過往政府發放了一年的資助：每人每月八元生活費及三十八斤糧票，期限一到津貼便都停止，接下去得靠掙工分養活自己。並非我們偷懶，時屆青黃不接，稻穀剛剛灌漿，地瓜未收成，山區農戶多以山芋、豆莢等雜糧餬口。生產隊長可憐一班窮知青，將庫存有限的穀種借給我們救急，也有些農民送點番薯來。幸虧我們的管家持家有道，按人頭定量安排伙食，總算能半飢半飽維持一段時日。

我們一戶十來口處於半飢餓狀態。為了保存體力，大家儘量歇著，就像當今參加絕食抗議者，以靜止狀態與抗爭對象僵持，我們則是與飢餓耗著。幸好下鄉前帶來足夠的精神食糧。文革中我們這群紅衛兵到處「破四舊」，從好些文化單位撈來不少世界名著，那些戰利品被包扎捆綁嚴實收藏起來。我與同夥偷偷進入梨園劇團，我竊取了一個放刀槍道具的長籐篋，他偷了個裝戲服的方竹籠。這兩個大箱子滿滿當當塞進二三百本書，正是這些書本給我們帶來勇氣和希望。

一天上午，湯頭洋面上從山裡方向走來三個人，他們一路打聽知青戶的地點，在當地農民的指引下來到大門前。一聽說有客到，我等個個眼睛放光，期望有什麼意外收穫，等不及地迎了出去。豈料雙方一打照面，人人神色驟變，真是仇人見面，分外眼紅。

話說一年前，剛插隊不久的知青在葛坑墟集上發生過一場毆鬥，五中八派幹將王某被一中戰派知青打得鼻青臉腫落荒而逃。今天來的三位客人為首的正是王某，彼此都認出了對方。老對頭自己送上門，且處於三比十的劣勢，驚愕之下一時竟說不出話來。

然而這尷尬局面只維持了幾秒鐘。一年多的插隊生活讓大家成長了成熟了，我們早已忘記曾經當過紅衛兵，只知道現在的身分是知青，普天下的知青一個名，這個名稱把大家拉近。雙方幾乎同時綻放出笑容，因為當年的無知，因為今天的落難。

「五中的知青哥們兒，快進來喝口水！」管家首先開口，捧出幾個粗瓷碗招呼。

「謝謝！」鐵漢子王某眼中閃爍著淚光。

大家席地而坐，難為情地暢談昨日的幼稚和今天的邂逅，慨嘆人生何處不相逢。

原來王某比咱早兩個月在楊梅公社插隊，因而也比咱早兩個月沒有補貼斷了錢糧。他們四下逃荒到處蹭飯「吃大戶」，引至今日誤闖當年對立派的地盤。幸而「大家都是知青」成為共識，我們理當留人吃飯，儘管自已也餓著。管家破例做了一頓好久未嚐過的南瓜鹹飯，飯裡摻了蝦皮和炒花生米，味道真美，大家都放開肚皮扒起來。飯後三位客人告辭，繼續去尋覓他們的下一餐。

招待客人的這一頓飯幾乎耗盡我們所有的儲備，接下去每天只能吃一餐。管家把缸內的碎米和糠都集中起來，配點地瓜乾煮一鍋稀粥，每人限喝兩碗，喝了就去躺著睡覺，睡不著也得閉目養神。所有人的私夥：三合麵、餅乾、糧票、零錢，全部共產主義。難耐的飢餓持久地吞噬著我們青春的生命，睡不著的時候我更加為王某他們擔心。遺憾的是多年來並不知他們身居何處。曾經一起落難的「敵方」朋友，你們好嗎？

故事還沒說完。前面只是Q君發出的兩則信息，還有兩則呢，繼續聽他說下去。

三位客人走後第三天，又來一位逃荒蹭飯的，初中讀一中與我同班，高中去了五中。

黃某插隊在水口公社，文革因參加戰派與一中老同學一直有往來，這一天他到湯頭時我們正在非自願地修煉「僻穀神功」。客人初來乍到，看到我們一個個如濟公般懶洋洋的神情，便放開他一貫的粗嗓門哈哈大笑起來：

「瞧一群大傻瓜，放著到處是肥鴨嫩雞卻躺著挨餓，等到分糧食那天你們早餓死了！」於是他說起「西德」那邊的知青們如何度過難關，然後神祕地傳授了不少技巧。

「還慶幸屬於社會主義陣營呢，都是些死腦筋！」黃某一點撥，我罵起自已來。

當天傍晚，我派了兩位初中的小兄弟，叫他倆挎著書包，一前一後到洋面的公路邊散步。前面那位手持一根六七尺長的細竹杆，看見田邊有肥雞就往雞脖子上輕輕一打，雞們一聲不響暈倒了，後續二三十米的緊跟而上，彎下腰輕輕一擰雞脖子，再塞入書包……

鄉村的夜晚寂靜深沉，山風吹來，飢餓者倍感夜涼如水。鐮刀似的月牙掛在山巔，聳入雲霄的群峰在月色朦朧中顯得陰森森。做賊心虛的知青們沒敢掌燈，躲在角落裡用小手電筒照明，燒水、拔毛、開膛，尚未煮熟就大快朵頤，個個狼吞虎嚥，只管吃不作聲，吃罷將雞毛和骨頭一點不漏地深埋於糞坑底。享受完人間佳餚再美美地睡一覺，來日沒糧還得繼續修練「僻穀神功」。

第二天，鄰村生產隊的農民相互訴說，昨夜野獸叼走了三隻雞。有知青插隊的生產隊農民卻道，我們這邊沒丟呀！你們那邊靠山野獸多喔！

我在心裡說：盜亦有道，兔子不吃窩邊草啊！

有人自編了支〈偷雞謠〉套以〈莫斯科郊外的晚上〉唱出了知青們的歉疚：

深夜村子裡四處靜悄悄
只有蚊子在嗡嗡叫
走在小路上心裡嘭嘭跳
在這緊張的晚上
偷偷溜到隊長的雞窩旁
隊長睡覺鼾聲呼呼響
雞婆莫要叫快點舉手抱
在這迷人的晚上
醒來的隊長你要多原諒
知青的肚皮實在餓的慌
我想吃雞肉我想喝雞湯
年輕人需要營養
從小沒拿過別人一顆糖
揀到錢包都要交校長

如今做了賊心里好悲傷
怎麼去見我的爹和娘
……

黃某覺得不宜給我們增加太多負擔想離去。我當機立斷，決定同他一起到雙瀚公社找朋友吃大戶去。

雙瀚公社位於「西德」緊挨大田縣，距湯頭五十多公里。我倆步行數小時才走到赤水鎮。赤水鎮其實只是一條熱鬧的小街，是泉州通往大田、三明的必經之地。我買了幾個饅頭，兩人充饑後拼命趕路，彷彿餓鬼纏身，一會兒又覺得餓了。天黑之前終於找到友人插隊的住戶，其時胃中已全然無物，火燎地難受。

這裡的十幾個友人遲我半年多插隊，他們分開兩戶相距不遠，落戶的是兩個錢糧豐足油水飽滿的大戶人家，看來讓我們多蹭幾天飯絕對沒問題。當晚主人請我們飽餐了一頓，美美地滿足了口腹之慾。俗話說「飽暖思淫慾」，吃飽睡足的第二天，我忍不住艷羨起這裡的朋友來。原來這兒是個美人窩，有五位靚女相伴，友人真個艷福不淺。我發起白日夢來，心想若設法離開王老五堆在此處住下，待一輩子也值啊。可惜窮光棍一條，連肚子也吃不飽，還一門歪心思想泡妞！

那幾天趕上雙瀚公社開批鬥會，有人檢舉，某地主撿到臺灣上空飄來的反動傳單沒有主動上繳，被拉出來批鬥。

日頭沒入山峰後颳起了風，入黑時分風聲呼呼作吼，參加批鬥大會的群眾寥寥可數。知青們在臺下堆坐一團互相取暖。

高音喇叭響起來了。

「×××低頭認罪！」

「反動派你不打他不倒！」

「打倒地富反壞分子！」

「戰無不勝的毛澤東思想萬歲！」

公社幹部在上面帶頭呼口號，下面群眾接應的聲音稀稀落落，會場氣氛十分冷清。於是有人來到知青集中之處，呼籲年輕人站出來發揮應有的作用。友人因平時與那些農民諗熟頗有難色。我想，今日在此作客叨擾了主人，何不為之分憂？於是我和黃某衝上臺賽大聲呼喊口號，黃某更是作狀踢了那地主一屁股。

幹部們總算有了下臺階，大家唱唱革命歌曲，大會草草結束。

見好就收。我倆撐飽了肚子明天也該回家了。

這一日兩人走了大半天才到赤水，是分手的時候了。黃某路途尚遠，若再步行當天勢必回不到家，途中可能要喂山中野獸了。惟有一個辦法：花錢設法搭一程車。可憐他身無分文，我身上僅剩一元二毛八。於是我將最大面額的紙幣給他，自己剩下二角八分。

「多年生死兩茫茫，不思量，自難忘。」此一別我與黃某從未再見。多年前聽說黃已作古。真個幽幽黃泉路，茫茫彼岸花，千里孤墳無處話淒涼。黃那大大咧咧嘻皮笑臉的模樣彷彿還在昨天……

T君：食蟲篇

各位看官，花開兩朵，各表一枝。你把驚堂木一拍，暫且放下葛坑那邊，說說雲溪這裡的故事。

當年於德化祥雲溪過了三年半插隊生活，T君終於被南京某大學錄取，熬出頭脫離了黃土地。在專家、公務員、文化人雲集的群聊室裡，身為大學教授，算是「高知」吧。請諸位洗耳恭聽，教授已經擺開龍門陣。

話說神州大地文化革命進行得如火如荼，泉州同全國其他城市一樣，學校停課、工人停工、派系紛爭、百業凋零。值此人心彷徨之際，突然冒出一個天外來客，培原中學生姜某一鳴驚人，創建了一套「中級共產主義學說」，簡直驚天地泣鬼神。據查姜某既沒有後臺也沒有戰友，孤家寡人一柱擎天。日裡他連篇累牘地貼大字報，夜間不厭其煩上臺宣揚自己的觀點。縱觀之，其「中級共產主義」無非提倡消滅私有制、消滅家庭、消滅國家。

所有思維正常者都覺得此人精神有毛病，倒也佩服他的勇氣和毅力。當時泉州市革命委員會把他當成現行反革命，公安機關將之逮捕關入獄中。刑滿之後誰都以為他會收心養性痛改前非，豈知其腦子確是進了水，依舊到處演講他的中級理論學說，因此再次被關押。此後不停地捉了放，放了又捉，反覆折騰，並不能挫敗此君的意志，當局亦無可奈何不了了之。

最後一次出獄對姜某的打擊頗大，因為他發現城裡再沒人聽他演說，再沒人與之辯論。社會上的老三屆精英都走了，都上山下鄉修理地球去了。

無敵最寂寞。

武俠片中的獨孤求敗高大威猛，姜某個頭矮小自詡俠義，手摯「中級共產主義」理論武器，背起行囊向深山進發，決心去追尋知青的蹤跡，游說和兜售他的當代偉大理論。

姜大俠踏上戴雲山。

戴雲山又名迎雪山，海拔一千八百米，主峰位於德化縣境內，有「閩中屋脊」之稱。戴雲山上奇巖兀立，峰巒競秀；戴雲寺始建於五代後梁，巍峨壯觀。戴雲山分九派，水注九溪，勝景無數，山間留有南宋理學家朱熹、明代大學士張瑞圖之墨寶。

九派發源處迎客松抒臂迎賓。難而我們的客人無心觀賞，就好像我們插隊其間多年，從來未曾留心身邊的景致，只一味爭先恐後想逃離。

知青，天下統一的稱呼；所有知青都是客，亦是不成文的規定。並非僅予姜某特殊待遇，有知青的地方就有其他知青免費食宿之處。於是姜大俠住進我們的草窩，參與我們的生活。雖然大家對他的理論並不感興趣，可他仍於日復一日的沉悶中尋找話題，最終將人們的冷感歸咎於食不裹腹。

「《漢書・酈食其傳》曰：『王者以民為天，而民以食為天。』我的朋友們，首先你們應該改善生活，餓肚子怎樣革命？」姜大俠搖頭晃腦，又狂妄起來。「毛澤東大力發展養猪事業，我提倡大力發展養兔事業。」

語出驚人，倒是說中了——我們真餓啊！於是大家都認同「養兔事業」。

姜大俠為人認真執著，對飼養兔子有一套理論，建兔舍要求建理想型的，甚至設計出整個詳盡方案。在他的引領下，我們用竹子蓋起一座像模像樣的兔舍樓房，讓兔們有走廊有樓梯有活動場所，就差少間遊戲室，否則便像供人展覽的白老鼠籠。我們笑稱之「中級共產主義社會兔舍」。滿足了大俠的實體樣板，兔子養下來了，只惜不久就被黃鼠狼光顧，姜的實踐基地從此荒廢矣。

一計未成又生一計。

插隊在深山老林，開門七件事之一的柴火絕對不成問題。我們從山上砍下松樹，再把它們鋸成一段段扛回駐地。帶松油的枝丫插在泥牆上可照明，亦可作生火的引子，把買煤油和火柴的錢省下來。

房前屋後是小伙子施展劈柴身手之地。隨著木頭被劈開的吱呀作響，松蟲伸展牠雪白的腰身一見天日。姑娘們養了幾隻雞瘦得皮包骨，馬上打開雞窩趕牠們出來吃蟲子。

「浪費！浪費！絕大浪費！」姜大俠聲嘶力竭，急忙阻止。「松蟲富蛋白，是人體最佳食品。」「不錯，那圓滾滾的白色身段不都是蛋白質麼！」我們都醒悟啦，相爭傳遞這個信息。

從此收集松蟲的「人民戰爭」打響了。凡有劈柴處我們都派知青守候，松蟲一現身，人們文雅地用樹枝挾起放進盆裡。有些人等不急，乾脆用手指拈起來丟進盆子。待松蟲約有半臉盆時便被倒進大鐵鍋。此時，知青點的所有人都來了，大家環繞鐵鍋嘰嘰喳喳。掌勺者大聲呵斥，一會兒命令灶下加大火，一會兒要小火。隨著鍋鏟上下翻動，軟體動物慢慢停止蠕動，牛奶一般的白色表皮逐漸變成金黃。

期待者皆像等待了一個世紀那麼久。

眼見黃燦燦的松蟲被鏟起裝上碟，剛剛放到桌上，人們早已迫不及待眾手齊上，抓多少塞多少入口……啊，那個外脆內嫩！那個香氣縈繞！幾分鐘內全掃個精光。

之後的炒松蟲，等不及蟲子變脆變黃，一隻隻鐵砂掌都伸進鍋裡來，搶來成把地塞進嘴裡，隨著牙齒對松蟲的剪切，白色液體從人們的嘴角噴射出來。

此時姜大俠新的理論又出來了——生蟲比熟蟲更具營養。

居然有人附和響應，爭當第一個敢吃螃蟹的人。

晚餐時分，某人抓起一條松蟲向眾人揚了揚，隨後擱在湯匙內，再將湯匙插入滾熱的粥中。大家擠上前看蟲子在碗中扭曲，我的臉色肯定是煞白的，強自制沒作嘔。正值此君下定決心欲將湯匙放進嘴時，一個女孩衝出十來步遠，嘩啦嘩啦吐將起來。那人依然勇敢地和著稀飯吞下活松蟲，吃罷拍拍屁股說，沒啥感覺，沒有不同。

我不想再說下去了。今天一整天，我將無法吞嚥任何食物，聽者若有同感，實在抱歉。回想當年吃松蟲，內中雖有飢餓的緣故，更多的或許是為了尋求刺激。日復一日年復一年，知青們被拋棄被欺騙，惟有製造一些異樣效果，試圖讓胸中積存的壓鬱和苦悶排出去。

D君：誣陷篇

打發寂寥的長夜，最好的消遣是聽音樂。你戴上立體聲耳筒，屏蔽去環境噪音，與遠方的友人陶醉在同一個世界。Y君是聊天室的唱片騎師，無人可以超越其下載歌曲的速度。有人點了支〈知青歸來〉：「知青人歸來，青春已不在，少年時代的朋友啊，你如今在不在……」

這首歌讓大家沉默良久，那些不堪回首的往事，似過電影般一幕幕重現，驅使人回到從前。

各位看官，你請他們再到葛坑來。

一九七〇年秋天，插隊不覺一年半，風傳省和地區一九七一年招工計畫已經下達，不少廠礦和建設兵團即將前來抽調知青。大伙磨拳擦掌躍躍欲試，準備翻開人生全新的重要一頁。果然，公社通知我們第二曰上午去開會，顯然機會已經擺在眼前。

秋夜涼爽柔和，一彎月牙斜掛在天邊，疏星點點，映著遠近農家的燈火，顯得天空格外深邃高遠，山鄉寬廣得無邊無際。小伙子們吃完晚飯，沐浴著星光，靜聽屋外涓涓細水流入稻田。空曠寂靜的夜激起對家鄉的思念，但願明天揭曉，得知何時能回到父母的身旁。今晚會是個失眠的夜。

當十幾個小伙子按捺下激動的心情來到公社，等待的竟然不是招工喜訊，而是聽取公社黨委書記林某親自訓話：今天召集你們來是給你們辦學習班，群眾反映你們中間有人偷聽敵臺，必須端正態度、站穩立場、分清大是大非，把這個人揭發出來！

天啊，大家都被嚇懵了，會場靜寂了好一陣子。可是經過冷靜琢磨，我們終於明白是怎麼一回事。一群飽讀詩書、經歷過文化大革命，經受過戰鬥洗禮的知青，豈能讓一個山區土八路懵倒？

我們中間的D君下鄉時確實帶來一部收音機，為了方便在山旮旯也能收聽新聞氣象廣播，繼續了解時局學習文化。既然有人蓄意誣陷，此乃關係政治生命的大事，就該毫不客氣予以還擊。全體馬上斷定，一向與我等為敵的那個便是誣告者。

聰明的小子們反應真夠快。張三揭發道：某人時常向D君借收音機，半夜三更收聽狐媚之聲。李四也證實：某夜上茅房經過某人房間，聽見他房內有個妖里怪氣的人在說話。十來個人異口同聲反咬一口，指證某人有偷聽敵臺之嫌，把個林書記氣得惱羞成怒，一句話也說不上來。學習班即時解散。

危機過去了，大部分知青相繼招了工，只有D君無法突圍。一個本該為國爭光的體操健兒，被強加予「偷聽敵臺」嫌疑，埋沒於大山溝。身邊的朋友越來越少，受屈的心緒越來越差，無恥的公社幹部硬是記下他偷聽敵臺的黑檔案，幾令之走投無路。

最早的招工機會是文工團員。

當時廈門歌舞團有批骨幹下放到德化，這些人胸懷獻身山區文藝建設的雄心壯志，組建起一支縣文宣隊。時值全國大演樣板戲，縣文宣隊決定排演舞劇《紅色娘子軍》和《白毛女》，因缺乏大量演員和樂隊，到各公社抽調知青中的文藝人才。機會落到能歌善舞的知青身上來了。能拉胡琴吹笛子的男生，身材容貌標緻的女生，一經被選上，便可離開黃土地吃公家飯。難而這一行飯並不易吃，跳芭蕾舞本該從小學習，已長成人的姑娘們想穿上舞鞋只有苦練死練，把十個腳趾都磨得鮮血淋漓，咬緊牙根方能上臺演出。

我們那戶本來最有條件。首選F君，貴為晉江地區副專員的女公子，當年是何等千嬌百媚。明戀、暗戀及拜倒石榴裙下者不知凡幾！每當夕照落在河邊洗衣的姑娘身上，多少眼睛跟著金人兒轉，那條河被男知青們易名為「二馬河」，因為F君姓馮，在哥們兒眼裡，她就是二馬河女神。然而由於父親的「政治問題」，F君不但未能被招工，而且幾乎是最後一個回城。今天的F君說：「我爸抗戰八年，我下鄉八年。」雖是自我解嘲，仍令人心酸。

另一人選則是玉樹臨風的D君。體壇帥哥一表人才有型有款，若給予培訓機會，相信不演主角洪長青或大春，當個配角亦不成問題。可悲正式招工名額輪不到他，只攤到臨時工做一名臨記，飾演《白毛女》劇中的「狗腿子」，月薪二十四元。如此英俊瀟灑的「咖哩啡」①，搶盡主角鏡頭，不到一個月自然被辭退了。

一九七二年建設兵團來德化招工。建設兵團幹的都是苦活累活，一年到頭在大深山伐木運輸，並非什麼優差。D君滿懷希望獲得聘用，負責人見小伙子是塊料子，也有意招徠。無奈那人看過他的檔案後搖搖頭：「我們是解放軍的後備軍，你成份差不能要。」

一九七四年大學招收工農兵學員。D君淘汰了身邊所有對手，被大隊推薦上大學，離成功僅一步之

① 粵語稱路人甲乙為「咖哩啡」。

遙。個人材料已經送到縣府手上，想不到背後射來一支黑箭，一紙偷聽敵臺的「人民來信」，又把他刷下來。

飢餓的青年難免偷雞摸狗，農田裡的菜也去偷來下飯，知青終於與當地農民結下怨仇，時常開仗，不少被打得一身傷。附近的鄉民為了土地的利益，多次圍攻知青，知青亦不示弱，聯手反擊。然而身邊的朋友一個個被招工走了，剩下的不是體弱不堪強力勞作的，便是「政審」過不了關的。有時僅僅因為一個眼神幾句齟齬，農民不分青紅皂白便拿著鋤頭、鐮刀拼命而來，人少的只能抱頭鼠竄。

「那時候，我連跳溪尋死的念頭都有了！」時至今日，D君仍難忘當年蒙冤受屈。「惟一解恨的是，陷害我偷聽敵臺那混蛋，早就不得好死了！」

誰都感受得到當年那個大男孩的沮喪心情。

只覺得眼簾潮溼，你也哼起來：「知青人歸來，雪花把地蓋……我的小妹啊，多想挽回你的愛……」

C君：驚悚篇

請各位回到聊天室來。

C君是著名的藝術家，到過北美洲講學，經常在國內外開專題影展，多次展出《泉南舊事》。他曾代表中國攝影家和家鄉泉州，作為中法兩國文化交流的使者，在法國埃羅省拍攝「茶酒對話」專輯。作為老同學中的佼佼者，C君的見多識廣更加令人驚訝。

聽他三言兩語說了三個別人的故事，你把故事重現出來讓更多讀者分享。

第一個故事

你還真不明白，五十年代的中國究竟錯劃了多少右派？這故事的主角與你父親一樣，是著名地方戲劇作家，不過你還是隱去他的真名實姓，以免侵犯私隱。主角乃C君的本家，不妨就稱之老C君。

老C君被打成右派後給發配往德化雷峰公社勞改。一個手無縛雞之力的書生去到邊遠山區，其淒苦之狀是可以想見的。當地人給他一間放牛娃避雨的土坯房，用幾塊石頭砌個簡易灶，扔下吃大鍋飯時丟棄的破爛家什，算是給他安了家。春寒料峭的日子，陰雨綿綿冷風刺骨；狂風暴雨的季節，屋外下大雨屋內下小雨。然而既來之則安之，惟有咬牙挺住。人世悠悠，天道茫茫，抬頭看天，低頭望路，可憐的文人忍辱負重苟且度日。

原以為凝聚著半生心血的舞臺已然遠離，無奈舞臺上的衣香鬢影、鑼鼓絲弦時時縈迴不去。我要活，我不能死！強烈的求生意志足以抗拒飢寒交迫，抵擋嚴霜重露，應付超體能勞作，忍受勞改犯的屈辱和孤獨。

白天半飢半飽在田裡受監督勞動，晚上將松油枝插在牆上照明，一字一句埋頭文字，他記下生活中的點點滴滴，心中懷著信念，深信《我的右派歲月》總有發表的一日。

有日生產隊指派他到山上砍竹，走到半路突覺腹痛難忍。心想年來清湯寡水，早已忘卻魚肉之味，除了番薯青菜就是粥，不可能吃錯什麼。老C君趕緊躲入草叢解手，一陣絞肚劇痛之後忽然排山倒海。老C君舒服之餘定睛一看：竟然排泄出十幾條大蛔蟲！

各位看官，你試試想象結局如何？

假如是你我，必定不敢多看，手掩口鼻逃之夭夭也。惟有我們的主角又驚又喜，彷彿見到寶貝，當即把蛔蟲抓到水溝清洗乾淨（乾淨如何定義？）。回過頭他撿了塊破瓦片當鍋，下方壘幾塊石頭作灶，隨後又拾些乾柴枯枝點燃，在瓦片上乾煎蛔蟲。直等到灶上的蛔蟲吱吱作響，白色變焦黃，方慢條斯理一條條抓起，美滋滋地享受一餐。最可笑的是主角光吃不解氣，邊吃邊罵：「誰叫你吃掉我的營養，榨乾我的血汗，令我面黃肌瘦，不成人樣？今天有冤報冤有仇報仇。不是不報，時候未到，時候一到，一切都報！」

罵過意猶未盡，補充一句：「後面半句可不是右派言論，是毛主席說的！」

第二個故事

當年的公社（相當於今天的鎮）是個小衙門，除了黨政機構，還有帶槍桿子的武裝部。偉大領袖號召全民皆兵，公社屬下各大隊（相當於今天的鄉政府）都有指定的民兵隊長，民兵隊長指揮青壯年民兵維持治安，荷槍實彈。

你記得下鄉那幾年，日裡下田夜間政治學習，村民每家每戶派一名代表，大隊部實際上是消磨漫漫長夜的革命俱樂部。年輕人精力充沛，鄉間沒有任何娛樂，豈不把人彆死？知青不敢亂說亂動，他們當地人自恃根紅苗正，讀完老三篇唱完紅歌，繼續搞「一幫一、一對紅」，誰曉得都躲黑做啥去了？

先問看官，紫雲英你懂嗎？紫雲英又名紅花草，是越年生草本植物。農閒的冬田撒上紫雲英種子，或在秋季套播於晚稻田中。紫雲英開紫色花兒，香味淡淡的，花瓣小小的，可做早稻的基肥，是南方稻田最主要的冬季綠肥作物。

話說葛坑公社某大隊有位民兵隊長，某日黃昏奉公社通知與大隊支書前往開會。經過一片長滿紫雲英的田地，年輕人好眼力，見到有隻大鵝伸長脖子在紫雲英上探頭。他心中暗喜，晚上有好菜下酒了！為了獨享其成，靈機一動計上心來。

「哎喲！哎喲！」民兵隊長捂住肚子，裝成急欲方便的樣子。「支書你先走，我解決了就來。」

支書心想人有三急，不疑有詐，況且遲到是要挨批的，便答應一個人先走。

支書走遠後，民兵隊長悄悄靠近大鵝，驟然一出手抓住鵝的脖頸，豈料抓住的是一隻眼鏡蛇！民兵隊長嚇壞了，卻知道死活不能撒手，立刻將蛇揪出來，把蛇頭按在大石頭上拼命撞擊，一邊磨礪一邊聲嘶力竭地高喊：「今天看是你死還是我死！」

大隊支書直到開完會也不見民兵隊長的影子，心下頓時起疑。剛剛學習「階級鬥爭新動向」文件，難道民兵隊長路上遭階級敵人報復不成？他越想越害怕，連夜往回趕。夜空像落下一道厚重的黑天鵝絨布幕，田間的蛙鳴更顯得大地萬籟俱寂，一路上只有老支書的手電筒光柱。尚未走近紫雲英田，傳來一把沙啞的聲音：「今天看是你死還是我死！」

支書慌忙加緊腳步，隱隱約約只見人影晃動，手電光柱照到之處，民兵隊長仍在不停地用手磨石頭。支書彎腰仔細一看，蛇頭早就沒了，最為恐怖的是，民兵隊長的手已然血肉模糊。

第三個故事

雖然戴雲山區如桃花源般美麗，鄉親父老都那麼純真樸實，可每個知青最迫切的願望還是招工，只求能迅速離開貧瘠的黃土地。今天的讀者一定不明白，或會嫌我們俗氣，嫌我們不懂得大自然。是啊，當年父輩像豬一樣地吞糠殼嚥野菜，如今時代一變，野菜成了上等人酒桌上的時髦；當年我們老吃不飽餓得面黃肌瘦，今天大家嚷嚷要減肥。

為了招工，拉關係、走後門、請客吃飯、送煙送酒，各顯神通。也許你覺得都是小意思，可那會兒大家都窮，有的人連小意思也花不起，計將安出？

話說七十年代初楊梅公社有個姑娘，成功被招收到三明某兵工廠。某日，廠內丟失一件貴重工具，領導懷疑是她偷的。俗話說：「捉賊拿贓捉姦在床」，卻又找不到她偷竊的證據。於是領導關她禁閉，交給她幾張白紙，上面清清楚楚地寫著兩行字：坦白從寬，抗拒從嚴！老實交代，最近幹過什麼對不起偉大領袖毛主席的事！

幹過什麼對不起偉大領袖毛主席的事？真是觸目驚心！

姑娘不知如何是好，挖空心思想了整整兩天，似乎有些明白，表示願意作交代，以便保住來之不易的飯碗。

監督者立刻請來工廠保安科幹事。

「我有罪！」姑娘終於開了口。「招工之前，工宣隊長要我陪他睡覺，不然不讓我填表。為了招工我只好依了。我真的太對不起偉大領袖毛主席，我認罪……」

兵工廠查不到想要的，反而得到意外的東西，姑娘是受害者，必須放她回去工作。於是工廠將所得材料寄到德化縣革委會，那隻借招工滿足淫慾的色狼終於落網。

結語篇

雖言人人急於「脫離苦海」不免各施各法，有小人用卑鄙手段誣害他人踩著別人肩膀而上，卻也不乏感人肺腑可歌可泣的君子讓賢。

二選一

C君有位朋友插隊漳平，咱稱之Z君吧。

話說Z君大半生背著沉重的政治包袱，其父一解放就被打成反革命遭到處決。與Z君一起長大的還有一位友人，他的家庭背景同樣不幸。兩個成份最糟糕的知青下到同一地點插隊，或許出於對社會歧視的抗拒心理，或許同病相憐，他倆結拜為異姓兄弟。由於從小習武，兩人體格健碩性格剛強，幹起農活勝過強勞動力。若單從勞動表現評判，皆屬於「可以教育好的子女」。

說書人喜歡道「無巧不成書」。恰恰如此，剛開始招工上面就下達一個名額，指定予以「可以教育好的子女」。

殘酷的事實降臨到他們頭上——二選一。

事關前途命運，兩人在思想上不斷鬥爭苦苦掙扎。形勢逼迫，僵局終究要打破，最後雙方惟有做出痛苦抉擇：比武決定勝負，敗者出局。

他們約定星期天在小學大院內決鬥。那一日學校師生放假，大院內靜悄悄的，空氣緊張肅穆。兩人關上大門準備拼搏，各自脫下身上的衣服，紮馬運氣，無情的格鬥馬上就要開始。值此電光石火之際，忽然傳來女子哭喊捶打大門之聲，一聲比一聲高亢激越。Z君只得暫緩比賽，趨前拔開門閂，出現在面前的是一位同大隊女知青。

他問兄弟道：是你的女朋友嗎？

對方點頭。

Z君當即提起上衣，邊穿邊說：「別打了，你去！我還沒有女人呢，無牽無挂！」

女子涕淚泗流，一對情人齊齊跪下，無言感激。

後來那些年，每每逢年過節，那被招了工的朋友總會寄來一條大前門香煙，一直到他哥們兒出頭那天。

再相逢

聽完別人的故事，X君也感慨地回憶起自己的招工往事。

一九七〇年九月我離開葛坑大隊第七生產隊，加入生產建設兵團二十三團。F君和D君強忍受著未有工作機會的痛苦，仍然全程送我到三明。

乘坐的是悶罐車。

途經大田桃源鄉街道，車子停下來休息，我們拿出部隊發送的麵包午膳。下鄉一年多來，哥們兒同居一戶，勝似兄弟姐妹，難捨難分令腳下百般沉重。三個人拖著步履，乾啃麵包沒有水喝。只見前面一位穿褪色軍裝的大個子男人，右肩挎了個軍用水壺，晃晃蕩蕩耀人眼目。D君快步衝上去，問他討點水喝，對方竟然搖頭說不。說時遲那時快，D君突然掄起右手，一拳將丘八擊倒在地，隨後我們揚長而去。兩位友人送我抵三明後，當天便跟著悶罐車原路返回。每每回憶起相處多年的深情厚誼，禁不住熱淚盈眶，今生永難忘記。幸好現在又能隨時重逢在聊天室。

且說二十一年後，我在莆田貝克啤酒廠工程擔任總指揮，有天傍晚與屬下的安全經理散步，無意間聊起往事，他竟承認是當天被我們打趴在地的軍人。

頓時汗顏。

後來我有意提拔他。做北京諾基亞項目、成都進口加工區項目和重慶濱江項目時，都聘請他擔任安全經理。三年前他不幸罹患惡性腫瘤在福州總院治療，我曾多次探望他，直至轉院廈門中醫院做保守治療。

人生何處不相逢啊！

悲劇人生

諸君回顧過往，你深深感到這班老同學是不幸卻又是幸運的一群。有位南瀛詩友曾在你的《江城麗人》留言：「我在上杭溪口中學教書，和附近的廈門知青接觸甚多，至今教我最難忘的是原廈門市副市長顏西岳的女兒，這女孩長得真美，名副其實的鷺島麗人，可惜她在父親向金門吹噓自已的子女如何響應毛的號召的廣播聲中，喝下欒果，飛上天堂！」

有位群友在微信朋友圈分享一輯《蹉跎歲月——知青油畫展覽》，又看到這位朋友的留言：「最感觸的是那幅雙喜圖！在上杭時，我有個學生，是福州下放干部子女，名叫妮妮，非常漂亮，很有古典美，後來嫁給當地人，養育兒女後，變得與鄉村婦女一模一樣！廈門知青真的扎根山區不少！我工作的學校附近有一個廈門知青被生產隊的貧協組長（鄉村貧協組長好多是游手好閒的無賴）睡了，關係到階級感情的大是大非，只好嫁給他了！」①

你尤其無法忘記廈門一中朋友說過陳立民同學的真實故事。

陳立民長的頗像電影《白毛女》中的黃世仁（名演員陳強），同學們乾脆叫他黃世仁，這麼一提同代人或有印象。一九六九年陳立民與大妹妹插隊龍岩上杭。兄妹倆拼盡全力成為積極分子，妹妹更是遠近聞名的勞模。領導為了激勵知青表彰模範，首批招工指定一個名額給妹妹，但是妹妹覺得自己名氣大遲早還有機會，便讓給哥哥，於是陳被分配到永定耐火材料廠。懷著一片美好憧憬到工廠報到，陳發現雖然離開了農村，卻仍未離開黃土地，而且走進深山中。

他每天的工作是走二十多里山路到深山挖掘礦石，高山上尚未開出車道，得靠肩挑背扛礦石回廠。陳某身體素質差無法苦幹，為人又不擅鑽營，想到日後難能調職提幹，精神一下子崩潰，患了憂鬱症。當單位發現陳有精神問題，即將之踢給同系統的龍岩煤建站，分配他到該站汽車維修部。龍岩是地級市，環境比永定耐火材料廠好得多，陳的精神狀態果然有所恢復。

一九七四年始廈門市企業陸續從山區招收上山下鄉子弟回城就業，廈門煤建站同意留一個名額予陳，並通知他轉調。

① 以上兩段為原話。

陳立民興沖沖趕回城。甫到廈聽說國家下達新政策，予百分之三的企業人員提升一級工資，這是十二年來全國首次漲工資。家人合議陳回龍岩爭取升一級工資，於是陳到廈門煤建站申明放棄回調，隨後急匆匆返龍岩。豈料回到單位領導告訴他：你既已辦理調動手續，單位自然不會考慮給你提工資，名單已定你沒有機會。

其實即使沒有調動這碼事，單憑工作表現及人際關係，陳也鐵定爭不到3%提級的名額。提不了級又調不回城，陳的精神立即垮了，當夜吊死在宿舍旁邊的一棵樹上。

噩耗傳來，陳的家人趕往龍岩處理後事。貧瘠的山區回報予一立方米木材，裹住年輕的生命，陪之灰飛煙滅。

……

Y君回憶道，許多年前到成都，曾遊覽杜甫草堂鄰側的「知青園」。知青民主牆上有好多題字留言，五花八門，喜怒哀樂皆為佳作。其中有一題字至今歷歷在目：「只有經歷過文革、當過知青的才是完美的人！」旁邊卻有一批語曰：「我更願意當一個有缺陷的人！」

親愛的朋友們，慶幸咱們都邁過那些溝溝坎坎，終於修煉成「完美的人」。讓我點給大家一支《歲月如歌》吧。

＊　＊　＊

你不想寫後記。群聊室不斷加入新血，陸陸續續有人放料，保不定結語後還會有續篇。有詩詞為證：

生查子・癸巳重陽有感

去年重九時，鴻雁音書少。兩鬢白如霜，只為相思老。
今年重九時，微信隨身吵。網絡會諸君，原是相逢好。

七律二首・贈群友

（一）

群聊室內憶當年，六載同窗若昨天。民主樓旁開菜地，紅專門畔僻瓜園。
索茹不怒神威酷，淑妹嬌柔笑靨甜。怡德金庸名氣大，世珍洪惠競謙謙。

（二）

群聊室內話從前，往事如煙舞蹁躚。過隙白駒傾刻逝，翻飛黑髮剎時鹽。
天涯踏浪思星聚，海腳乘風想月圓。同學晚年多不賤，芬芳桃李盡歡顏。

二〇一三年十月二十二日

迪迪照相館

攝影師——迪迪

迪迪長得真不怎麼樣，媽媽老是當別人的面數落她：不曉得這孩子怎麼這麼醜。媽媽是典型的南方佳麗，白皙的皮膚修長的腿，柳眉杏眼；爸爸是條山東大漢，魁梧的軀幹粗獷的胸膛，桃花眼臥蠶眉。瞧姐姐集中了父母多少優點！迪迪從沒見過父親，是姥姥告訴她的。迪迪出生的前一年，父親作為反動文人被送去勞改，不知何年何月才能回家。媽媽不情願地挺著大肚子，偶爾灌下兩杯黃湯發起狠來，朝自己的肚子揮拳如擂。那是個飢荒年月，媽媽趕不及上醫院，就在三輪車上生下她。月子裡與平時一般喝粥水吃鹹菜，母親沒有奶水。「小妖精急著來討債啊？」幾次把幼女扔一邊任由她哭鬧，自顧自上班去。要不是姥姥心疼，將就著喂些米湯，小家伙早餓死了。

姥姥總是一邊推送搖籃，一邊對著小孫女哼自己編的兒歌：「芒銅丟仔唔通吼，趕緊大漢去外口。」意即小鳥別哭，快長大飛出去。閩南語的「芒銅」乃幼小之意，「丟仔」是一種白眉毛、黃胸腹、灰頭背、褐尾巴，體型修長約十來公分的小雀兒。小雀愛唱歌，臺灣人稱其鶺鴒，客家人叫禾筆仔。可惜小孫女沒有音樂天份，越大越少開金口，更別提唱歌如何荒腔走板。

家屬大院裡的人只知道小妞叫迪迪，「迪」為「丟」的諧音。其實迪迪擁有一個大名準備登記入學。爸爸給姐姐起了個漂亮的洋名，姐姐像明星，不負父母重託，無論在哪裡出現都吸引眾人的目光。爸爸不在了，媽媽抬頭看見產房牆壁上寫著大大的兩個字：安靜。自此「安靜」便是迪迪的大名。別以為母親沒文化，她是心煩透了祈求安寧，她忍受著百家爭鳴帶來的哀痛，只想安安靜靜地過日子。然而事與願違，在轟轟烈烈的大時代，安生的日子不易覓啊！

迪迪蘇杆一般的胳膊腿，細細的頸項支撐著大腦袋，頭髮又淡又薄，兩排稀疏的長睫毛下一雙大眼睛，眸子黑漆漆的。媽媽說這孩子的眼睛「毒」，正是這一對瞳仁，不經意地攝下多少歲月的鏡頭。那些年那些人那些事，它們進入孩子的眼眸，成為一張張菲林底片，在她的腦頁中庫存。兒提的影像或許朦朧模糊，若將所有菲林剪接，影像逐一清晰起來，再配以旁白，簡直成了黑白毛片。有些幼時不解又難以啟齒問大人的事，隨著年齡的增長，混沌的迪迪漸漸明瞭。

無奈迪迪只是個鄰家小女孩，從孩童到少年，她的周圍都是些不起眼的小人物，沒見過叱吒風雲的英雄，看不到引領潮流的好漢。許多人就像爸爸戲文中跑龍套的，好不容易吆三喝四地整裝上場，才轉兩個圈兒，馬上得掩旗息鼓給趕下臺去。即使間或有個別稱得上「角兒」的，卻嘆紅顏命薄，尤如驚鴻一瞥，不曾落下什麼好果子。當然這些都是黑白片，早該被掃入歷史的垃圾堆，於現代人聽起來彷如天方夜譚般荒謬。可不是，如今已是數碼年代，生活如數碼相機鏡頭下的彩色繽紛。你們就當聽故事吧，別再追問迪迪。

迪迪娘幼時念四書五經，少時讀民國學校，寫的一手靚毛筆字，刻的好鋼版，之前一直在市總工會做事。父親出事後，黨說娘不適於搞政治宣傳工作，被調到企業單位來當會計。這是一家省屬大公司，總部設在X市中心，它的管理範圍大了去，屬下除了市區沿海一片地域，外加整個郊縣建築工地，還辦了一所半工半讀中等專業學校，龐大的機構相當於一個小縣市。

這裡的最高領導人是黨委書記，他可是個大人物，出入有專聘的司機開車，迪迪未曾親眼見過這位大官。辦公大樓正門當街掛著木牌子，樓前空地兩邊停滿自行車，不比中華戲院車棚子裡的少。戒備森嚴的大門口時時泊著小汽車，閒雜人員出入須經門房登記。大樓後面的大院是頗大的一片天地，設有會議廳、籃球場、閱覽室、集體宿舍大樓、單身宿舍群等等，食堂、浴室、公廁不缺，自成一方小世界。

走出公司大門，橫過一條大馬路，再上一道斜坡，是另一片寬闊天地。南靠體育場看臺，北望華僑新村，西接牛奶場，均屬於建築公司範圍。兩排家屬宿舍皆為半獨立式平房，每套房呈直條型，前門進去可廳可房，中間用三合板隔成一個沒窗的中房兼過道，後面乃廚房、膳廳、浴室、廁所等集多功用於一小間。別以為那裡有坐廁什麼的，兒時的迪迪不懂什麼叫抽水馬桶，只不過是安了灶，上有瓦片下有水泥地的雜物房，地上明渠亦即排汙水排尿系統，大解只能到外面公廁。廚房延伸出去每家有約5平見方的「自留地」，大人搭起竹架讓瓜籐爬上去，小孩不識深淺養幾隻鴿子，爭奪人類寶貴的口糧。

掀起你的蓋頭——書記太太

娘初來乍到便獲配西隅的一套住屋，這可是天大的喜訊，姥姥開心得合不攏嘴。迪迪還沒上幼稚園，每天或坐在大門檻上，看厭了叔叔阿姨上班，就幫姥姥跑腿，耐心等姐姐放學一起跳格子；或到後院聽風，風聲夾雜著家家戶戶的伴唱。鄰近幾家人沒幾個小孩，左面牆住著材料站黨支部書記甄叔叔。

甄叔叔前不久才從單身宿舍搬過來，姥姥說他剛回鄉結婚。甄叔叔是惠安人，長相普普通通，文化程度不高，講起官話絕非廣播器裡的標準音，人們在背後偷偷說他一口地瓜腔。甄十幾歲隨父親來X市當學徒，參加過共產黨外圍地下活動，劃入「四八」線。女人飯後茶餘的閒話難免飄進小孩耳朵。迪迪很不解：常人謂缺腦筋的女人「三八」，那麼「四八」指的是憨男人？甄叔叔既勤快也不傻，每餐都上食堂打飯，從不在家燒火做菜，下了班自己洗衣裳。

「自留地」太小了，前面空地除了泊各戶的破單車，家家都將竹竿掛出去，爭相霸占公家的空間。白天竹竿上晾曬著衣物，突然來一陣雨，自家的被子還沒來得及收，姥姥卻搶先去幫甄叔叔。甄叔叔下班過來取，衣服已然折疊得有棱有角，感激之餘必須聽姥姥念叨：「一個男人生活不容易，趕快叫太太進城吧。」甄叔叔總不吭聲，這一回卻臉紅耳赤地答「快了。」

「來了來了，他老婆來了。」迪迪聽鄰居婦人們交頭接耳。下午甄叔叔身後果然跟著個女郎，迪迪發覺甄叔叔插門孔的手有點顫抖，扭了好幾下才開了門，臉膛一直紅到耳根。迪迪抬起頭打量這女子：頭戴尖斗笠，臉包彩色頭巾，手戴銀鐲子，身穿短小窄窄的淺藍短衫，緊緊箍住胸部，下著玄色香文紗褲。一條極粗的亮閃閃的銀腰帶繫在肚臍下。惟恐外面觀看的人指指點點，兩夫妻急急閃進屋門上門。

幾天來甄叔叔照舊上食堂買飯打開水，新娘子老躲在屋裡，偶爾在天黑時分上公廁，迪迪瞥見低著頭遮著半邊臉的她。奇怪的是，半夜起來尿尿，隔壁的房間燈光亮堂，迪迪借光用不著開燈。姥姥一再堅持，不能浪費電，雖然房租包括水電費。

往常星期天母親總是睡到日上三竿，今天一早給吵醒了。迪迪尚睡意朦朧，不情願地打開門，門外站著甄叔叔，兩公婆一前一後來串門。「大姐，你教教咱屋裡的，她名叫阿娥，鄉下婆娘啥都不曉。」媽媽爽快地答應：「讓俺娘幫她，手中有糧票有人民幣，沒啥難的。」於是姥姥成了甄家的顧問，姥姥的通訊員迪迪成了導遊，引領阿娥上糧油站、煤店、雜貨鋪、菜市場，每到一處，人們將書記太太打量一番，當她是異族。

男人尋覓的目光從頭巾下的半邊粉臉開始，繼而搜索隆起的胸脯，再掃一掃短衫下遮不住的肚臍，更往深一層想像其他誘人的部位。這是迪迪當年最不理解的，你是人她也是人，看什麼看！迪迪把阿娥視為舞臺上的演員，瞧她穿的多神氣，領口、袖口加滾邊；衣服貼身，該起的起該伏的伏；線條自然柔美，不比「小放牛」、「打豬草」的演員差。每一次排隊買米買煤，迪迪就站在阿娥前面，讓羊角辮擋住阿娥的肚臍眼。

「你家幹嘛夜夜睡覺不關燈？」有一回迪迪像個老熟人，責問起書記太太，大有批評她浪費電之意。想不到阿娥聽了臉漲得象塊大紅布，嚇壞了姥姥。雖說童言無忌，卻立即引來一場軒然大波，母親下班後被甄叔叔邀請到他家去。姥姥察覺到迪迪闖了禍，甄書記難免以為孩子的話是大人教的。那一夜他們交談了許久，母親回來對姥姥作了轉達，好奇的迪迪卻怎麼也聽不懂。大人的事不好玩，她連連打了幾個哈欠，意興闌珊去睡覺。

週末晚媽媽被甄家請去用飯，阿娥煮的菜乾飯，又特地送姥姥一罐自己醃的豆豉。迪迪見媽媽不在，連她那份粥都喝下去，整夜給尿憋得急，幾次三番起身解手。奇怪的事發生了，鄰家的電燈第一次關上。四周黑壓壓的，間或傳來打鼾和磨牙聲，迪迪一會兒開燈一會兒關燈，姥姥罵她瘋丫頭。

星期天媽媽帶阿娥去百貨公司，買了皮鞋和幾幅衣料，親手替她剪去長辮子，梳了齊耳短髮。阿娥不再著惠女裝了。時興學蘇聯，女人夏天穿布拉吉冬天著列寧裝，姥姥一手好針線活派上用場。改裝後的書記女人煥然一新。解下頭巾的她長眉秀目，帶一些兒羞澀靦腆，穿上連衣裙的女郎風韻更加迷人。多麼亮麗的新社會女性！

左鄰右舍瞠目結舌。

迪迪曉得看大人的眉眼，幾天來她有點心神不寧，擔心阿娥因電燈的事惱自己，不敢去她家玩。奇怪的是阿娥一點也不生氣，賣叮叮糖的來了還大破慳囊請孩子吃糖，迪迪這才開心起來。晚上姥姥和母親咬耳朵，被迪迪聽到了。兩母女道是阿娥婚後一直夜夜穿上層層衣褲，亮著電燈伏案而睡，根本不曾與丈夫同床。隔著薄薄的牆，誰有大動作左右鄰舍都感受得到，恐怕還有人會豎起耳朵聽壁角呢！甄叔叔因而不敢輕舉妄動。出人意料的是，迪迪的一句話竟替甄叔叔壯了膽解了圍。男人認真地對老婆說：三反五反即反貪汙、反浪費、反官僚主義，電力要用在建設社會主義之上，開燈睡覺影響群眾更不好。

於是老婆乖乖上了床。

後來阿娥接連生下一堆孩子，兩個女兒名如花、似玉，男孩叫什麼的，迪迪忘了，橫豎不會是如狼、似虎罷。阿娥越來越貼近城市人，也越來越像個書記太太。這是後話。

青春之歌——廠長夫人

迪迪上了幼兒園，暑假照舊在大院內遊蕩。

雖然政府報告困難時期即將過去，但是飢餓感尚緊緊與人類相逼。這一陣子家屬宿舍搬來幾戶新婚家庭，原先的空房子幾乎住滿了。人多是非也多了起來。有人向上層反映，白天院內看到生面孔，曬在屋外的煤球第二天不見了；有人投訴夜間起來撒尿見到影子掠過，晾在後房竹籬外的一串串鹹魚頭和菜乾蒸發了；也有的說，早上才摸過雞屁股，母雞明明就要下蛋，下班回來雞窩卻是空的。

各級領導一再強調困難時期就快結束，在這最後的關頭，上下仍須團結一致，繼續管理好員工生活。於是又一次召開家屬大會。甄書記在會上宣布，公司委任新來的木材廠賈廠長的愛人邵華同志為生活委員，今後有事可以找她。

邵華是迪迪的右鄰居。與其說她是地道的城市女性，不如說是個女學生。

姥姥在門口做煤球。配給的煤成型的比碎的少，姥姥挖來黃泥，將煤粉調水加泥攪成糊狀，一勺一勺攤在沙地上。突然頭上飛來一隻皮球，球擦水桶邊而過，越過幾團煤餅，撲到竹竿上剛晾曬的被單，再反彈回桶內，濺了姥姥一頭一臉。姥姥立起身子拍拍屁股擦了臉想要發作，罵聲哪個沒家教的野孩子，拿老娘開涮！轉身入眼簾的是一位女學生，罵語旋即吞進肚子。

昨晚家屬會議燈光昏暗人多眼雜，姥姥老眼昏花迷迷糊糊，不曾看清站起來那位婦女頭頭的模樣。眼前這個女娃子雖生得粗頂多亦不過十五歲，怎這般早嫁人啦？俺那年奉的父母之命媒妁之言，違抗了沒飯吃！可這不解放了嘛，你急些啥？姥姥不客氣地從下往上打量那身板兒：大腳上一雙白球鞋，天藍色鑲白邊運動型短褲下是修長的玉腿，長腿長腰身長胳膊，淺藍短袖汗衫前後印著大大的白色「5」，想不起哪裡見過……

「對不起，邵華向您賠罪！」銀鈴般的聲音。

唱歌一般的嗓音叫誰聽著不心軟？姥姥自認晦氣，一邊收拾殘局，一邊繼續她的思索……想起來了，電影《女籃5號》的林小潔！姥姥直起身板才夠到對方的耳珠，這妞真高，怎嫁給那做得了她父親的男人……

閩南人的姑娘能長成這模樣實在是個異類。好事之徒很快就搜集邵華的資料散播開。雖說她老公好歹是個官，可不服氣的人比比皆是。建築部門漢子多，石匠、木匠、泥水匠，技工、技術員、工程師，哪個層次沒有？可找姑娘就難了。工地上的女工均是來自鄉間的婆娘，她們有的是蠻力，講的是穢語，大字不識幾個。衛生所新來個畢業生，不管長的美醜，立馬由組織大包大攬做媒，「四八」男人要了去。邵華如此亮麗的女子，況且在豆寇年華，竟嫁給個老頭子，豈不叫人驚訝！

眾人的嘴捂不住呀。

據說人家還在讀初中，是體校的排球好手，曾憑藉強勁的腕力，精確的發球、擊球、扣欄等動作，獲得教練一致好評，有機會進入省排球隊。可是放了個暑假，情況完全變了。邵華父親原是國民黨兵，在哪一場戰役中被共軍俘虜，改編後當了解放軍南下。老兵不識字，多年打仗打怕了，入贅郊縣一個富裕農民家庭，而後他的歷史便解說不清了。也許老婆孩子熱炕頭原本就是他的目標，他追求圍繞著一大堆孩子的人生，可時代偏偏要求他胸懷革命情操。

一個偶然的機會，賈某在他們村莊出現，這條村被規劃為建設新區。老兵見到當年一起南下的戰友，如見了至親淚流滿面。久別重逢真是人生一樂事也。這一晚賈某在老兵家留宿，賈同志目睹戰友老邵一家飢荒年似過去仍未過去的慘況，孩子一級一級的，個個衣衫襤褸面黃肌瘦，惟有長女在體校享受特別供給像個人樣。父親坦言希望邵華早日出來做事幫家。今天終於遇到貴人，賈同志決心改變一個窮丘八的困境，也從而改變自己的光棍人生。

老兵一家子的戶口遷往X市，他本人亦恢復了革命幹部身分，兩口子都入職建築公司郊區某工段，隨便在哪個不需要文化的部門上班。老賈還自告奮勇，照顧在城內讀書的戰友女兒。邵華的生活日趨富足，漂亮的運動衣、尼龍襪、回力鞋，金星鋼筆、上海錶、飛鴿自行車、塑膠髮夾、人字拖鞋、各色衣裳，週末看電影、上館子、逛公園……女孩充分地補給營養，不但瘋長了個頭，而且有前有後，盈盈豐潤起來。

賈廠長向組織遞交結婚申請書，女方的年齡被虛報幾年，仍夠不上婚姻法規定的合法年齡十八歲。賈廠長向黨交心，說女人肚裡有了餡，他不對革命後代負責誰來負責？幹了幾十年革命，和平了有個家不應該嗎？黨組織終於批示下來，老夫少妻何止他一家？

且說迪迪終日悶悶不樂，黃昏看鴿子飛回窩，心想人能像鳥兒就好了，喜歡去哪就去哪，想著想著，彷彿自己長了兩隻翅膀，飛上天去了……惜白日夢才剛開始，就被前面的叩門聲喚醒，急忙飛奔出來。

「迪迪，陪姐姐去公園打球好嗎？」

「去去去，別悶在家裡。」姥姥瞧見迪迪渴望的眼神。

邵華仍然一身運動員行頭，托個彩色皮球身手矯健，手拖迪迪穿過馬路由西門進入中山公園。夕照下的公園百花盛開，除了園林工人管理的各式花圃，山坡上的兔兒草隨風擺動舞姿輕盈，五顏六色的小野花七彩繽紛恣情怒放，迪迪禁不住想偷採幾株花草，抓隻金龜蟲子玩玩。

「迪迪在這兒玩，姐姐練球。」邵華扔下孩子自顧自打起球，迪迪從邵華那裡懂得了什麼叫做排球。玩樂的時光過得快，一下子天黑了，公園的路燈剎時亮了起來。邵華喊了迪迪，兩人汗水淋漓地往家走。距離宿舍尚遠，邵華彷彿見到什麼不想見的，腳步突然放慢起來。

「迪迪，你先回去，姐姐稍停一下。」

迪迪是聽話的孩子，一蹦一跳朝家跑，跑到近家門口，才發現隔壁門外站著個小老頭，灰白的頭髮稀拉拉不比自己的多。迪迪記住媽媽說過，盯住人家看是不禮貌的行為，否則她會發覺老頭已經完全謝頂，靠僅有的幾條頭髮用膠水盤著。他瞄著孩子進了屋，才闊步朝邵華走去。誰知迪迪是長心眼的小妞，孩子只輕輕地掩上門，正轉過身偷偷看他呢。

晚飯時分隔牆地震一般，傳來摔盆子扔碗盤的聲響，似乎有人默默地掃地，碎瓷片刮在粗糙的水泥地板上，叮叮噹噹。後房洗澡水嘩嘩地流不停，水聲掩不住號啕哭聲。迪迪一家屏氣凝神，光呼嚕呼嚕喝粥沒人出聲。夜間迪迪照例起來尿尿，聽到哪裡傳來嚶嚶的哭聲，迪迪揉揉眼睛，心想會不會是小蘭奶奶的花貓生了，小貓在哭。唉，今天玩得太困了，明天記住問小蘭。

打這天起，隔壁三天一小吵五天一大鬧，孩子出生後，兩公婆還追打到街上去了。賈廠長很有修養，只有挨打的份，通常不理會妻子的哭鬧，躲到門外猛抽煙。有時年輕媽媽用擊球的掌力打孩子，小兒哭聲震天，男人才咆哮起來。有一回邵華不知何故大發雷霆，操起木柴發力向邁出門的男人扔去，差點要了老賈的命。一直到迪迪長成少女離開大院，賈家還住在那裡。

家長里短——小強的娘

東隅一整排住房迪迪只認識小蘭一家。姥姥和小蘭奶奶是好朋友，閒暇時總湊到一塊兒，奶奶繡她的解放腳鞋面，姥姥縫補衣裳，兩位老人邊做針線邊嘮叨。迪迪和小蘭自然成為好朋友。

夏天暑酷難耐，老人打開前後門，大家坐在水泥地上享受穿堂風。老嫗家長里短，兩個學齡前兒童不是打沙包、彈珠子，就是翻線圈打發時光。迪迪打開雙手，將線圈繞在手指上，憑拇指、食指和小指頭先鉤出一款花式，她做成了一隻搖籃。小蘭把搖籃翻成烏賊，迪迪再把烏賊變成雨傘，花式千變萬化令人眼花繚亂，看最後折在誰手上，那人便輸了。正當兩個小妞玩得興起，殺得不分勝負難解難分之際……

「阿姊，呷糜！阿姊，呷糜！」一個髒兮兮的男孩湊上來。

男孩本與迪迪她們同年，但這孩子只長個不長腦，壯實得看起來足有六、七歲，比兩個女孩高了一個頭。圓圓的髒臉上雙眼微上斜，鼻子耳朵不難看，只是嘴巴流著涎水，把迪迪嚇一跳，線圈立馬亂了套。

「別怕，他肚子餓了。」小蘭安慰迪迪。「來，小強乖，跟姐姐進去呷糜。」

小蘭拖著這個名叫小強的孩子，推開隔壁虛掩的家門，三個孩子進入鄰人的單位。

迪迪細細打量起這戶人家。大房間正面朝門及左面牆邊，一橫一豎置放著兩張小床，床上掛著方形蚊帳。過道通廚房戶戶本都一樣，不同的是，這家人間了個沒窗戶的小房間，門上掛著鎖，如此一來門戶大開便無所謂了。除了這小間，其他地方一眼能望穿。同樣的家居格式，迪迪和小蘭家規則整齊，呈現在眼前的人家則雜亂無章臭氣熏人。

小蘭大概看慣了，自由自在地踱來踱去，到廚房掀開捂著的陶罐，盛了一大海碗稀飯，加上一大勺桌上的鹹菜，小強迫不及待搶下飯碗，狼吞虎嚥起來。吃罷飯，男孩扔下碗筷，掏出小雞雞撒了一泡尿，尿液四濺。迪迪害羞地低下頭，她這才發現小強穿的開檔褲。

「小強，小心別尿濕了！記得大大要到後面瓜棚下啊！」小蘭提醒他。「睡覺去，姐姐回家啦！」

兩個女孩出了屋，小蘭隨手拉上鄰人的大門，深深吐了口氣。

「小強吃了？」奶奶問小蘭，孫女點了點頭。

「可憐的孩子！」奶奶看到姥姥質問的眼神，略略講起鄰人的故事。「小強爸是右派工程師，發去勞改了。他娘不願生下孩子一輩子受累，吃了虎狼藥，豈知不但未打掉胎兒，還讓孩子受罪了。」

此後迪迪有點記掛小強，瞅見姥姥做什麼，不必老人開口馬上幫手，心裡希望她快點做完家務，好去小蘭家玩。

當秋風起時，祖孫倆再次來串門子，迪迪把耳朵豎得更長了。

「去，去玩鴿子。」姥姥不客氣地隨手關上大門，將兩個女孩攆到後院去，老人家自顧自說起悄悄話來。

「聽說昨晚保安科的人來你們這邊查戶口，沒事吧？」姥姥低聲問。

「昨晚我可是一宿沒睡，」姥姥接過一杯薑茶，聽奶奶繪聲繪影地說故事，一點不漏全飄到迪迪的耳朵裡。

「天氣涼了，年紀大難頭眠，時鐘才打八下，咱孃孫倆便早早上床找周公。也不曉睡了多久，睡夢中恍恍惚惚聽見拍門聲，我一個翻身滾下床打開門，外面漆黑一團，只見幾條手電筒光柱照過來，有人聲稱查戶口。媳婦跟劇團下鄉巡迴演出，兒子長年泡工地週末才回來，家中只兩老少，我怕他們嚇壞孩子，索性拉下燈繩枯坐等他們。豈知左等右等硬是沒人來，原來他們拍的是隔壁的門。這小強的娘也真是，全院子的人都被吵醒，她年紀輕輕倒睡的死。你說咱這土坯房子牆又沒砌到頂，什麼聽不見？我分明聽見小強娘打哈欠磨磨蹭蹭開的門。」

「『他是你什麼人？』，想必指小間裡的客人吧。」

「『小強他叔叔，剛從鄉下出來找事做。』，女人睡意朦朧的口吻。『我已經向保衛科報了戶口，這是鄉下開的證明條。』開抽屜打開紙張窸窸窣窣的聲音。」奶奶歎了口氣。

「質問搜查了一輪才散去，其他人家乾脆不查，但也給折騰夠了。能有什麼事？聽說鄉下人快餓死了，小叔子投奔嫂子來，總不能不收留人家嘛。孤男寡女共處一室，左鄰右舍說的話就難聽了。」奶奶嘀嘀咕咕，把嘴貼上姥姥耳朵。「她隔壁報的案。」

嘭嘭嘭！有人輕輕敲門。

「進來呀！」奶奶放下針線。

進來的是位像媽媽一般標致的女人，迪迪眼睛不由一亮。瞧她一頭烏黑的長髮繫著條灰藍色手巾，白襯衫外套一件淺藍色薄絨線衣，襯出玲瓏的身段，下面是廠裡發的深藍工作服，褲管改得肥瘦合身，腳上是白帆布鞋。雖然色彩不太鮮艷，但在陽盛陰衰的建築工地，猶如荒郊野外的一朵茉莉，美得恰到好處。

「奶奶，我帶叔叔去郊區工地，萬一今晚趕不回來，麻煩您照顧小強。拜託了！」女人甜甜的話語，真好聽。

「放心吧，孩子我會留心替你看。」奶奶一口應承。

「我替小強爹感謝您一家。」女人眨動眼眸，濕濕地。

「去，去，快去快回！」奶奶將她推出去。老人不想提小強爹引起傷感，小強爹曾和自己的兒子共事，是兒子十分崇敬的一位高工。

女人騎著車子，一陣風去了，迪迪看到一隻遠去的灰藍蝴蝶。

奶奶說，小強吃飽了就睡，叮囑小姑娘別去惹他。迪迪只能悻悻地回家。

冬天來了，姥姥懶懶地不願出門，倒是小蘭奶奶來的勤。奶奶顛著小腳提著個銅手爐，一層草木灰下潛藏兩三塊炭。

「老姐你怎麼了，才入冬便整個落了形！」奶奶才進門就喊道。「聽小蘭說你胃氣脹，瞧我給你送個手爐暖暖，這還是我家老輩人傳下來的。」

「你留下自個用吧，老姐擔當不起喲。」姥姥病蔫蔫地爬起來。

「別起別起，躺著說話，我還有一個。」奶奶急忙將手爐放進姥姥被窩。

「近來沒查戶口吧？」姥姥問。

「還查呢，不過是保衛科主任夜夜自己上門查，不需勞動旁人。」奶奶向老伙伴眨眨眼睛，精明的姥姥立刻明白過來。

「也難為她呀。一個女人要養家餬口，丈夫那裡等著寄冬衣和食品，又那麼一個傻兒子！要不是主任關照，小叔子哪來一份臨時工？老家全等著周濟呢。」奶奶乃名門閨秀，抑不住悲天憫人。

「這回隔壁不去告發？」

「他們欺善怕惡！即使見到保衛科長來『查夜』，也只有唯唯諾諾的份兒！」

兩位老人相視會心一笑，連眼淚也笑出來。

於心何忍——阿花

迪迪因無所事事成了監督委員，連續數日觀摩大人砌牆蓋房子。家屬宿舍群面向外圍居民處有個豁口，公司安排幾個泥水匠來修補，裝上一道厚厚的大門，釘上一副重重的插銷。大門左下方有個小方洞，夜歸者必須叫醒門房，門房不認識的，來者得出示證件，方可由此小門洞入內。

工匠在左面延牆角的位置砌了兩道磚牆，抹上洋灰，其中一面牆留著小窗口，窗口朝大門；又於正面用一扇門框固定好位置，再往上砌磚至頂部，屋頂鋪上長木條蓋上油毡和瓦片；而後在地上抹一層薄薄的水泥，留一條水溝通屋外明渠。最後叫水電工來接駁電線、電話和水龍頭，一座未挖地基的小門房便落成了。

不久門房住進一個老人，行軍床上面鋪著一卷破棉絮、一個油汙的漆枕頭，床前一張破桌子，地上一座小煤爐坐著個黑不溜秋的鋁鍋，兩個肥皂箱疊起，上面是掉了瓷的面盆，所有的衣服都掛在牆上，那是他全部的家當。

孩子們叫他白頭翁一點不過份，翁老頭十足的雪白板寸頭。當了幾十年建築工人，臨老得了矽肺，公司本來讓他退休回家，可老翁沒成過家無兒無女，這年頭回原籍鄉下還不餓死？於是他獲得特別照顧，成了家屬宿舍的門房。自從有了門房，外面的遊民乞丐都不敢擅自進內，再沒人投訴丟東西，日子逐漸太平啦。公司在一排排宿舍前面劃出地段，給各家各戶一小塊地方壘間限高度的儲物室，人們或往裡頭放置煤球，或養起成群雞鴨鵝，破自行車靠在門上也不必上鎖。

有白頭翁看守呢。

小蘭奶奶養了隻貓叫阿花。天冷了阿花總愛在屋瓦上曬太陽，用牠那鐮刀似的爪子洗臉挖耳朵，讓兔尾草替牠撓癢癢。迪迪遠遠地望上去，阿花的頭不大，有雙琥珀色眼睛，側影似動物園那頭美麗溫柔的小豹子。待阿花跳下來蹲在門口，迪迪又仔細地看看，阿花的肚皮是乳白色的，脊背是黃褐色的，額頭、耳尖、蹄子和尾巴有褐色斑點。

小蘭說，以前阿花喜歡睡奶奶的被窩，現在野了不聽話到處跑。奶奶告訴孩子們，春天來了，萬物都要當母親，賈廠長的內人就快生小孩，阿花也想生小貓。你看牠老情不自禁地在屋頂上起舞，向男朋友展示牠美麗的身段，顯擺其優雅的姿態。瞧，今晚左近的貓公都會來。

白頭翁的門房擋得了人的腳擋不住貓兒的爪。晚間貓們爭相唱和此起彼落。歌唱比賽結束了，唱得差的不肯認輸，索性耍流氓大打出手，阿花懶得理牠們，任由牠們去爭風吃醋，牠已經選中心儀的情侶偷歡去了。折騰了一段時日，阿花的肚子顯了。星期五晚上公司上演電影《李雙雙》，迪迪拿著小櫈子約小蘭去看戲，瞧見奶奶對懶洋洋的阿花訓話：收心養性等做媽媽，別再出去瘋瘋癲癲！

阿花吃得很少，稀粥引不起牠的胃口，對唱和更沒有興趣，整天賴在窩裡啃布條。可是這一晚，在假寐中似乎聽到情人的哭喊，整夜緊張地豎起耳朵，耳尖微微顫抖。心緒不寧令阿花焦躁不安，牠起身在屋外踱來踱去，最後蹤身一躍，飛過後院大門出去了。

週末阿花沒有回家。

奶奶和姥姥四處呼喚，兩家人望眼欲穿。奶奶不如姥姥的天足，扭著解放小腳屁顛屁顛地，抬頭看樹杈、低首望枯井。小蘭和迪迪上了半天學，從校門口尋到家門前，再沿公園西畔找去。何來阿花蹤影？

阿花，阿花，你在哪裡？

傍晚衛生所的胖阿姨來到小蘭家，她勸奶奶不要找了。迪迪在記憶裡抄錄下她的敘述，多年以後加工拼湊成一幅令人毛骨悚然的毛片。

週五晚胖阿姨送老公去梧村火車站，因為火車晚點午夜才回來。後門外是一條寂靜的柏油路，夜深人靜幾乎沒有什麼車輛經過。當時的她壯膽踽踽而行，在接近後院約五百米處，有伙人聚集於一條橫向的小街尾端，遠遠能瞧見熊熊火光。

胖阿姨是個警惕性高的好市民，她不顧自身的危險，悄悄地拐近街角，把自己藏在樹蔭下。不遠處有一棵夾竹桃，樹下燃著煤爐，火燒得旺旺的，樹上吊著一團疑似動物的物體。有人割下一片片血紅的肉，狂呼著扔進鍋裡，有人從鍋裡往外撈，尤如饕餮……

奶奶哭了一夜。

週日大清早，兩個孩子陪奶奶去到胖阿姨指示的小樹下，樹上掛著一張血汙的毛皮，地上一堆破瓷碗和骨頭，四周狼藉斑斑。最讓奶奶傷心欲絕的是，她看到一個巨大的捕鼠器，上面夾著兩隻切斷的鐮刀一般的爪子……

每每回想那血腥的場面，迪迪就會作嘔，總要閉上眼睛。

為何人類如此殘忍？

摘下你的光環——蕭蕭

小蘭奶奶病了，幾天不思飲食。兒子是工程技術人員，在郊縣工地上班；媳婦是名演員，隨劇團下鄉巡迴演出去了；孫女也得上學去；剩下奶奶一個人躺在床上。迪迪和小蘭同年同班，往日兩個孩子放了學便到處跑，這些天卻自動自覺準時回家。推開小蘭家虛掩的門，孩子們聽到奶奶微弱的呻吟。如何是好？迪迪只能找姥姥告急去。姥姥總是說，遠親不如近鄰，她立馬放下手中的活兒撲過來。

姥姥一進門就叫孩子去衛生所找胖阿姨，請她下班過來瞧瞧。兩個孩子齊齊應聲，呼的飛出去。迪迪回頭看見姥姥一邊煽煤爐火煲粥，一邊對老朋友嘮嘮叨叨，說你鬱結太重了，犧牲一隻畜牲都想不開，接下去的日子長著呢，難保什麼事不會發生！

迪迪很少上辦公大樓，她總覺得在大樓內工作的人，不管是誰都威風八面。衛生所占據二樓很大的面積，設有幾個門診室和藥房，沿樓梯一路上上下下，是因工傷來換藥或看病的工人。家屬如有些小病痛，住在大院裡的胖阿姨下班後極樂意無償地上門服務。

「找蕭護士！」

「我要看蕭護士！」

「蕭護士電話！」

「蕭護士……」

「蕭護士」何許人迪迪不理會，只是才上來一會兒，這三個字不斷充斥孩子的耳朵。她看見幾位穿白大掛的姑娘無所事事，有的在剔耳朵，有的在磨指甲，惟有胖阿姨手腳不能停，一會兒用聽筒探探病者的胸腔，一會兒讓病人躺到床上，按按他的肚子問：這兒？這兒？然後攤開白箋紙寫藥方。如此不停歇地做到下班鈴聲響起，等待的病人尚未肯走散。

終於等到診所必須關門，病人被強行驅逐離開，可他們口口聲聲強調預約了「蕭護士」，明天一早來。衛生所的「蕭護士」真有病人緣。

迪迪待胖阿姨上了廁所換了裝，才請她晚上去看奶奶。

晚餐迪迪捧著飯碗發愣，姥姥問怎麼了，這菜飯不合胃口？迪迪這才發覺碗中盛的不是稀粥而是乾飯。迪迪想解開疑團，吐出對「蕭護士」三個字的疑惑，把母親笑得差點噴飯。原來留用人員胖阿姨大名蕭蕭，名副其實的協和醫學院畢業生，當過國民黨少尉軍醫，大人們稱她「阿肥」、孩子叫她「胖阿姨」、領導喊她「蕭護士」。

「胖阿姨」顧名思義，混圓的身形，團團的臉盤，紅撲撲的粉頰，柳葉眉下的雙眼時時眯成一條線。為什麼醫生變成護士呢？迪迪百思不得其解，母親也無言以對，直至幾年以後。

幾年以後迪迪上了小學，世界發生翻天覆地的變化，姥姥不是一直擔心日子長著，難保什麼事不會發生？果然就發生了。姥姥在這場革命之前走了，因為洞悉先機，因為害怕，她先走了一步，營養不良使她沒能挺過就快過去的困難日子。去了也好，眼不見乾淨，不必看到媽媽戴著「反動文人老婆」的高帽被遊街示眾，她看了會心疼死的。

其實被遊街示眾的大有人在，看多了便不希奇。小蘭的媽，薌劇名伶還被掛一大串破鞋遊鬥呢。迪迪經常聽她吊嗓子，不曾忘記《春草闖堂》那些美妙的唱詞：「桃李爭開春意濃，粉蝶翩翩穿花叢，綠柳枝頭鶯聲巧，燕舞呢喃舞晴空。白雲深處山含笑，置身如在畫園中，今日看山又拜佛，滿腹惆悵化春風。」

角兒必定是「破鞋」，先賜予一個骯髒的名字，讓所有的人嫌惡，連角兒本身都憎惡自己，不用鬥你也垮了，哪想再活下去。

革命尚未到來，醫生先降格為護士，因為醫生是神聖的、智慧的、高尚的、救苦救難的，在多少人眼中，醫生肯定比領導更尊貴。這怎生得了！必須先殺你個下馬威，奪去你的光環，削去你的名銜，再革你的命便是正常不過的了。可不是，站在臺上挨批鬥的僅是個肥婆娘，工讀學校的紅衛兵小將沒體驗過她的醫術，只知道她曾是萬惡的國民黨軍人，吃得肥肥胖胖的。革命不是請客吃飯，剃她個陰陽頭，不打死她算寬大。

蕭蕭住大院單身宿舍，老公在遙遠的三線工作，由於染上矽肺住過休養所，組織上作媒給他倆牽紅線。為了誠心誠意地替新社會服務，蕭蕭嫁給一個不識字的工人。這位勞動模範丈夫不能人道，僅僅是她精神上的伴侶，關鍵時刻到了也保護不了名譽上的妻子。

當迪迪發現胖阿姨家門口站立幾排人牆時，孩子擠不過去，只能小狗般地在大人們的腿縫中鑽。迪迪終於看清楚了，此時幾個大漢從屋內抬出一副擔架，被單蓋過頭部，他們的腳下滾動著一隻空瓶子。

蕭蕭吞服下整瓶安眠藥，見她的上帝去了。

蕭蕭的死令大院沉寂了一段時日。

飛揚的琴聲——莉莉

當層層疊疊的大字報貼滿大門和左右的石灰牆時，莉莉——迪迪的姐姐，收拾好自己所有的衣物，用隔夜的粥在門上糊了張與反動家庭劃清界線的聲明，咬咬牙背起行囊和提琴黯然離去。

姐姐比妹妹大整整六年。姥姥在世時很以大孫女為榮，那時迪迪尚未出世，集萬千寵愛於姐姐一身。四歲上幼稚園起莉莉就開始登臺表演，她有一張鵝蛋臉，高高的額頭上一圈絨絨的茸髮，臉頰飽滿氣色粉潤，長眉大眼五官輪廓鮮明，如舊照片上年輕時的母親。孩子纖細的四肢尚未長肉，長長的腿柔軟的腰，嫩嫩的骨骼挺拔地朝上飆。

按照國家明文規定，兒童七歲始入學。然而凡事皆有例外，莉莉早走一步，這不經意的一小步在她的人生軌跡上，與同齡的孩子竟隔了一大截。

那年X市春節聯歡晚會上，剛滿五週歲的莉莉將面對千名觀眾。小妞一頭濃密的淡棕色自然卷髮不肯服帖，被母親強制梳了兩根辮子盤到頭頂上，在舞臺燈光的照射下，孩子的眉、睫、眸子和頭髮都逞金色，像罩了金色的光環。朗朗的童音頌讀扣緊全場觀摩市民的心，對這個可愛的安琪兒報以長久的熱烈掌聲。

這一年X市實驗小學破例錄取一名五歲的兒童入學。實驗嘛，誰說不可？

第一個打她主意的是體育老師。黃老師兼管市少年宮的體操組，他通知莉莉下午三點放學去一趟少年宮，所幸少年宮與實驗小學僅一操場之隔，去就去唄。

一群孩子在這裡做一字馬、打跟斗、翻雙槓、吊環、拿大頂……把個莉莉看的眼花瞭亂。幸虧她天生是這塊料，身輕如燕姿體矯捷，試著先就地翻個跟斗來一個倒立，再站起來將身子後傾彎成一張弓，而後起身立直，臉不改色心不跳。老師接受了新生的見面禮，不用再考核，分配她進了體操組，每天下學過來練一個鐘。

繼而是音樂女教師，她拉起莉莉的手一看再看，十個手指肚圓渾飽滿，暗笑正中下懷。陸老師將莉莉帶到音樂室，遞給她一支小提琴，讓孩子夾在左肩和臉頰之間。莉莉面紅耳赤卻不敢抗爭，站了整整半個鐘頭老師才叫她放下，且對她說，告訴你爸去買支童琴，每天放學到少年宮上一堂。莉莉不敢看陸老師的眼睛，望著地板怯怯地說，得練體操。陸老師拍了拍孩子的肩膀，狡黠一笑說，先拉琴再做體操，口吻完全沒有商量的餘地，然後才批准她回家。

那年是新社會最繁榮的一年，爸媽因工資改革成了小富人。平常爸爸到處去采風，難得這個星期天在家，父母拖著女兒的手一起逛街。樂器店位於中山路中段，占地四個舖面，打擊、吹奏、彈撥、拉弦樂器，應有盡有。左面兩個舖面賣民族樂器，右邊兩個舖面賣西洋樂器。

父親玩的是琵琶，對西洋樂器不甚了了。倒是母親意見多多，說小孩子學小提琴多麻煩，最小的尺碼十分之一，而後八分一、四分一、二分一、四分三，最後才是全琴，那得花多少錢啊？爸爸卻開懷大笑：人家若收你學費又該多少？別身在福中不知福嘛！幾番計較，一進一退各讓一步，夫婦終於確定買支四分一琴。爸爸看女兒長得快，相信可以跳過前面兩個小的碼。

雖然父親不久落了難，家裡跟著窮了，但同時落難的還有校長、教務主任、陸老師等人。莉莉的學生生涯似乎沒受太大影響，體壇上依然多姿多彩數次獲獎，小提琴級別亦一級一級地上，算得上是實驗小學的紅人。

姐姐從來不跟妹妹玩，年齡差距是主因。媽媽生下妹妹時尚且討厭這個小女兒，莉莉又怎會不帶抗拒的心理？沒有妹妹時家是圓滿的富裕的，有了妹妹家是破碎的貧窮的。莉莉成長的道路一向順利，主席教導「好好學習，天天向上」，學習不就是為了向上嗎？她有一絲貴族小姐的脾氣，不屑與鼻涕蟲迪迪為伍。混沌的妹妹不明瞭母親和姐姐的心思，更不懂那些高尚的玩藝兒，有小狗小貓陪自己玩已經心滿意足了。

家屬宿舍的一動一靜足以引起鄰人的批評和猜忌，那些薄可透風的牆全無私隱可言。為了配合女兒向上的願望，媽媽將自己的工作室偷偷借給孩子。每個週末晚和週日，大女兒躲在會計室裡，門戶緊閉，只留一扇朝體育場的小窗，那個小房間便是莉莉的琴房。大暑熱天裡，女孩穿著小背心，汗如雨下，激勵她的是自強不息的信念。

莉莉少言寡語，外表越發出脫得像大家閨秀，她是全家的驕傲。母親總是將箱底的舊旗袍翻出來曬，夜深人靜時左裁右剪，一針一針縫製大女兒的時裝。瞧粉底銀線的織錦夾襖多麼漂亮，改小了的長大衣穿在姐姐身上再合適不過，花花綠綠的毛線衫更令人眼前一亮。將老毛衣拆開屬於姥姥的工作，母親把舊毛線用熱水洗淨燙直，重織出各種款式花樣。

當迪迪懂得幫媽媽繞線團時，姐姐已經小學畢業了。別人皆升讀中學，只有莉莉例外地被X市藝術學校招收。她恰恰走快了一步，安然地過起寄宿生活，政府包攬了一切學費和生活費，給家裡減輕了很大負擔。

莉莉的小提琴已經晉入演奏級。當然，她拉的那些西洋樂曲平常人並不明白，就連家人也一樣，貝多芬、莫札特、蕭邦、柴科夫斯基，這些名字倒是聽人說過的，而帕格尼尼、瓦爾瓦迪、施特勞斯、李斯特……莉莉因生長在庸俗的家庭有一絲兒自卑，心底裡的貴族氣質鄙夷周遭的俗人。

最令家人欣慰的是，終於有機會看莉莉的演出，那是市總工會舉辦的一場春節晚會，幹事特地送來兩張門票。一曲小提琴獨奏《江南春早》讓觀眾如癡如醉，掌聲雷動；再來一個《漁舟唱晚》，觀眾都站了起來，掌聲經久不息。迪迪不曉真懂假懂，只覺得自己的手被母親抓的死緊，抬頭一看，母親一眶淚水正滾滾落下。

可這些都是早前的事了，文革一開始姐姐就表示脫離家庭。然而今天她突然回家了。姐！迪迪又驚又喜。母親白天被勒令去學習，剩下自己一個人在家叫她害怕。噓！莉莉豎起食指貼住嘴唇。迪迪，你願意幫姐姐一個忙嗎？她附在妹妹耳邊道，並指了指琴盒。

迪迪懂事地點點頭。家裡已經被抄過不止一次了，誰曉得他們還來不來呢？那些家伙連姥姥的骨灰匣也不放過。姐姐從來少與妹妹說話，這個請求讓迪迪受寵若驚。琴是姐姐的命根子，將它藏哪呢？家裡就這麼大地方，地板是水泥的，頭上只鋪單層瓦，廚房後面種著葫蘆瓜，家徒四壁一眼望穿。隔壁一邊住甄書記，他太太阿娥剛來那些年還客氣，文革一開始變得像不認識似的，顯見看不起母親是壞女人。「該死，高興得太早了。」迪迪在心裡罵她，最近甄書記也被集中學習去了。另一邊倒可以試試，雖然賈廠長也被請去學習班，但誰敢欺負邵華姐姐？

每家後園都是用薄木板或竹籬笆圈起來的，隔著葫蘆瓜的另一面邵華家堆著木柴。姐姐剪下姥姥一條大褲腳，套上小提琴盒，再用油布包扎好。姐倆悄悄拎到廚房，妹妹朝邵華後園扔過一顆小石子，那邊的鴿子驚得撲撲亂飛。這當兒邵華正在煮飯，聞聲跑了出來。莉莉搬過來一張櫈子讓迪迪站上去，孩子朝邵華招招手，接過姐姐手上的盒子遞了過去。

邵華不愧是學生出身的，立即明白姐妹倆的意思。她將琴盒小心擺好，前後左右架上幾層柴禾，再蓋上油毡布，鋪些刨花雜物，放置兩盆仙人掌，竟天衣無縫似的。姐姐莉莉心上的一塊石頭才放了下來。

誰人說可憐——角兒

最為落寞的非前一晚預約看病的工人莫屬。他們老遠地從郊縣工地跑來，天曉得辦公大樓後面發生些什麼事，城裡人似乎都變得惶惶不可終日。掛號時人們仍不斷強調要找「蕭護士」，結果由別的醫生取代她的位置。

「為什麼？」他們繼續糾纏，非要給個說法。

「吵什麼吵！不看病的滾！國民黨特務蕭蕭自絕於人民，要什麼說法？誰想替她翻案？」紅衛兵頭頭叫囉囉們出來維持秩序。

「別問我。」臨時頂替的醫生悄悄說，「理解的要執行，不理解的也要執行。」

蕭蕭的死令紅衛兵頭頭們一時沒了策略，他們暫時放過迪迪和小蘭的娘，讓兩個女人得以苟延殘喘幾日。由於學校全面停課，迪迪又成了遊魂。

這邊廂。

平日眾人景仰的兒媳婦被一群戴紅袖章的學生抓住，他們當著老人的面揪住花旦的秀髮亂絞，在她蒼白的臉上畫油彩，把臭哄哄的爛鞋子掛到她胸前。奶奶終於起不了牀，昏睡在床上發迷糊。

老人家身子睡在牀上，腦瓜卻在不停地琢磨，思想雖跟不上形勢，心中卻是明鏡似的。兒媳婦又不屬建築公司，那些工讀生有什麼權利來抓她？這世道果真亂了套呀，有理沒處講！想當初兒子娶這麼一位水靈靈的姑娘，親戚朋友人人羨慕，唯獨自己心裡有所保留。奶奶出身名門，「戲子無情婊子無義」的觀念根深柢固，無奈兒子愛她，況且新社會的演員是受尊重有地位的。

媽媽被勒令等候紅衛兵發落，小蘭希望母親可以藉此在家照顧奶奶。身為人婦，女兒都讀小學了，藝人這行當一年四季穿州過縣到處跑，何曾親身相夫教女，更枉論伺候過老人家一飯一粥。今天有空站在灶臺前，反而望著煤火出神。自小迷上舞臺，十二歲隨母親學藝，十五歲跟著娘回歸祖國，哪一天不練功吊嗓子便渾身不自在，天生是吃這行飯的。然而昔日舞臺上風情萬種、落了妝仍是萬人迷的花旦，今天被人糟踐成此等模樣，真叫落地的鳳凰不如雞，怎麼有臉活下去啊！可我不甘心哪，蕭蕭無兒無女一了百了，我有女兒，有丈夫，我並非「破鞋」，丈夫會相信我嗎？

那邊廂。

自從姥姥走後，母親和女兒親近了些，不再嫌迪迪難看，與她的交談不知不覺也多了。迪迪趁機撒嬌問媽媽，如玉阿姨一向穿著漂亮，什麼時候見過她穿「破鞋」呀？「傻孩子，小蘭的娘大名鼎鼎，誰不識閩南歌仔戲當家花旦顏如玉？『破鞋』是羞辱人的貶義詞，來源於北京八大胡同，那些女人靠出賣肉體維生，挑一雙繡花鞋作幌子，站在外面風吹日曬雨淋，繡花鞋成了破鞋。」

被紅衛兵打得臉青鼻腫，頭髮男不男女不女的母親摟著小女兒，迪迪貼上母親的臉，用小手輕輕抹去媽媽傷痕上的淚水。昨天迪迪覺得母親醜陋而可憐，今天卻有不同的感受。她長大了，她的眼睛能看到母親娓娓道出的，父母那個時代的動人故事，灑下了少女的淚。

歌仔戲是流傳在福建和臺灣的閩南民間音樂，它吸收了梨園戲、京劇、閩劇、高甲戲等劇種的表演，融彙百家不拘一格而形成自己的獨特風格。顏如玉的母親臺灣人顏月紅，三四十年代活躍於歌仔戲舞臺，是當時名噪一時的風流人物，曾到X市演戲傳藝，臨解放再次來大陸迎接新中國的誕生。

「鑼鼓顫噻噻／閒言都丟開／聽唱一本祝英臺／山伯訪友來／山伯坐書房／想起祝九郎／不知九弟在哪鄉／兩眼淚汪汪……」媽媽講著講著，聲情並茂唸唱起來，迪迪忍不住攬住母親破涕為笑。

作為一代名伶之女，顏如玉醉心藝術克紹箕裘，繼承發揚傳統民間藝術，成為歌仔戲舞臺上第三代名演員。看過顏如玉演出的觀眾無不贊歎：顏如玉將丫環春草演活了！小蘭的娘因《春草闖堂》成名，劇作給她帶來一生中最值得回味的風采，帶來無數鮮花和掌聲，也給她帶來恥辱，因為《春草闖堂》被定性為大毒草。

「任你殺來任你打，打得他皮開肉綻、骨斷筋殘，看是誰人說可憐……」天還沒亮，廣播電臺尚未唱起《東方紅》，大地一片靜寂。是誰吊起嗓子，嗓音清亮、高亢、激昂，尾音無限地拖長。是「春草」放開喉嚨大聲唱，穿過天空越過雲海，令人們從牀上倏地彈起。迪迪跑出去，母親跑出去，許多人都跑出去。迪迪看到如玉阿姨臉化濃裝身穿戲服，雪白的軟緞鞋一腳高一腳低踩滿汙泥，一路揮動水袖一路哀婉激越地吟唱，小蘭哭喊著追趕她娘。

紅衛兵以為顏如玉裝瘋賣傻，發起一輪輪攻勢，批鬥臺灣特務、反動藝人負隅頑抗，借《春草闖堂》的唱段攻擊偉大革命運動。大字報一層層封住小蘭家門，貼滿大院的所有石灰牆。顏如玉被抓去隔離審查，自始至終什麼話也沒說，只是一味地唱。「看是啥人講可憐？看是啥人講可憐……」

小蘭她媽媽瘋了。

……

毛片被定格，出現END三個字母。

二〇一三年八月二十七日

午夜鈴聲

烈日當空。趁沒有客人光顧，華仔匆匆關上舖子，逛了一下牛池灣街市。小伙子要了半斤菜芯，賣菜的阿嬸知道他孤身一人，並不嫌買得少。賣淡水魚的老闆替他留著一塊染有魚血的鯇魚腩，魚的心臟還在跳動。洪叔遠遠叫了聲「華仔」，自作主張切下幾片最嫩的牛肉，老頭已經看到來人手中的菜芯。接著小子踱到水果攤，小販給了一個袋子，裡面是十隻又大又甜的加洲橘子。人們都趕著收檔午休。來香港才兩年，年輕人無疑已經混成了地頭蛇。

這裡是大都會香港最特別的一景。大路一邊是即將落成的住宅屋苑〈星河明居〉，以及占地六萬平方米的〈荷里活廣場〉，美輪美奐氣勢不凡。另一邊是計畫拆遷的鑽石山寮屋區。何為寮屋？系木頭、鐵皮、油毡搭成的破房子。一片矮小的破房子群，房頂上牽扯著如蜘蛛網的電線團，地上雜草叢生。自五十年代始，國內不斷有難民湧入香港，政府一時無力安置劇增的人口，故而容許新移民在此建寮屋棲身。移民潮一波接一波，寮屋密密麻麻，雖然政府不斷加建公屋，仍滿足不了實際需要。八十年代初實施寮屋登記手續，許多家庭獲安排住上公屋，後補前來居住者卻方興未艾。所有寮屋將於千禧年被強行清拆，這是後話。

六十年代中國動亂，華仔的舅舅榮耀因失學對當局失去信心，先潛伏廣東後偷渡香港。初來乍到去工廠打工，微薄的工資除了餬口尚要顧及老家，租不起市區公寓房，惟有到這地段找落腳點。幾年後榮耀將所有積蓄盤下寮屋區的一家辦館，當起士多店老闆來。

士多一詞來自英文Store，亦即雜貨舖，售賣零食、飲料、罐頭、油鹽醬醋茶及各類日用品，早期遍布香港大街小巷，後來漸為超市取代。榮耀憑藉這家不起眼的小店鋪，討老婆養孩子之餘，還要接濟家鄉的父母和妹妹榮英。而今榮耀的子女皆已成材，他們準備替父母申請移民外國。趕在香港九七回歸之前，榮耀終將成為美國公民，這也是後話。

華仔於八十年代末獲批准來香港，素未謀面的舅舅等在羅湖橋這一邊，他抵港那年妹妹尚未結婚。榮耀因偷渡者的身分一直不敢回大陸，在移居彼岸前安置好外甥，將這家鋪子交給他。舅舅說，工字不出頭，別瞧不起這就快結業的士多店，好好經營足夠養自己。於是鄉下小子白天看舖晚上讀夜校，過起半工半讀的新生活。

小伙子買了菜旋即趕回大堪村，果然有人送貨來，等在門口。

「唔好意思（抱歉）！」小子抱拳作揖。

小老闆收下一箱箱方便麵。這東西是銷路最好的食品，急於上班的人家中豈能沒有它？自己何嘗不是三天兩頭依靠它充飢！早餐沖一杯咖啡啃兩片麵包，中午蛋炒剩飯，傍晚上學前做一餐米飯，盡量吃得飽飽的。村民知道他上夜校，都非常讚賞及配合，總在白天來幫襯。沒有拉電話線的村民需要來士多店打電話，人們通常丟下一塊錢，揀重要的話說，不需言明亦少有人占線。不要小看這一處公用電話，它賺的錢足夠華仔交學費。

華仔讀的是夜校預科班。小子過往在國內數理化是強項，兩年來先讀中學補習班，一過英文關就報讀預科，明夏讀完預科才能考大學。今晚是放暑假前的最後一堂，老師沒講什麼課，同學們似乎也都在等待放學。英文老師倒是很關心華仔，下課時特地找了她青睞的這個學生，遞給小伙子幾本書，囑咐利用假期好好用功。

放學回家坐的是小巴，大堪村寂靜無聲。〈荷里活廣場〉燈火輝煌，寮屋區忽明忽暗。在鄉間走慣黑漆漆的小路，男孩子從不覺得有啥可怕。士多店在村口最顯眼的位置，水、電、電話、石油氣均方便，前店後居，來自農村的孩子是很感恩的。打開門放下書本沖個冷水澡，煮個方便麵加隻雞蛋，吃完後刷牙上床。本想看點書眼睛累了就睡，可今天與往常不一樣，一點睡意也沒有，難道上課前喝的那杯咖啡在作怪？幸虧長假期已經開始，整夜不睡也不怕。

老師借出的書其中一本是狄更斯的原著《雙城記》。若非老師鼓勵，小子才不敢相信自己也能讀英文小說。「那是最美好的時代，那是最糟糕的時代；那是智慧的年頭，那是愚昧的年頭；那是信仰的時期，那是懷疑的時期；那是光明的季節，那是黑暗的季節；那是希望的春天，那是失望的冬天；我們全都在直奔天堂，我們全都在直奔相反的方向……簡而言之，那時跟現在非常相象，某些最喧囂的權威堅持要用形容詞的最高級來形容它。說它好，是最高級的；說它不好，也是最高級的……」

「叮鈴鈴……」

突如其來的鈴聲令小伙子從床上彈起，兩年來未曾在夜深時分聽到電話鈴響。三更半夜誰來電？沒有多少人知道自己的住處和電話號碼，鄉間家中還沒有安裝電話，一向只有自己打回去，父母從不會在夜間打過來。只有一個可能，身在彼岸的舅舅忘記時差，那當然是要接聽的呀。

「賓位（哪位）？」

「喂！是耀哥嗎？」聽筒傳來一把微微沙啞的聲音。

耀哥？哦，小子明白是找舅舅。

「耀哥，你不要收線，我是小二，幾經艱難才找到阿妹要了你的電話。你知咱鄉下打電話不容易，白天線路繁忙雜音多，我特地半夜踩單車來新門街郵電局掛長途。雖然話費昂貴，但這事一定要和你商量，你聽好了。自你走後革命形勢如火如荼，每個人不僅要表態，還得身體力行，我已經報名加入衛戍兵團，過些日子隊伍要開上清源山紮營。可是我娘死活不肯，她收起我的鋪蓋和日用品，說是除非榮耀也支持，否則死在我面前。阿妹見勸阻不了我，要與我分手……」

「喂！咳……」華仔一開口竟咳起來。究竟在說些啥呀，叫人一頭霧水，便對著話筒說：「我舅舅不在，咳……」

「毛主席說，死有輕於鴻毛有重於泰山。耀哥，我只要你告訴我，當不當去。你感冒啦？喉嚨不舒服？明天這個時間我會再打過來，你務必替我仔細分析一下。女人也許說的對，但我要聽你的。」

對方不予理會，一口氣說完，然後卡一聲，電話掛上了。

怎麼一回事？突然的靜寂令小伙子頹唐起來，什麼革命形勢、衛戍兵團、清源山紮營，還引用毛爺爺的話……見鬼！書是看不下去了，越想越離奇。「耀哥」顯見是舅舅榮耀，「阿妹」和「小二」又是誰？且不管來電者是誰，足見其與舅舅的關係不一般。外婆不止一次告訴過自己：「一九六六年中發生文化革命，一九六七年初舅舅外逃，一九六八年母親結婚，一九六九年生了你。舅舅若不走必定會去參加武鬥，他和你爸都可能沒命。那一天雙方開火，死了多少人……」自己上小學那年文革剛結束，恢復高考後父母親都考上師範大學，畢業後在江城教書。十幾年來倒是風平浪靜，上層不再搞啥革命，直至今年春夏期間北京學生搞了那場運動。

迷糊了一夜，真是越想越糊塗，華仔懷疑自己是不是做了一場夢，結論該是電話黏線（出毛病）吧。打開門做了一天生意，並不在意賺了多少錢，整個人精神恍惚，買者說些什麼，要嘛答的牛頭不對馬嘴，要嘛敷衍了事。想撥個電話給舅舅，又怕說不清楚，白白浪費金錢，更恐怕把他嚇壞。左思右想連菜也不想去買，傍晚關上店門到大排檔吃去。

街市大排檔內有個大電視，華仔平常沒時間看電視，今天特地找了個好位置對著屏幕。這一段時間全世界都知道中國發生了什麼事，幾個電視臺的節目輪流播放令人驚心動魄的鏡頭，出逃的學生到處作報告。任何有正義感的人都同情學生，任誰也想不到結局竟是如此淒慘！小伙子有些兒食不知味，灌了一支生力啤，吃完飯又叫了一支邊走邊喝。

天生沒有酒量的小子越來越頭重腳輕，摸到家門口終於大嘔一場，連眼淚鼻涕也賠上。顧不上洗澡倒頭一睡，喝啤酒的意願原就是圖個好睡。然而夢中雲裡霧裡，人影幌動旌旗飄揚，口號聲此起彼落。忽然間子彈呼嘯，是誰出動了軍人，他們手持步槍，對付手無寸鐵的孩子，血流成河慘不忍睹。還有那該咀咒的龐然大物，竟然開到廣場上來……

救救孩子！

華仔突然驚醒，一身冷汗。恰在此時電話鈴響起。

醉意全消。

「喂……」

「喂！是耀哥嗎？你喉嚨好些了嗎？對不起又打擾你！」對方似乎氣喘兮兮，停下一忽兒，清了清嗓子。「母親和阿妹都要你表態，她倆一直後悔沒讓我跟你走。自從你離開後，我沒了主心骨，大哥你告訴我，我們這一代還有希望嗎？」

是啊，人家一直在等我的答覆，可我沒想好就睡著。真是混球！這莫名其妙的咨詢會不會與北京發生的事有關？我應該給什麼意見好？華仔搔了搔頭髮，想起電視上那些血腥場面，還有剛才的夢境，自個尚且驚魂未定。既然對方將我當成舅舅，我的意見對他一定很重要，絕不能鼓勵他去打打殺殺。

小子下定決心，清了清喉嚨。

「嗨！你聽著：生命只有一次，一個不顧母親和女友的勸阻，刻意去逞英雄的人，何其自私！我看不起你！困惑只是暫時的，太陽出來陰霾自會散去。命運分隔開我們也是暫時的，遊子將來也會落葉歸根。我就要遠渡太平洋，去另一片土地發展，不要再打這個電話，以免給自己添麻煩。照顧好你自己和身邊的親人，我把她們交託給你。記著遠離是非之地。世界是美好的，希望永遠在人間。好自為之吧！」

一口氣說完即掛上電話，不給對方一點反駁的機會。小子彷彿打了一場勝仗，心無牽絆呼呼大睡，竟是一夜無夢。

一覺醒來已是日頭曬屁股，小子慌忙開門做生意。通常最早幫襯的是上班一族，他們隨便要了些麵包、汽水，急急忙忙上小巴，在車上囫圇吞棗嚥下去。自己忙一輪後如廁、盥洗、用早餐，閒下來方可讀書做功課。可是今天小子有點神不守舍讀不下書，一絲異樣的感覺令心定不下來。如何是好？琢磨一番，不如趁假期返鄉一趟，必須回去看看家人才能心安。

坐言起行。

小子拿起箱頭筆，找塊紙皮寫上大大的幾個字：

東主回鄉

休息三日

而後處理一些瑣事，最要緊打電話通知嘉頓，這幾天別送麵包糕餅來。舖子裡有的是好糖餅、奶粉、阿華田，自己平時省吃儉用買了些衣物，小伙子對父母家人一直深存孝心。

第二天一早搭火車過羅湖，逛到火車站旁，這裡人頭湧湧，車水馬龍。國家實行改革開放政策，交通運輸業隨之興起，不必等待華僑大廈一天僅一班車。許多人上前來招徠生意，華仔看到那幾部車子，見到人數差不多滿的才買票，果然不需等多久就啟程。

路途遙遠行程崎嶇，一路顛簸不已。但願能迅速興建高速公路、高速鐵路，情況自會改善。年輕人都太心急，應該給國家一點時間，何不耐心學習先充實自己？打瞌時腦中又浮現那些影像，為那些年輕的生命感覺心痛。連想起兩晚可疑的電話，究竟是真的還是自己的幻覺？怪的是早一陣子追了太多懸疑偵探片子，走火入魔了……

抵老家已過半夜。好說歹說付雙倍價錢給計程車師傅。雖說深更半夜的，但那司機已上了年紀，自己身強體壯，又沒有值錢的財物，怕什麼？不必把人都往壞裡想。

家人聞敲門聲都起來了。當人們出乎意料地見到他，睡意全消。小屋子滿溢著喜慶和歡樂。家人都平安，心中的大石頭是放下了，但疑惑仍在。待父母親去上課，小子上門去外婆家探訪。見了外孫的祖母顯得非常意外，小子攬著外婆，婆孫倆照了張即影即有相，老人家看了笑得合不攏嘴。只見她從抽屜裡找出一本舊相冊，指著一張照片說，你瞧你老子當年多愚蠢，穿上假軍裝耀武揚威，那一回要不是我和你媽合力阻止，早沒命了，哪有後來的你？祖宗顯靈啊！只因你舅舅的一個電話，他才死了心！

「阿嫲，你確定是舅舅打的電話嗎？」小子捉住不放。

「你舅舅偷跑出去哪敢打電話回來？那時節長途電話要傳呼，咱鄉下也沒有電話！是你老爸不顧死活，冒著危險打長途到小店鋪，阿耀一席話把他攔住了。阿彌陀佛！」

輪到華仔沉默不語了。小伙子猛然明白小二是老爸的小名，他在家中排行第二。然而文革的第二年即一九六七年，其時舅舅剛出來一文不名，尚未有能力盤下小店，聽他親口說過，大概一九七〇年才當的小老闆。

……

難道勸阻老爸的是他的兒子我？

簡直是天方夜譚。

罷了，過去的事休理，人生必須向前看。還是去看看一班老同學，但願人人平安無事。小伙子已想好說詞：咱這一代人有的是機會，勸勉大家別心急，給領導改革的機會，給國家振興的時間。

二〇一四年十一月二十二日

馬評人生

如今有一種時尚叫同學聚會。十年一大聚，五年一中聚，有人從外地回鄉即是一小聚，而生活在原地的同學，除了上述聚會之外，還興起每年春節正月某日必聚的傳統。組織者往往頗具匠心，預約一兩位居外地未能出席者，巧妙地安排在合適的時間，從電話傳來這些遊子思鄉的綿綿絮語。

十多年前我的一班中學同學正值盛年，人人處於事業頂峰，個個家庭生活美滿，誰都願意衣冠楚楚、光鮮亮麗地出席聚會。一桌酒飯，幾輪寒暄，臺上臺下悄然分出三六九等，人生到處是名利場，敢於爭著買大單的尤其風光。酒過三巡，有些人必然要蹿出來露露臉、亮亮相。

「老班長，敬你一杯！」

A君因嘻皮笑臉好惡作劇，中學時代被老師罵的最多。瞧他今天一身高級毛料西服，腕上勞力士金錶，剛才是開著白色奔馳來赴宴的。如此派頭出現在老同學面前，無疑是位成功人士，聽說已經當了多年國企頭頭。

「我也敬老班長一杯！」

繼續敬酒的是當年成績最差、最不被看好的B君，小時那個猴腮招風耳的小子，今天貴為某高校教授，據稱還是學術方面的專家。人不可貌相啊！

我們的老班長雖然一貫地優秀，卻只不過是一名普通中學教員。不曉得此刻的他有什麼感想，在為老同學驕傲呢？還是感慨造物弄人？或許安於天命，或許八面玲瓏，皆乃其天性，倒是一臉的坦然。

人是群居動物，也是情感動物，同窗情誼、青春記憶是永遠抹不去的。想想一群人多少年的光陰，生長在一處溫馨美麗的沿海城市，同窗於一座百花盛開的校園，文革中磨礪青蔥歲月，下鄉插隊到戴雲山區，彼此共同擁有過怎樣激情燃燒的歲月！無奈時代的滾滾洪流將一代人裹挾，大家被無情地拋擲向不同的人生軌道，從此分道揚鑣。

重聚，是自己與自己對話最好的時光，因為有一群人在等你，相逢如初見，回首是一生。老同學能不彼此感嘆：至少還有你！

參加聚會的人數並非一成不變，尤其這些年到了這把年紀，有的因這樣那樣的病早走，生老病死乃人生規律，潛伏多年突然出現的，自會填補那些離去的空缺。然而有些個亦曾倜儻風流、瀟灑不凡、人模人樣的，當今似乎完全銷聲匿跡，又是何故？人生無非幾十載，既然大家都退下來了，能樂一回是一回，何須顧慮太多！到底是某君刻意離棄一班老「童鞋」，還是老朋友把他給忘了？這疑問有點困擾人，自從蟄伏多年再現江湖，已成為大大的問號飄浮在腦際。可是有人開口沒人作答，人們顧左右而言他。遠處的無法尋覓，只能試著由近處觀察，在好奇心作怪下，權且充當一次福爾摩斯，解一個疑團做一回山寨偵探。人生本來就是一場陌生與熟悉的交錯。

我們的家鄉是僑鄉。僑鄉，顧名思義，祖先旅居海外，有許多僑眷居住的城鄉。閩南人善經商，家鄉觀念重，去南洋謀生者發達了勢必惠及家鄉。老家有一個傳統，父母總會先替兒子娶親再讓他南渡，為的是留下子孫的種子。有的男人旅居南洋多年，還特地回鄉娶親，新嫁娘亦願意留在鄉間侍奉公婆。照今天的說法，這類俗稱「番客嬸」的女人守的是活寡。

在我們長身體的年代，國家正飽受饑荒大災難，聽說北方餓死了幾千萬人。多虧閩南沿海幾乎家家戶戶有「南風窗」，親友們大量地郵寄食品和衣物回國救濟，因而我們雖然餓，倒不至於餓死。華僑愛國心是不容質疑的，大家都相信困難是暫時的，日子總會好起來。豈知度過幾年飢荒，元氣剛剛恢復過來，卻搞起翻天覆地的文化大革命，孩子們白白浪費幾年時間，接著不僅沒書讀沒工做，還得去山旮旯耕地，這就叫人難以接受了。於是南洋的親人便想方設法，或直接買真的假的大字（護照）寄過來，或寫信要求政府網開一面，批准他們的親屬出國，尋找另一片天地。

袁振國算得上公子哥兒，小時候並沒受過什麼苦。父親遠在呂宋，見面的次數雖屈指可數，卻是依靠老爹的外匯長大的。母親則在六十年代逃避飢荒申請到了香港。一九七三年振國到德化插隊已逾三年，骯髒、飢餓、勞累，什麼苦都嚐過，和所有少年同伴一樣，大家對耗盡青春的前途產生了動搖。此刻管理生活的同學來告訴大家，存糧僅剩兩天。

這日子真不知該怎麼過下去！

正值小伙子萬分沮喪，突然公社派人來通知：知青袁振國聽著，明天前往縣城公安部門領取港澳通行證。這一下差點沒把小子給樂死！他一口氣翻了三個跟頭。晚間大隊開會時更是令人意外，支部書記隆重宣布：今年下達給本大隊的工農兵學員名額，全體通過推薦知青袁振國。

……

好運來了簡直沒法擋，不是說「福無雙至」？料不到真有錦上添花。兩條金光大道該如何選擇？上大學原本是一代人的理想，學習知識一生將受用無窮。拿今天的眼光去分析，不消說，應該走這一條路。然而時值文革，個人和國家的前途休戚相關，可誰也不能預知國家的命運如何。哪個知青不想逃出農村？哪個百姓不想逃出國門？況且，放棄出國可以頂替的絕非知青，留下招生名額則可以拯救另一名知青。

袁振國義無反顧地走過羅湖橋。

慶幸母親已經在香港居住多年，兒子不至於流落街頭。然而南洋父親並非大商家，那邊要養一大家子。母親在觀塘一家製衣廠車衣，原先與老鄉姐妹們在北角合租房子，每人各租住一個床位。同車間有位最要好的老妹子，其女兒早陣子獲准出國，菲國的丈夫知道女兒即將出來，馬上寄了筆錢給髮妻重新安排生活，於是她包下一個小單位。現在老姐姐的兒子也來了，老妹子分租給他們一個小房間，母子上下鋪位。

這一年在石油鬥爭的衝擊下，西方世界多國正經歷戰後最嚴重的經濟危機，香港無可避免地爆發了股災，大量洋行、廠房、店鋪倒閉，市面不景氣，謀職就業談何容易。來到一個完全不同的社會環境，振國既不懂粵語，又不識英文，身無一技之長，幸得熟人介紹，進工廠做份苦力，受盡當地人的白眼。

「為何我必須當藍領？」袁振國在心裡問自己。

「我一定要出頭！」他在夢中千百次呼叫。

幸虧再沉重的工作也不比種田吃力，況且豐衣足食。唯有想起那些可憐的知青，想到他們天天喝粥吃豆渣，想到許多尚未得到招工招生機會的同學，他對自身的際遇才稍覺平衡。母親知道兒子不甘心，惟有偷偷落淚神傷。

二房東方嬸嬸的獨女方羚比振國小了整整八歲，也就是說，振國讀高三時，她還是個小學生。振國下鄉三年，方羚上了中學，卻是天天讀語錄、學兩報、挖地洞，啥知識也沒學到。怪不得她爹一明瞭國內的情況，立馬上律師樓給女兒辦理申請出國手續，女兒是持有國外出生證的。一得知女兒成功領取通行證進入香港，方先生親自到來安頓，給她找中文學校，找英文補習，且留下足夠的生活費用。早些年妻子來了並未見丈夫這般緊張，足見女兒在父親心中的位置！其時香港的樓價尚便宜，方先生經商有道，且只有這麼一個寶貝女兒，卻不打算給妻女買房子，因為其大計是給女兒買菲國護照，讓掌上明珠到南洋讀大學，他日好接手自己的生意。方嬸嬸不再渡海當女工，就在北角找了份Part Time的工作，絕不加班加點，工作半天準時回來做家務，監督女兒用功讀書。

同人不同命。振國兩母子一大早就得起床，搭乘渡輪過海到觀塘工業區上班。母親為了省錢，將隔夜的冷飯炒熱放進飯壺做午膳，一下班則急匆匆到春秧街買菜做飯，兒子並不一定回家吃晚飯，反正冷飯有媽媽搞定。

小子留心香港人的生活節奏，草根階層無不如機器般，每天早起喝杯咖啡或奶茶，尤如上足發條的鐘擺，趕車、趕船、趕加班、趕出貨、趕吃飯、趕睡覺，為的無非兩餐一宿。居住更比不得老家的大宅子，一般人買不起房子，環境狹窄擠迫，新移民尤甚。

「怎樣才可以迅速致富呢？」

這是他踏足港島後最迫切的問題。沒有第一桶金什麼也做不到，炒股、炒樓都需要資金。方羚有父親支持，振國只能靠自己。打家劫舍為我所不恥，犯法的事決不做。女人可以憑姿色攀高枝，參加選美無疑是條出路。姿色一流者若被選上便飛上枝頭變鳳凰；沒選上而有人看上的也不錯，可當藝人、模特兒，也可做交際花；即使有姿色嫌文化跟不上，亦可以退一步去當公關，夜總會、俱樂部都需要靚女。若言「聲」、「色」適合女性，餘下的「犬」、「馬」便留給了男人。

粵人喜道：「人無橫財不富，馬無夜草不肥。」跑狗澳門有專利；買彩票機會渺茫；只有賽馬，賭馬是眾多港人的餘興節目。有錢人養馬，窮人賭馬。但不能盲目去賭，必須加以研究，講求戰略戰術。於是袁振國將工餘時間全部拿去研究跑馬之道。

剛開始他並不沉迷於賭。

首先是觀察。每場賽事前買幾份報紙，先聽聽不同馬評師的看法，自己再進行分析判斷。重要的是作研究：對每個馬廄的練馬師、馬匹、騎師，一一進行推敲琢磨。馬季每週跑兩三次，每次十場八場，每場十隻八隻馬參賽。每一匹馬都是單一不同的個體，除了考慮馬的級數、狀態、重量、閘位等，還要參考練馬師過往的成績，以及不同騎師的因素。

其次作研究。數學課學過概率，排列和組合若套到賽馬，要贏馬確實談何容易！可是數學歸數學，那只是書呆子單純的計算方法，每一場賽事都是獨特的，無法預料也沒有規律可循。獨贏、位置、連贏、三重彩乃至孖Q、三T，他漸漸地有了認識有了心得，明瞭各種花式究竟是怎麼一回事。

經過一輪學習，然後牛刀小試，考驗自己的眼光，果然有了相對的提高。

初來時逐月領了工資即交一半給母親，現在兒子能拖多久則拖多久，多買兩場博一博運氣，拉平了倒是沒有大輸贏。小伙子心想，朝九晚六的工作太困身，應該儘快找機會轉行。於是他看了幾天廣告，恰巧工廠附近有一家俬倉庫請送貨員，當機立斷去應聘。姓陸的主管一口地瓜音未改，聊起來他老家在江城南門外，真個是「老鄉見老鄉，兩眼淚汪汪」。老陸見小伙子年輕力壯，當即談妥條件，皆大歡喜。

有日一早送完貨，振國在馬經上又圈又畫，今晚快活谷有賽事。

「年輕人你也賭馬啊？」姓陸的問。

「小賭怡情，我不過每場都圈幾隻，試試自己的眼光。」振國頭也不抬。

「行啊，我倒要試試你的貼士！」老陸一下子抽起振國手上的報紙，一邊問一邊記。「第一場排位五、三、六？」

小子點點頭。

「孖Q：三場二、四搭四場七、九？」

小子抬頭笑了笑。

「老陸，不如咱合股買第二口孖T。你覺得第六場一、三、四搭第七場二、五、六如何？」

「好。第二口孖T下注六十元，每人三十。」

主管立即從口袋摸出一沓馬票，挑出一張孖T紙，用圓珠筆認真畫了第六場一、三、四和第七場二、五、六。振國掏出錢包取出三十元給老陸。親兄弟賭錢也得明算帳，老規矩。老陸意猶未盡，又參照振國的貓紙畫了好幾張，數了錢交給跑腿的伙計，叫他去馬會排隊購票。

今天收工時間一到人人急著走，不是趕回家吃飯，而是趕回去看賽馬。振國不敢在家開電視看賽馬，一是母親有追電視長劇的習慣，二則不想給同一屋簷下的兩母女留下壞印象。賽馬的日子，他通常在樓下的馬會流連，這兒裡裡外外均是坐在地上、開著收音機大聲吆喝助陣的馬迷，即場了解賽果，即時加添賭注，香港社會的一道特別風景區。

終於等來「第二口孖T」。第六場三、四、一果真跑了出來。袁振國心跳陡然加劇，考驗自己眼光的時刻到了。第七場從開跑一直喊加油，小伙子聲嘶力竭一身汗，結果五、二、六勝出，幾乎流下熱淚。

「阿媽，我得咗（贏了）！」

一夜無眠，不為那三十元投資獲利，只為自信心大增，小子甚至相信自己有這方面的天才。

第二天一踏入公司，老陸的巴結和讚賞自是不絕於耳。他說昨晚在酒樓給母親賀壽，女兒一家子都來了。席間男人邊用飯邊看快活谷賽事，老陸瞧見贏了馬，忍不住掏出彩票，大談對賽馬很有心得的一位年輕同事。想不到在東方報社任編輯的女婿竟然說，給小子一塊豆腐版面，問他敢來試試嗎？

真是踏破鐵鞋無覓處，得來全不費工夫！

東方報社就在觀塘區九龍灣。老陸電話聯絡了女婿，午間帶振國約了女婿上街吃飯，立即談妥試用條件，振國兼職寫起馬經。為了更加專業，他在陸先生女婿的脈絡網認識了不少馬評家，打後經常天未亮就出門，相約行家去馬場看晨操，從此踏足馬圈。

當年香港的報業非常興旺，光是中文大報就有十幾家。最出名的為星島日報、南華早報、工商日報、華僑日報、成報等等。知識界喜歡文化味濃厚的明報；重財經新聞的白領愛看剛創刊的信報；左派人士必看文匯報、大公報，這兩報親中觀點十分鮮明，有點本地人民日報之味；那時節黎治英的蘋果日報尚未問世。後來有些報紙漸漸做不住了，報社一家家倒閉，倒是一九六九年才創立的東方日報越來越有勁道。

一份東方日報少說二十張八十版，內容包括要聞、港聞、國際、兩岸、財經、娛樂、副刊、男極圈、波（ball）經、馬經，可謂包羅萬象，讀者儘可各適其式。師奶（家庭主婦）最鍾愛娛樂圈八卦新聞；鹹濕阿伯（猥瑣老頭）喜愛充斥性感女郎的男極圈；年輕人看了波經偷偷下注外圍；更多人將精神和金錢投入賭馬。該報標榜「有東方冇窮人」，因而讀者最多，幾十年來銷量全港第一。

馬季的賽事日，東方馬經作者可優先進入馬場沙圈，馬評家們觀察參賽馬匹的狀態，於開賽前五至十五分鐘，向馬迷報告沙圈貼士。振國努力提高專業知識，試用期間屢屢貼中，可謂展露頭角，終於獲得報社正式聘用。袁振國又主動要求兼任一塊生活專欄，收入穩定下來，不必再去倉庫送貨。

出入馬場，衣著飲食高於他人，時時以車代步。人靠衣裝，英姿瀟灑自命不凡，凸顯書生風度。這時期的袁振國丟棄油汙的工裝，每天戴著金絲眼鏡夾著皮包出門，春風滿面意氣風發，儼然成為商業社會一員白領。更為得意的是，小子終於有信心亮出深藏心底的愛情。

郎才女貌。

袁振國身高一米七八，舊日曾是學校籃球隊小前鋒，此時依然風華正茂。方羚二八年華已是江城公認的美女，美得不可方物，與今天的范冰冰有的較量。男大當婚女大當嫁，振國已近三十，方羚也過了雙十年華。然而兩人始終只能偷偷相愛，姑娘知道會遭父母極力反對。那時節尚未有電腦、手機等先進通訊網絡，男孩工作忙女孩功課多，一起看一場電影並不容易。振國買了票往往要在戲院門口等好久，方羚必須隨時找到好借口才被允許出門。散場兩人還得分先後回去。

戀愛是人生一段最甜蜜的時光，戀愛中的少男少女，眼神中流淌著滿滿的甜甜的愛意，即使在寒冬臘月也能感受彼此的溫暖。花前的山盟海誓，月下的纏綿細語，兩情相悅、耳鬢廝磨、情投意合，但願長相廝守、執子之手、與子偕老到白頭。

可是有人說，人生是一場傾盆大雨，命運則是一把漏洞百出的雨傘。

方羚娘擔心的事終將發生，自己亦曾年輕過，當年不是違抗父母一意孤行嗎？惟有力促丈夫加緊辦理大字，對女兒的監視更加嚴密，簡直不肯讓她離開自己的視線範圍。並非母親嫌貧愛富，一切只為獨女的錦繡前程，老妹子對老姐姐攤了牌：你兒子身無一技之長，今後將以賭為生，何以養妻活兒？俗話說，十賭九騙。賭徒有什麼資格愛我的女兒？女人下起驅逐令，兩家自此失和。

不久振國媽申請政府公屋獲批，母子倆搬到九龍某屋村。失戀的沉重打擊令年輕人幾近崩潰。時值炎熱夏令，馬季結束，騎師們和馬匹都去避暑。振國告了假，將自己鎖在房內三天三夜不吃不喝。愛人終將南渡，方羚娘連送行的機會也不給。女孩雖也哭天搶地，終須洗去眼淚面對現實，在番邦考上大學，融入當地的生活，多年後脫穎而出，成為商界一名女強人。

本來嘛，大丈夫何患無妻。男子漢不至於尋死覓活，只要痛定思痛冷靜下來奮發圖強，前途依舊無可限量。然而在一段相當長的日子裡，袁振國並非依靠意志療傷，而是借助賭博。很快地馬季又來了，上班時研究馬匹資料、琢磨賽馬貼士，忙得半死；下班啤酒當水喝，倒頭呼呼大睡，睡醒再戰馬場；更多的時間找老同學下圍棋、打麻將。朋友們皆要工作養家，許多人還得加班加點應付通貨膨脹，他找不到人陪便獨個兒去澳門跑狗、買大細（骰子點數的大小）。

自從搬到九龍區，政府的公屋租金便宜，兒子只回家睡覺不必管飯，母親知道他賭博買醉皆因心裡苦，不忍心多加責備，縱使沒給家用亦聽之任之。娘替兒子安排鄉下姑娘來相親，想讓女人繫住他的心，兒子大鬧不領情，情願孤家寡人一過十多年。他的工資除去吃飯，全花在賭博之上，房租還是母親付的。

後來振國在深圳認識了位湖南姑娘，據悉長相有點像其前度女友，帶回香港同居了幾年。母親為兒子肯過正常家庭生活十分安慰，特地搬去與大兒子同住，盡量讓給兒子媳婦一片空間。可惜好景終究不長。相處日久女人見男人是個賭徒，身無積蓄家徒四壁，苦口婆心勸戒不改，最後還被公司炒了魷魚，淪落到做大廈管理。

大廈看更時間長工資低，他又戒不了賭，月頭出糧（發工資）捱不到月杪，厚著臉皮向同事、朋友開口借。初時有借有還，朋友都慷慨解囊；後來拖拖欠欠，不了了之。與之自小玩到大的老同學經濟好的，不時三五千地救濟他，然而長貧難顧，結果不少人都怕了他，他也不太好意思見人。

女友終於揮手說再見，她走了不久母親也去世了。

如此一來，馬評家竟變成無人管的「麻甩佬（粵語二流子）」。幸虧香港政府發給綜合援助金，替他交房租，所餘款項還是可以勉強過的，只要不去賭，不至於沒錢吃飯。

……

偵緝至此，禁不住收筆替老同學嗟嘆。人曰，浪子回頭金不換，君何時脫胎換骨再見故人？

每個人皆傾其精力應對一場生命聚散，傾盡才情演繹一場人生大戲，直到謝幕。雖然有的劇情豐盛圓滿，有的難免遺憾；有的情節感人悲壯，有的稍微淒涼；有的色兒身段優雅，有的神情落寞。但是每個人都須義不容辭地完成這場演出，因為生命屬於我們只有一次，不管結局如何，只要曾經用心努力過。

二〇一四年十二月三日

後記

在十架前匍匐
唱一首讚美詩
願天上的父
聽見我虔誠的禱詞
我寬恕了敵人
也原諒了自己
且不會返回原途
而要繼續前面的路

二〇一四年十二月三日

釀小說68　PG1331

因為有愛
——短篇小說集

作　　者　李安娜
責任編輯　陳佳怡
圖文排版　周妤靜
封面設計　楊廣榕

出版策劃　釀出版
製作發行　秀威資訊科技股份有限公司
114 臺北市內湖區瑞光路76巷65號1樓
電話：+886-2-2796-3638　傳真：+886-2-2796-1377
服務信箱：service@showwe.com.tw
http://www.showwe.com.tw
郵政劃撥　19563868　戶名：秀威資訊科技股份有限公司
展售門市　國家書店【松江門市】
104 臺北市中山區松江路209號1樓
電話：+886-2-2518-0207　傳真：+886-2-2518-0778
網路訂購　秀威網路書店：http://www.bodbooks.com.tw
國家網路書店：http://www.govbooks.com.tw
法律顧問　毛國樑　律師
總 經 銷　聯合發行股份有限公司
231新北市新店區寶橋路235巷6弄6號4F
電話：+886-2-2917-8022　傳真：+886-2-2915-6275

出版日期　2015年8月　BOD一版
定　　價　290元

Printed in Taiwan

國家圖書館出版品預行編目

因為有愛：短篇小說集 / 李安娜著. -- 一版. -- 臺北市：
醸出版, 2015.08
面； 公分. -- (醸小說 ; 68)
BOD版
ISBN 978-986-445-029-9(平裝)

857.63 104011492

讀者回函卡

感謝您購買本書，為提升服務品質，請填妥以下資料，將讀者回函卡直接寄回或傳真本公司，收到您的寶貴意見後，我們會收藏記錄及檢討，謝謝！

如您需要了解本公司最新出版書目、購書優惠或企劃活動，歡迎您上網查詢或下載相關資料：http:// www.showwe.com.tw

您購買的書名：________________________________

出生日期：________年________月________日

學歷：□高中（含）以下　□大專　□研究所（含）以上

職業：□製造業　□金融業　□資訊業　□軍警　□傳播業　□自由業
　　　□服務業　□公務員　□教職　□學生　□家管　□其它_____

購書地點：□網路書店　□實體書店　□書展　□郵購　□贈閱　□其他

您從何得知本書的消息？

□網路書店　□實體書店　□網路搜尋　□電子報　□書訊　□雜誌
□傳播媒體　□親友推薦　□網站推薦　□部落格　□其他__________

您對本書的評價：（請填代號　1.非常滿意　2.滿意　3.尚可　4.再改進）

封面設計____　版面編排____　內容____　文／譯筆____　價格____

讀完書後您覺得：

□很有收穫　□有收穫　□收穫不多　□沒收穫

對我們的建議：________________________________

____

____

____

請貼
郵票

11466
台北市內湖區瑞光路 76 巷 65 號 1 樓

秀威資訊科技股份有限公司 收

BOD 數位出版事業部

(請沿線對折寄回,謝謝!)

姓　　名:________________　年齡:________　性別:□女　□男

郵遞區號:□□□□□

地　　址:________________________________

聯絡電話:(日)________________(夜)________________

E-mail:________________________________